NARRATORI MODERNI

ANNE ØSTBY

FRAMMENTI DI FELICITÀ

Traduzione di
LUCIA BARNI

Garzanti

Prima edizione: maggio 2018

Traduzione dal norvegese di
Lucia Barni

Titolo originale dell'opera:
Biter av lykke

ISBN 978-88-11-67358-3

Printed in Italy

www.garzanti.it

FRAMMENTI DI FELICITÀ

Non sono le piccole dimensioni delle nostre isole a doverci definire, quanto la grandezza degli oceani.

Epeli Hau'ofa

UN INVITO E UNA SFIDA

Korototoka, Fiji, 15 luglio 2012

Mia cara buona amica,

posso ancora chiamarti così?

I timbri sulla lettera ti hanno incuriosito, ma hai già capito chi ti scrive, non è vero? I francobolli con le mazze dei cannibali e i pesci pappagallo non possono venire che da Kat. Una voce da un passato distante, dalla comunione di un tempo. Credi sia possibile ritrovarla?

Ti ringrazio per i saluti e gli abbracci che mi hai mandato nel momento in cui più ne avevo bisogno. So che era impossibile mollare tutto e attraversare mezzo mondo per il funerale. Da lì, forse è difficile immaginare armonie e canti fijiani che accompagnano qualcuno nell'eternità, mentre le persone a lutto portano, tra tutte le cose possibili, delle stuoie intrecciate. «Quante stuoie di paglia servono a un defunto?» avresti domandato. E io avrei dovuto risponderti, come mi ha spiegato Ateca: «Quante sono necessarie per onorare la vita di mister Niklas». Così ho deposto le stuoie in tutta la veranda. Foglie di palma essiccate intessute a formare motivi a scacchi, un'ancora per il corpo e una base stabile per i pensieri, che spesso scendono in picchiata con i pipistrelli nei tramonti fiammeggianti di Korototoka.

Di sera la nostalgia arriva strisciando, nostalgia intensa e dolorosa di Niklas e di quello che è stato. Una maratona nella miseria globale, diresti forse tu. Una gara di fondo con una siccità estrema o un disastro ambientale a ogni ristoro? Anche questo, certo. Ma non avrei fatto nulla di diverso. Gli attacchi di malaria, la mancanza d'acqua, le notti con il prurito delle pulci mi hanno insegnato a cavarmela. Che fossi senza soldi, senza carta igienica e shampoo o senza una pensione integrativa finanziata dal petrolio. Eccomi qui, infatti, su un puntino nell'Oceano Pacifico, senza marito, ma con le idee ben chiare.

E con degli amici, spero. Perché mi ritrovo con nove ettari di alberi di cacao e un bure *che può ospitare molte persone. Con un corpo che scricchiola qua e là, ma che ha piantato i piedi bianchi nella terra fijiana e ha intenzione di restarci fino al tramonto. Perché non lo facciamo insieme? Vieni qui! Lascia perdere tutto ciò che non è andato come doveva! Quello che ancora può essere, portalo con te e vieni a vivere a* Vale nei Kat, *dove c'è una stanza per te! La Casa di Kat può essere il luogo dove ritrovarci, e, se non c'è nulla da trovare, creeremo qualcosa di nuovo!*

Non sono stata una corrispondente assidua, non ho mandato molti aggiornamenti dal Nepal, dall'Afghanistan o da Mauritius. Ma mi sei mancata, così come le altre. Ho letto le vostre lettere e e-mail, ho ammirato le foto di figli e nipoti. E ora mi domando se sia possibile riprendere il filo dopo un vuoto di oltre quarant'anni. Te la senti di percorrere l'ultima tappa insieme? Cercando di aiutarci a vicenda quando una incespica e l'altra zoppica, immergendo le ginocchia rigide nelle onde calde di sale e sotterrando le dita dei piedi nella sabbia bianca?

Non è un aiuto gratuito quello che sto cercando: la piantagione è in buone mani. Il villaggio di Korototoka vive di cacao e a occuparsi della raccolta, della fermentazione e dell'essiccazione c'è il sovrintendente. Ma forse possiamo osare, correre qualche nuovo rischio insieme? Produrre cioccolato, o una ghiotta crema per il corpo al cacao: cosa ne pensi?

Adesso capirai perché non ti ho mandato un'e-mail. Una lettera può impiegare lunghi giorni e settimane per compiere il suo viaggio da un mondo all'altro, e durante il tragitto le parole trovano il giusto peso e significato. Mentre ti cadono tra le mani, in questo preciso istante, sono maturate, si sono ammorbidite, e ondeggiano sul foglio pronte ad attirarti qui. Senti il sapore della papaya e della noce di cocco? Odi il canto tra le palme sulla spiaggia? Vedi la linea arcuata là fuori, dove l'Oceano Pacifico incontra il cielo? Ma è chiaro, se ti allettano di più il raschietto per il ghiaccio o il riscaldatore per il motore o la bolletta della luce, riponi questa lettera in un cassetto che nessuno aprirà più. Una lettera può scomparire facilmente mentre solca gli oceani, le spedizioni dai Mari del Sud sono più imprevedibili di un ciclone tropicale o di un posto da ministro alle Fiji. In tal caso non l'hai mai ricevuta, e non ci saranno domande.

Così adesso spedisco la lettera, passo speranzosa un'ultima volta le dita sui francobolli augurandomi che il vento ti riporti da me. Forse Vale nei Kat *può diventare una casa per noi tutte, una Casa delle Donne dove possiamo sognare, desiderare, bere, ridere, sbraitare e piangere insieme. Finché il vento non ci solleverà sopra le onde e saranno infine le nostre stuoie a essere portate su per la scala e dispiegate.*

Lolomas,
Kat

1.
SINA

«Non ho soldi!»

Sono decenni che non si vedono, e la prima cosa che Sina condivide con Kat è la sua squallida situazione economica. Gesù santo! Si morde forte il labbro, cercando di contrastare il tremolio intorno alla bocca. Apre le braccia verso l'amica, alta di statura, con i capelli corti e gli occhiali da sole sulla testa.

«Io... Oh, Kat! Che bello vederti! Hai un'ottima cera!»

L'orchestrina di ukulele che accoglie i turisti nella zona arrivi dell'aeroporto di Nadi attacca una languida melodia di benvenuto. Uno dei cantanti, che indossa una camicia dai grossi disegni e ha un fiore dietro l'orecchio, fa l'occhiolino a Sina, che si affretta ad avvicinarsi a Kat.

«*Bula!*»

L'annuncio preoccupato di Sina annega nell'abbraccio di benvenuto di Kat. «*Bula vinaka!* Adesso sei qui, è questo che conta. Una cosa alla volta, si sistemerà tutto. Fatti vedere!»

Kat allontana da sé Sina e le rivolge il suo grande sorriso radioso: è tutto come un tempo. La tira di nuovo a sé e la riabbraccia. «Sei davvero qui, non ci credo!»

«Nemmeno io!»

La sua voce è strozzata. Sina trema per la stanchezza dopo quasi due giorni di viaggio, e trasale quando il trio di ukulele riprende a suonare e due larghi fianchi coperti da un motivo floreale arancione le vanno incontro dondolando. «*Bula, madam!* Benvenuta alle Fiji!»

Una ghirlanda di fiori le cade intorno al collo, cento denti bianchi si accendono in un sorriso. Sina stringe spasmodicamente il carrello per i bagagli e segue incespicando Kat, che si dirige fuori, nella buia e umida serata ottobrina. Le aspettano due ore di strada per arrivare a Korototoka.

È al verde. Ha raschiato il fondo. E l'ha fatto! Si è chiusa la porta alle spalle e ha lasciato la casa e le infiltrazioni intorno al comignolo e la macchina che ha bisogno di pneumatici invernali nuovi. Si ritrova lì, in un letto estraneo in una terra sconosciuta, e non ha denaro. Come Armand. Sina si rigira e sospira. Quando mai Armand non è senza soldi? Potrebbe essere il suo secondo nome, pensa immaginandosi per un istante il volto del figlio. Armand Senzasoldi Guttormsen, si potrebbe leggere sul suo passaporto.

Ma il passaporto di Armand è pieno di altri timbri. Argentina, dov'è rimasto quando la petroliera ha proseguito il suo viaggio. «Non è colpa mia, mamma, mi hanno dato informazioni sbagliate sull'orario di partenza della nave!» In Russia c'erano i casinò: «Farò il botto, là i soldi scorrono a fiumi, non sanno cosa farsene!». La proprietà ai Caraibi: «Mi hanno mostrato i terreni, una vista perfetta, direttamente sulla spiaggia. Come potevo sapere che gli atti di compravendita erano falsi?». Fiabeschi giacimenti segreti di petrolio in Canada, un resort di lusso sulla costa orientale della Malesia: «Un'occasione su un piatto d'argento, non te lo immagini neanche! Basta aggiungere qualche turista dal portafogli cicciuto ed ecco una miniera d'oro!».

Ma di oro ne è arrivato ben poco, e la miniera è stata lei, pensa Sina avvolgendosi ancora più stretta nel lenzuolo sottile. Una miniera da cui lui ha estratto, anzi, risucchiato, tutto ciò che luccicava. Si gira sul fianco, il vento colma di suoni sconosciuti l'oscurità fuori dalla finestra di rete: lo stormire tra le foglie secche delle palme, il rombo continuo che sta sotto a tutto ed è il mare. E lei è lì! Sina Guttormsen, sessantasei anni, pensionata, si è appena trasferita in una casa, anzi, un *bure*, alle Fiji. Le isole Fiji! Fino a poco tempo fa non sapeva nemmeno dove fossero: aveva recuperato la cartina dell'Oceano Pacifico su cui aveva visto quei puntini a nord della Nuova Zelanda, come briciole grattate via dalla costa orientale dell'Australia e sparse con trascuratezza sul mare tra Vanuatu e Tonga. L'Oceano Pacifico! Il cuore le batte forte e secco nel petto. Il suo cuore, sopra il brusio sordo e paziente che viene da fuori.

La cucina di Rugdeveien 19C, tre mesi prima. Un'altra giornataccia estiva stava volgendo al termine, un altro pomeriggio con tazze di caffè tiepido per l'attesa. Aveva provato con la televisione, con una rivista, aveva tentato la sorte: i soliti quattro numeri estratti al lotto online e nessuna faccia nuova su «Amore dopo i sessanta». Sei Prince spente nel posacenere e il silenzio in cucina come polvere in bocca. L'orologio da parete con il bordo rosso mordeva il tempo a rapide dentate: «E-ora? Osi-farlo? Perché-no?». La lettera di Kat di fronte a lei sul tavolo:

Sina, avrai strappato la busta con un nodo allo stomaco per la preoccupazione: "E adesso cos'è successo? Chi è che vuole qualcosa da me dall'altra parte del mondo?".

Non è nulla di pericoloso. Nessuno vuole truffarti o ripulirti le tasche. È un'offerta. Di vento caldo e soffici serate, una poltrona di vimini in una veranda con vista sul Pacifico. Ti va? Ne hai il coraggio?

Aveva fatto un balzo sulla sedia quando il telefono aveva squillato. Il telefono fisso in corridoio, lunghi trilli pigolanti, un lascito del passato in plastica grigia. Un richiamo da parte di qualcuno che aveva ancora il suo numero di casa nella rubrica.

«Pronto?»

Un attimo di esitazione, era lì lì per ripetere, con la voce un pizzico più impaziente. Impaziente e basta, non spaventata, Armand non chiama mai a casa. Vuole sempre essere certo di colpirla quando è meno preparata.

«Sina?»

«Sì?»

«Ciao... Sono Lisbeth.»

Lisbeth. La voce era la stessa di un tempo, roca e lenta.

L'ultimo paragrafo della lettera di Kat brillava: *In tal caso non l'hai mai ricevuta, e non ci saranno domande.*

Poteva far finta di niente, rispondere con stupito diniego quando la vecchia amica di scuola le avesse chiesto se anche lei, Sina, avesse ricevuto una lettera dai tropici. Una stupida lettera con una domanda ridicola, un'arrogante supposizione che loro, quelle poverette a casa, non avessero niente di meglio da fare che mollare su due piedi le loro piccole vite e fiondarsi su un aereo per ricongiungersi con Katrine Vale.

«Ciao.»

Sina aveva capito di essersi tradita in quello stesso istante. Non si era finta sorpresa né la sua voce era stata ostile, e così aveva confessato. Aveva rivelato che anche sul suo tavolo c'era la lettera con i francobolli con mazze di cannibali e pesci pappagallo, che capovolgeva completamente quel giovedì di luglio. Aveva rinunciato all'opportunità di svicolare.

«Hai... hai ricevuto anche tu la lettera?»

«Sì. Oggi.»

«Anche tu. Da Kat.»

Di fronte al senso di sollievo di Lisbeth, Sina si era immaginata la sua bocca, le labbra rosa opache.

«Lei...»

Cosa poteva dire? Che cosa aveva pensato dopo aver letto quell'unico foglio scritto a mano, dopo averlo accartocciato, riaperto e riletto?

«... non è cambiata affatto.»

«Già...»

Lisbeth aveva riso sorpresa, come un animaletto che sgattaiola fuori da una trappola.

Di nuovo un attimo di esitazione, Sina aveva lasciato oscillare impercettibilmente i secondi tra di loro finché non aveva più sopportato il silenzio.

«Be', un viaggio ai tropici non sarebbe male. Se uno se lo potesse permettere.»

Era ancora semplice. Era ancora semplice colpire Lisbeth, come lo era sempre stato. Vedere i suoi occhi tondi e grigi per un secondo sbarrati, prima che una pellicola protettiva vi scendesse sopra rendendoli distanti, come se non capissero. Le lunghe dita che passano frementi sopra i capelli. Erano anni che Sina non vedeva quel movimento svelto, ma era certa che la chioma bruna domata dallo spray fosse ancora altrettanto voluminosa. Aveva strizzato gli occhi mentre la frecciata acida le scappava di bocca: "Zitta, Sina, smettila! Lascia stare. Persino Lisbeth è diventata vecchia". L'ha detto a voce alta? Persino Lisbeth dev'essere diventata vecchia, e vulnerabile in un modo nuovo. Una che comincia a raspare intorno agli occhi appena passati i trenta, si prende gli angoli della bocca e li tira verso il basso dai quaranta, risucchia il colore dai capelli e fa salire il conto del dentista alle stelle.

«Sì.»

Ancora niente da cogliere nella voce di Lisbeth. Disimpegnata, fiacca come la stretta di mano tra due persone che non avranno mai più niente a che fare l'una con l'altra. Ma la pausa dopo quella parolina è stata troppo lunga, troppo incerta. A caccia di una guida, o solo di qualcuno con cui stare.

E adesso Sina è lì, senza più cognizione del tempo e con un raffreddore da viaggio che le striscia nel naso, mentre pensa che ci voleva un'isola del Pacifico per riunirle di nuovo. Non per una versione estrema di *Compagni di scuola*, bensì per andare a vivere tutte insieme. In un *bure* con stuoie di paglia in veranda e soltanto Kat a tenere insieme il tutto. Una comune di vecchie comari! Il pensiero cresce fino a diventare un mostro dietro le sue palpebre: che cosa ha fatto? Quattro pareti (sottili! Ha già sentito il gorgoglio dello sciacquone che attraversa la casa simile a un torrente in primavera) intorno a uno squallido letto di piallaccio e promesse di chiar di luna sopra una spiaggia di sabbia. Si è venduta per così poco? La parsimoniosa, vigile Sina? Tenta di calmarsi: "Coraggio, l'appartamento l'hai solo affittato, non l'hai venduto, puoi tornare a casa in qualsiasi momento".

Ma naturalmente non è così. Non può accettare il denaro che Kat ha detto che sarà felice di prestarle se dovesse pentirsi. Come potrebbe ripagarla? Con tutte le spese di Armand e la casa e il cibo? Lei non spende tanto per mangiare, e la sua macchinetta praticamente non consuma benzina. Non la usa quasi mai, di solito se deve andare da qualche parte prende la bicicletta. Eppure, è sempre un problema di soldi, è sempre stato un problema di soldi. Come il giorno prima del dodicesimo compleanno di Armand, quando nel borsellino non aveva che trenta corone. Aveva provato a spiegargli che non potevano organizzare una festa quel giorno, ma magari in seguito, quando avrebbe preso lo stipendio... Lui si era limitato a guardarla senza dire una parola, poi si era girato e se n'era andato, la schiena un punto esclamativo di sprezzo. Lei gli aveva cucinato gli spaghetti al ragù, ci aveva messo nel mezzo una candelina e aveva cantato *Tanti auguri a te* mentre li portava in tavola. Lui non aveva nemmeno sorriso.

Non capisce dove avesse la testa quando ha deciso di partire. Vivere con altre persone alle Fiji, lei? Sina Guttormsen, commessa, frequentatrice di biblioteche, ciclista prudente sempre sul lato destro della strada. Un principio di artrite alle mani e la pancia che esce un po' troppo dall'orlo dei pantaloni perché lei abbia la forza di rimediare. Sina Guttormsen, madre single, una cauta esistenza in un appartamento di uno dei condomini più vecchi di Reitvik, un occhio al ragazzo, uno al portafogli. Eppure quello è qualcosa che conosce, che sa affrontare e sopportare. Ma questo? Si gira sulla schiena e respira a bocca aperta, fa scendere nei polmoni l'aria calda e umida: è come deglutire il vapore di una sauna. Lo stretto sentiero di formichine sul tavolo. Le mani di Kat, così felici intorno alle sue. «Sei venuta!»

Nella borsa sulla sedia accanto alla finestra ci sono il passaporto, il talloncino della carta d'imbarco con una macchia di caffè, le chiavi di Rugdeveien 19C. Il rossetto, un flaconcino di disinfettante e un minitubetto di crema per le mani in una busta di plastica trasparente. Un cellulare senza SIM valida.

Sina si tira su a sedere, usa il lenzuolo per asciugarsi il sudore alla base del collo. Trova la bottiglia di plastica sul pavimento accanto al letto, beve un sorso di acqua tiepida. *Vale nei Kat.* La Casa di Kat. Ma anche nella casa di Kat il cibo costa. Dividere le spese significa che tutte devono contribuire;

l'elettricità, il sapone e la carta igienica costano anche quando l'abitazione è in condivisione. "La useranno la carta igienica, qui, vero?" è la domanda che le attraversa fugace la testa prima di ricordarsi che sì, il rotolo c'era, appeso a una corda annodata alla parete.

"Come fa Kat a essere ricca?" La domanda segue quella sulla carta igienica. Come può possedere una *piantagione di cacao*? Una casa e nove ettari di terreno, con un sovrintendente che si occupa delle faccende quotidiane e aiutanti extra chiamati per il raccolto quando le fave sono mature: non è questo che le ha raccontato lungo la strada? Kat che ha mollato tutto e se n'è andata, l'estate dopo gli esami. È partita con uno svedese dai lunghi ricci abbandonando il percorso di studi, proprio lei, tra tutte. E ha vissuto una vita su cui si potrebbero scrivere libri. Tre anni qua, quattro lì, sei là: a costruire una scuola femminile in Afghanistan, a progettare l'impiego di pannelli solari nella campagna indiana, ad avviare una coltivazione di caffè equosolidale in Guatemala. La febbre tifoide dopo un corso di meditazione in Nepal, la setticemia provocata dai coralli durante un'immersione con le balene a Tonga. Il suo passaporto probabilmente assomiglierà a quello di Armand: un ammasso di timbri, visti e permessi eccezionali. "Solo che Kat ha avuto successo", pensa Sina mentre si sdraia di nuovo cercando di evitare la chiazza di sudore sul cuscino. Kat ha ottenuto dei risultati. Ha potuto proseguire il suo viaggio come se il tifo addominale o la malaria fossero onorificenze appuntate in fronte, una stella d'oro, una ricevuta dei traguardi che lei e Niklas hanno raggiunto. L'aiuto dato alle popolazioni locali, il pozzo che hanno scavato o il corso per ostetriche nei villaggi grazie al quale la mortalità infantile è scesa del venti per cento.

I parassiti intestinali di Armand non risplendono con lo stesso onore. I timbri sul suo passaporto hanno un che di stinto, simboli dei fiaschi che lo rendono più piccolo e patetico ogni volta che si presenta alla porta della madre con una nuova spiegazione. Il finanziamento che non è andato in porto, promesse infrante e partner inaffidabili, le teste dure locali che non hanno saputo cogliere al volo un'occasione quando si presentava. E allora lei apre la porta e svuota il conto dei miseri pezzi da mille che con perseveranza e buon animo ha racimolato dall'ultima volta che lui è stato lì. È suo figlio, cos'altro può fare?

È riuscita a tenere la bocca chiusa e a non chiedere a Lisbeth come avrebbe pagato il viaggio. Qual è la differenza di prezzo tra la seconda e la prima classe, la business? Sina non ci ha mai viaggiato. Si domanda cosa si provi a non dover mai chiedere il prezzo delle cose. Non saprebbe dire se Ingrid e Maya abbiano soldi o meno, ma a ogni modo hanno sempre lavorato. Dei buoni impieghi, a quanto ne sa. Ingrid come ragioniera alle Autolinee regionali, oggi si chiamerebbe forse responsabile amministrativa. Voti alti in norvegese e contabilità offrivano delle buone occasioni alle brave ragazze come lei. Quelle che non si concedevano più di quanto si potessero permettere e badavano alla propria virtù e reputazione.

Maya ha fatto l'insegnante, la professoressa alle superiori, addirittura. Si è sposata con Steinar. Non è stata una sorpresa che lui con gli anni sia diventato vicepreside: aveva un qualcosa già al liceo. Qualcosa al naso, le narici sempre intente a fiutare, o gli occhiali che ci stavano poggiati, ricordando un falco. "Una coppia di insegnanti forse non diventerà ricca", pensa Sina, "ma Maya e Steinar devono essersela cavata bene." Solo una figlia, femmina, sposata con uno straniero. Un pittore. Sina l'ha visto più volte sul giornale. Magari Armand si fosse sposato con una straniera, lei non avrebbe avuto nulla in contrario. Avrebbe anche potuto mettere su casa all'estero, nessun problema. Purché si fosse sistemato, avesse trovato qualcosa di stabile. Le immagini le impazzano nella testa stanca: Armand e una donna dai capelli scuri, nipoti, per qualche motivo hanno tratti asiatici che le ricordano la coppia vietnamita del primo piano. L'eterno desiderio, la preghiera sempre tesa come un esile filo tra le sue labbra e un Dio con il quale non ha nessun rapporto: se solo Armand combinasse qualcosa, qualsiasi cosa! "Ho sessantasei anni", pensa Sina premendosi i pugni sugli occhi. "Ho sessantasei anni e sto fuggendo da mio figlio."

Sulla soglia del primo sogno inquieto sotto la Croce del Sud, Sina incontra di nuovo Kat.

«Sono al verde», dice. «Non ho soldi per stare qui.»

«Ci sono pesci nel mare», risponde Kat. «Non c'è bisogno che facciamo la fame.»

«So fare il pane», aggiunge Sina.

«Fanne cinque», dice Kat. «Bastano per tutte.»

2.
ATECA

Caro Signore,

so di cosa sono debitrice a madam Kat e a mister Niklas. Ti ho ringraziato molte volte per il lavoro che mi hanno dato. Tu sai quanto ho faticato dopo l'incidente d'autobus che mi ha reso vedova, quanta paura avevo che io e Vilivo non saremmo riusciti a cavarcela. Ho lavorato sodo, e tu mi hai aiutato, Signore. Hai fatto crescere il mais e i fagiolini nell'orto, così ho potuto venderli ai lati della strada, e ogni giorno hai fatto deporre le uova alle mie galline. E un pomeriggio, quando fioriva l'albero di *doi*, hai fermato le ruote della macchina di mister Niklas fuori da casa mia. Gli hai messo le parole in bocca quando ha chiesto se conoscessi qualcuno che potesse aiutare lui e sua moglie in casa, e quando ha accennato alla retribuzione ho saputo che eri stato tu a farlo entrare nella mia vita. Quando ho capito che la scuola di Vilivo sarebbe stata pagata, che sarebbe uscito con un pezzo di carta in mano, ho compreso che avevi riversato le tue benedizioni su di me.

Hai mandato mister Niklas per aiutarmi quando ero sola. Adesso è madam Kat a essere sola, e riempie la casa con le sue sorelle. Capisco che ha bisogno di loro, Signore, e anche loro hanno bisogno di lei: non credo che abbiano un marito e non vivono con i loro figli. Quindi è meglio che siano venute qui. Essere sorelle non significa necessariamente essere nate dalla stessa madre.

Madam Kat si fida di me, Signore. Lo dice spesso: «Ateca, che cosa farei senza di te?». È lei che devo proteggere, come lei protegge me. Aiutami a preservarla al sicuro, di modo che nulla di malvagio getti la sua ombra su di lei.

E Vilivo, Signore. Tieni le ombre lontano anche da mio figlio. Aiutalo e fa' che trovi lavoro, di modo che possa provvedere a sé stesso, diventare adulto e metter su famiglia.
Nel nome di Gesù. *Emeni.*

3.

INGRID

Si guarda nel piccolo specchio sopra il lavandino e negli occhi della donna che la fissa di rimando vede stupore. Lo sguardo di un neonato, con attorno zampe di gallina, crepe bianche su glassa marrone. Le ci sono volute solo poche settimane per prendere quel colorito, come se i pigmenti fossero stati lì ad aspettare per tutti quegli anni, esitando a mostrarsi. Kat le ha messe in guardia contro il sole, lei ha la pelle ancora stranamente chiara dopo tanti anni passati sotto altri cieli. «Copritevi e non lesinate sulla crema solare. Vi assicuro che ben presto smetterete di pensare alla tintarella.»

Ingrid non è ancora arrivata a quel punto. Non passa giorno, da quando è a Korototoka, in cui non pensi di aver trascorso troppo tempo della sua vita al chiuso. Lavoro, casa, casa, lavoro. Dentro l'appartamento, dentro l'ufficio, dentro l'auto. Diversi anni prima suo fratello aveva cercato di convincerla a prendere un cane: «È un modo per fare movimento tutti i giorni, oltre ad avere compagnia». La moglie, concorde, gli aveva fatto eco: «È così bello avere compagnia!». Ma Ingrid aveva il sospetto che l'entusiasmo di Gro per il cane da punta di famiglia si fondasse innanzitutto sulla sua capacità di allontanare il marito Kjell da casa ogni autunno per settimane di caccia. Ingrid non ha mai desiderato un cane, né nessun altro animale domestico.

Non ha mai neanche fatto parte del gruppo di colleghe di lavoro che tutte le estati batteva in lungo e in largo le montagne dello Jotunheimen, con materassini ultraleggeri nello zaino e tazze da trekking che con una semplice mossa si tramutano in scaldaorecchie. Una gita domenicale di quando in quando l'ha fatta anche lei, certo, ma senza andare troppo lontano e senza stancarsi troppo.

Le dava grande gioia avere Simon e Petter a casa sua. I nipoti di Kjell e Gro sono più attaccati a lei che ai loro nonni, bisogna concederle di pensarla così. Solo la «zia Ingrid» aveva la pazienza di esercitarsi con le lettere e le carte delle nomenclature quando Simon non riusciva a ingranare con la lettura. All'11 di Furusvingen, Petter aveva il permesso di mangiare sul divano o portare in casa un gatto spelacchiato. Certo, lei lo capiva che i genitori che hanno un lavoro impegnativo sono sempre di corsa; certo, non le costava niente tenere i bambini a dormire quando Eva era in viaggio per lavoro e Geir faceva il turno di notte. Stavano bene insieme, lei e i ragazzi, era così e basta. Non si affannava a mettere in ordine quando arrivavano, ma si divertiva a preparare da mangiare mentre giocavano con il telefonino, o si limitava a chiacchierare. È perché sono così giovani che è facile stare con loro? Nessuno si aspettava che avessero qualcosa in comune, non servivano preparativi stressanti. Tacos, pizza, alette di pollo. Tutto qua: lei aveva imparato cosa piaceva loro, e questo era più che sufficiente. Pomeriggi senza complicazioni e senza drammi. Le due teste brune sul divano, chine sul cellulare o su un gioco di carte. Simon e Petter. La cosa migliore che avesse.

Quando era arrivata la lettera di Kat, si era preparata una tazza di caffè prima di sedersi a leggerla. Stranamente quell'invito non l'aveva stupita. Invito: può definirlo così? Esortazione? Chiamata? Forse l'ha sempre saputo, dietro la camicetta con il colletto a punta e gli occhiali con il cordino, che un giorno sarebbe toccato alla sua gemella segreta Vildrid: il lato più selvaggio di Ingrid. Quella che è rimasta a casa quando il treno è partito e Kat è sparita, ma che tra sé e sé annuiva e capiva. Aveva percepito il tremito nelle dita tese mentre leggeva le linee che componevano la grafia di Kat:

Ingrid, scommetto che hai tenuto in mano la lettera per un po' prima di aprirla, forse l'hai posata mentre ti preparavi un caffè. Sii sincera, non la aspettavi? Sei venuta a trovarci in diversi posti, sai che non si tratta di un drink a bordo vasca, di sole e vita da spiaggia. Sai che abbiamo blackout e carenza d'acqua, zanzare e malaria. Ma credo che tu ne abbia comunque il coraggio. Il coraggio di investire su un fronte comune contro la solitudine e i pasti precotti, di arginare i reumatismi e le serate vuote con un abito bula *a fiori e un* bilo *di* kava.

Ingrid aveva bevuto un sorso di caffè mentre sentiva il tremore impossessarsi del corpo, e infine aveva saputo dargli un nome: nostalgia di casa. Dalle mani che reggevano il foglio, fino alle labbra che si aprivano in un sorriso esaltato, sentiva nostalgia di casa. Delle Fiji, un posto dove non era mai stata. Di Kat, l'uccello le cui ali lei aveva visto sempre e solo dal basso, quando le spiegava alte sopra di lei.

Sa esattamente quando è stato che l'uccello si è levato in volo. Da un tavolino all'ombra fuori dal Nielsens Kafé di Reitvik nell'agosto del 1965. Il silenzio intorno al tavolo era denso e perplesso, ma come al solito Kat pareva non notare l'atmosfera che la circondava. I lucidi capelli scuri danzavano intorno alla sua testa facendo cenno alle amiche di avvicinarsi, un silenzioso cerchio adorante di lune intorno al sole. Che cosa aveva detto? Che sarebbe partita l'indomani presto? India? Goa? Forse Nepal o Sri Lanka?

Ingrid si era guardata intorno in cerca di aiuto: qualcuno capiva cosa stava succedendo?

Ma Sina se ne stava zitta con le spalle curve, lo sguardo vuoto e disinteressato. Sembrava persa nel suo mondo; per quel che la riguardava Kat avrebbe anche potuto parlare di Marte o di Giove! Lisbeth aveva il labbro alzato e il naso arricciato, come se non sentisse altro che l'odore di spezie e cibo sconosciuti. Sul volto di Maya l'incredulità si mescolava con qualcos'altro: l'ombra di un sogghigno? Qualcosa di arrogante e bacchettone che aveva tirato fuori dalle tasche della sua fida gonna marrone. Le farfalle che svolazzavano qua e là nello stomaco di Ingrid fin da quando Kat aveva telefonato nel primo pomeriggio proponendo di incontrarsi al caffè diventarono pipistrelli che si agitavano inviperiti: solo perché era stata ammessa a una scuoluccia per insegnanti, Maya non aveva diritto a tanta presunzione! Sarebbe potuta entrarvi anche Ingrid, e anche Kat! Se ne avessero avuto voglia!

«Niklas è già stato in India.»

La voce di Kat veniva da lontano.

«Là non servono molti soldi per vivere e si può sempre trovare un lavoro per qualche giorno o qualche settimana. Conosce delle persone in un *ashram* nel Madhya Pradesh che...»

Mentre il racconto di Kat continuava, le sue parole rotolavano per la testa di Ingrid seguendo schemi senza senso: *ashram*, meditazione, yoga. Aveva guardato la superficie del tavolo, seguendo con il dito il bordo della tazza. Il corso di contabilità e bilancio che avrebbe iniziato presto le avrebbe procurato un lavoro, su questo non c'era dubbio. Denaro a sufficienza per andare a vivere da sola, con il tempo, la sicurezza per accendere un mutuo e comprarsi un appartamento nel giro di qualche anno. Vicino al parco, aveva pensato. In centro, così non serve l'auto.

«Biglietto di sola andata», diceva la bocca di Kat. «L'Europa in Interrail e dopo, se serve, facciamo l'autostop.»

Intorno al tavolo ancora silenzio. Lisbeth con la sigaretta che dondolava tra le dita rosa. Sina si cingeva con le braccia ciondolando avanti e indietro nella giacca troppo grande e pesante per quel caldo pomeriggio d'estate.

«Oh, avanti! Un po' di felicità per me!» Il sorriso di Kat era quello grande, bello, che abbracciava tutto. Quello che aveva sempre la meglio su di loro senza che si rendessero conto di essere mai state in dubbio. «Il mondo è così grande! Non voglio vedere solo Reitvik!»

Ingrid aveva sentito una morsa improvvisa. Un cappio che si stringeva intorno all'eccitazione che voleva montarle in petto, gonfiarsi come una bolla e volare fuori dalla bocca come un palloncino rosso scintillante: «Ma certo! È fantastico!». Invece le si incollò sulla retina l'immagine di Niklas. I capelli più lunghi di quelli di Kat, le rughe sottili intorno agli occhi che rivelavano che, mentre loro erano state impegnate a studiare per la maturità, trotterellando entusiaste verso quella che credevano fosse la vita adulta, lui aveva girato il Sudamerica senza un soldo in tasca, vedendo più di quello che c'era in tutti i loro libri messi insieme. Mentre le amiche elaboravano i loro piccoli piani, il ragazzo (non ragazzo, *uomo*: aveva quasi dieci anni più di loro!) svedese aveva raccolto frutta in Nuova Zelanda e fatto il maestro di sci in Canada. Dunque era quello che Kat voleva. Lei che parlava di «lavorare un anno prima di decidere se voglio continuare a studiare», ma che non aveva nulla di concreto in vista, stando a quanto ne sapeva Ingrid. Fino a quando, all'inizio dell'estate, era apparso Niklas insieme ad altri due offrendosi di verniciare la casa e fare altri lavoretti. «Hanno intenzione di andare a Capo Nord», aveva raccontato Kat, e infatti Niklas era scomparso per qualche settimana, ma poi era tornato. E adesso Kat se ne stava lì a parlare del prossimo numero di sparizione, al quale avrebbe preso parte anche lei. «Mamma e papà verranno a chiederlo a voi», le aveva preparate fissandole una a una. «Quindi potete benissimo dire la verità: che non so dove andremo.»

La risata fioccò come perle sulle tazze vuote e sui tovaglioli appallottolati, fece gocciolare e colare il gelato nelle cialde gialle. «Su, non fare quella faccia triste, Ingrid», disse Kat posando una mano sopra la sua. «Pensa a tutto quello che avrò da raccontarvi al mio ritorno!»

Avevano annuito tutte, Maya era riuscita persino a tirare fuori un «com'è emozionante!». Ma dentro Ingrid c'era posto solo per questo pensiero: "È adesso che succede, in questo preciso istante. Adesso ce ne andiamo ognuna per la propria strada. La scuola per insegnanti a Hamar per Maya. Lisbeth che si sposa qui a Reitvik. Sina, Dio solo sa cosa succede dietro quella sua faccia imbronciata. Se trova lavoro, resterà qui anche lei. Ma Kat parte. Il vento si placa. Le nostre vele sono flosce e non hanno una direzione. Il centro si scompone in un milione di granellini di polvere e non resta che un'infinita, sbiadita sicurezza. È adesso, in questo preciso istante, che andiamo ognuna per la propria strada".

«Incosciente!» era stata la reazione di suo fratello quando gli aveva parlato delle Fiji. «Che cosa vuoi fare, ti ha dato di volta il cervello? Sei troppo...»

Si era fermato in tempo, ma Ingrid aveva sentito la parola che prendeva a cornate le pareti della sua bocca. *Vecchia.* Sei troppo vecchia. Kjell aveva solo quattro anni meno di lei, ma a quanto pareva si riteneva qualificato per determinare quali fossero le cose per cui lei aveva superato la data di scadenza. Trasferirsi ai tropici, evidentemente, era una di quelle.

Aveva completato la frase per lui. «Troppo vecchia? Per fare qualcosa di diverso che starmene in casa e ricevere la pensione sul conto, o seguire fedelmente i programmi della prima serata e magari di quando in quando prendere il battello per la Danimarca?»

«Ma cosa dici, c'è molto altro che...»

«Che cosa? Fare un salto a Tallinn in autobus? Andare in Svezia insieme a voi per comprare la carne una o due volte all'anno? Magari potrei essere così folle da accettare come regalo per il mio settantesimo compleanno un lancio in tandem con il paracadute, eh?»

«Sì, ma... l'Oceano Pacifico, Ingrid! Che cosa sai di quei luoghi? E Kat non la vedi da... da quanti anni?»

"E *tu* che cosa ne sai di quei luoghi?" avrebbe voluto chiedergli, ma non l'aveva fatto. Kjell sapeva molto poco di qualsiasi cosa, era quella la verità. Tranne che sui cani da punta. E sugli pneumatici. In qualità di responsabile degli acquisti presso un gommista, non esisteva dettaglio riguardo a vulcanizzazione, profondità degli intagli o equilibratura che non conoscesse.

E sulle isole del Pacifico lei sapeva molto più di lui. La sera stessa in cui aveva ricevuto la lettera era andata a controllare su Internet. Aveva trovato il numero di abitanti delle Fiji (meno di un milione), il numero di isole (un centinaio abitate, in totale oltre trecento), informazioni sulla popolazione (circa il quaranta per cento di origine indiana, il resto di etnia melanesiana), sulla religione (cristianesimo, soprattutto metodismo; induismo, anche un po' di islamismo), sui principali settori industriali (turismo, produzione di zucchero, copra). "Un bel po' di cose", avrebbe potuto rispondere al fratello. Ma lui non le aveva lasciato il tempo.

«Non è da te, Ingrid! Gettare tutto alle ortiche, è totalmente... da irresponsabile!»

Ma non sentiva quello che diceva? Di chi mai lei aveva la responsabilità, a parte sé stessa? Le parole di Kat le ballavano davanti agli occhi. *Lascia perdere tutto ciò che non è andato come doveva! Quello che ancora può essere, portalo con te!*

«Sono sempre stata responsabile nei miei confronti, Kjell, e ho intenzione di continuare a esserlo. Il mutuo è ormai pagato e ho abbastanza soldi in banca per comprare un biglietto di ritorno in qualsiasi momento. Perché ti scaldi? Non sei felice per me? Non mi merito un po' di cioccolato fondente e qualche noce di cocco? Non pensi che abbia mangiato abbastanza formaggio e salame in vita mia?»

Il viso vuoto del fratello rivelava che non ci aveva capito un'acca: formaggio e salame? Di cosa stava parlando? Rassegnato, si era passato una mano tra i capelli radi e ci aveva riprovato da un'altra prospettiva: «Be', ma pensa a *noi*, almeno! A Gro e a me. I ragazzi... Simon e Petter sentiranno la tua mancanza! E anche Arve», aveva aggiunto frettolosamente, come un vagone merci agganciato in fondo a un lungo convoglio. «Penserà che sei andata fuori di senno!»

A Ingrid riusciva difficile immaginarsi che Arve avesse delle opinioni riguardo alla sua assennatezza, il loro fratello minore aveva provato sulla propria pelle cosa significa essere vittima dei giudizi altrui. Per un istante se l'era visto con affetto: il berretto da baseball sformato, i calzoni blu e la giacca marrone con la zip. L'appartamento vicino all'accademia, con il frigorifero vuoto e la libreria piena, dove puoi trovare gli occhiali nel congelatore e una fetta di pane vecchia di due settimane accanto al computer.

«Arve ha già il suo, di senno, a cui pensare», aveva risposto, e aveva visto la vena che attraversava la fronte di Kjell ingrossarsi minacciando di far scoppiare la pelle sottile e lentigginosa.

«Ma che genere di *sicurezza* hai per gli anni a venire, ci hai pensato? Se ti ammali, o se...»

«...se muoio laggiù?»

L'aveva guardato con calma, senza lasciarsi provocare, la

voce pacata. «In quel caso canteranno per me e porteranno delle stuoie nella casa dove vivevo.»

Non è difficile stabilire una routine quando nessuno ne ha una. Ingrid non ha mai vissuto in una piantagione di cacao, però nemmeno le altre, e tutti i ruoli in linea di principio sono liberi. Kat e Niklas hanno comprato l'azienda solo sei anni fa e avevano a malapena avviato l'attività quando c'è stato l'incidente. L'unica cosa che Ingrid ha sentito a riguardo è che Kat non era presente quando Niklas è annegato.

Mosese è il sovrintendente della piantagione e si occupa della supervisione, ruolo che già svolgeva per il proprietario precedente. «Niklas era la sua ombra. Tutto quello che sapeva sul cacao l'ha imparato da lui», ha raccontato Kat.

Lei, da parte sua, non pare nutrire lo stesso interesse per l'azienda, pensa Ingrid. Ma non era stata Kat ad accennare con tanto entusiasmo nella sua lettera alla possibilità di avventurarsi in qualcosa di nuovo? Di produrre cioccolato?

È raro che lei vada incontro a Mosese di propria iniziativa quando il vecchio sovrintendente, una o due volte alla settimana, passa a fare rapporto. E lui non sale mai i quattro gradini fino alla porta senza essere invitato, ma si ferma ai piedi della scala finché non arriva qualcuno. Certe volte esce Ateca, la governante; altre volte, quando lo vede dalla finestra, grida: «Madam Kat! È arrivato Mosese!». E segue la risata improvvisa a cui Ingrid non si è ancora abituata: non ha una causa evidente e può durare diversi minuti. L'ha sentita anche altrove: dalle donne che vendono le radici marroni e appuntite di tapioca sul ciglio della strada, dalle figlie di Mosese sedute fuori casa la sera. Un gruppo di bambini che passa: di punto in bianco la risata può piombar loro addosso ed esplodere in alti urli che li lasciano senza fiato. Le mani sbattono sulle cosce e l'ilarità costringe i loro corpicini in ginocchio.

Stando a quel che vede Ingrid, la risata di Ateca non è destinata a nessun ascoltatore e nasce senza che nessuno le faccia il solletico o racconti barzellette. Forse che abbia in corpo una certa quantità di riso che deve espellere ogni giorno, così come altri hanno un'eccedenza indesiderata di gas intestinali? O che sia una specie di tic che non può controllare? Ingrid segna «scoprire perché Ateca ride» sulla lista delle cose che non sa sulle Fiji.

Siccome Kat mostra solo un moderato interesse per i resoconti di Mosese sulle infezioni fungine, sui piccoli roditori e sui prezzi del concime, ormai spesso è Ingrid che parla con lui sulle scale quando arriva. A volte segue l'uomo asciutto dalle gambe arcuate nella piantagione per vedere un grappolo di frutti giallo-rossastri che pare promettere particolarmente bene, o sospira preoccupata quando lui le fa vedere un'infestazione di larve. Non che possa contribuire in altro modo se non mostrando interesse, ma ognuna di quelle passeggiate pomeridiane nella foresta di cacao verde e umida le lascia dentro una gocciolina di felicità. Il succo dall'aroma dolce le scorre tra le vene, rimpiazzando il caffè stucchevole dell'ufficio che vi ha sciabordato per tutti quegli anni. Ingrid è fuori, all'aria e al vento, il passo diventa più risoluto e il respiro più profondo.

Un'altra cosa che scopre durante quei primi tempi alle Fiji è un nuovo modo di vedere i suoi piedi. Grandi e robusti, hanno sempre assolto alla loro funzione principale: tenerla saldamente eretta nella misura quarantadue, imperturbabile durante le tempeste autunnali e le altre intemperie alle Autolinee regionali. Fidarsi di loro è una cosa che ha sempre potuto fare, ma piacerle, quelle fette pelose solcate di vene, non le sono mai piaciute. La dimensione dei piedi di Ingrid spinge sempre l'estetista a valutare un sovrapprezzo, e lei non è mai riuscita a convincere il negozio di scarpe R. Lundes Sko & Sønn a far arrivare qualcosa della sua misura con un pochino d'oro o anche solo un piccolo cinturino elegante.

Accanto alla porta di *Vale nei Kat* sono accatastate paia su paia di ciabatte di gomma. Da interno e da esterno, con e senza infradito. Ingrid se n'è comprata tre paia: il primo semplice, d'un nero discreto, il secondo arancione con fiori *bula* sulla suola, e l'ultima volta che sono state a Rakiraki ha acquistato il paio glam, con larghe strisce argentate che scendono su entrambi i lati del piede e un tassello ornato di strass che scompare tra l'alluce e il suo vicino.

Ed è evidente che i piedi di Ingrid hanno deciso di vivere una vita più felice. Le dita si piegano allegre, arieggiate su ogni lato, le piante riposano sicure e soddisfatte sulla base di gomma senza pensare agli sguardi di disprezzo causati dalla loro misura o larghezza. Il piede si lascia andare e occupa senza vergogna lo spazio che gli spetta di diritto. E riceve anche complimenti! «Ha dei bei piedi, madam Ingrid», dice Ateca un pomeriggio in veranda. Il suo sorriso invita sempre chi la circonda a sorriderle a sua volta: le manca un canino e il buco nero è come un occhiolino di scherno in mezzo a tutto il bianco. Adesso è seduta cavalcioni sulla grattugia per le noci di cocco, un attrezzo piccolo e maneggevole con quattro gambe. Sulla parte anteriore ha una sega semicircolare contro cui lei raspa il frutto aperto. La polpa bianca bagnata cade a striscioline in una ciotola che tiene ferma con le piante dei piedi.

Ingrid è sgomenta: «Dei bei piedi?».

Ateca annuisce: «Larghi. Possono tenere ferma questa ciotola. Provi».

Alla vista delle piante dei suoi piedi che reggono la ciotola di metallo con il cocco biancastro grattugiato, sgorga il perdono. Ingrid perdona i suoi piedi per non essere in grado di scendere quatti quatti da una scala, per averle fruttato il soprannome di Zampalunga alle elementari e per non averle permesso di imparare a ballare. Tutt'a un tratto vede i suoi due robusti ancoraggi con sguardo più benevolo, schizzati di latte di cocco e capaci di acquisire nuove competenze. Sorride ad Ateca, e quando la scarica di riso arriva è preparata e al contempo sorpresa. Per più di un minuto (più tardi Ingrid pensa che devono essere stati quasi due) Ateca ride dei bei piedi di Ingrid. E la responsabile amministrativa delle Autolinee regionali ormai in pensione è diventata la grattugiacocco ufficiale di *Vale nei Kat.*

E l'esperta contabile, naturalmente. Ci mancava che non si rendesse utile, e la Cacao di Kat non è un'impresa molto complessa. I soldi vanno per lo più in una direzione: fuori. Ma mancano ancora diversi mesi al raccolto, e sia Kat sia Mosese le assicurano che le amare fave di cacao varranno il proprio peso in oro una volta essiccate. Quanto bisognerà investire per ampliare l'attività e produrre il cioccolato in loco, invece di vendere le fave?

Quando siede nell'angolo adibito a ufficio, in soggiorno, con davanti i faldoni, Ingrid si vede per un attimo come un incrocio tra Karen Blixen e Ellen O'Hara. Che sciocchezze, pensa subito dopo scuotendo la testa, lei non è responsabile di grandi piantagioni di caffè o cotone, e per il momento non ha ancora visto nessun Denys Finch Hatton. Tuttavia c'è un che di romantico – o quasi – in tutto questo: la corrente che salta per ore, a volte giorni, e le lampade a paraffina sempre pronte a prenderne il posto; la sensazione che il vento e la pioggia tengano in pugno il raccolto, e con ciò il destino di tutte loro. E Ingrid sente che non è tra i faldoni che si trova la realtà, bensì fuori, tra le ombre verdi, dove i fusti palpitano di formiche e ragni.

"Non essere drammatica", si rimprovera in quei momenti, "non sei tu la proprietaria della piantagione. È l'attività di Kat, e se c'è qualcuno che dovrebbe preoccuparsi dei funghi o degli scarafaggi del cacao, quella dovrebbe essere lei." O forse Sina: Ingrid sa che ha partecipato attivamente al Circolo del giardinaggio di Reitvik per molti anni. Lei conosce di sicuro meglio di Ingrid il marciume delle piante e i parassiti, ma è come se si trattenesse. Saluta educata Mosese, ma non si lascia coinvolgere e, a quel che ne sa Ingrid, non ha fatto nemmeno una volta il giro della piantagione. C'è qualcosa, in Sina, che non è ancora stato disimballato, pur diverse settimane dopo il suo arrivo. Un'esitazione sulla soglia, una decisione che non sa prendere. "Io non la conosco", pensa Ingrid, e l'assurdità della situazione le piomba addosso: "Come ho potuto credere che sarebbe andata bene?". Né Sina né Lisbeth o Maya sono le stesse che erano alla fine della scuola, nella 3ªB indirizzo linguistico, quarantasette anni prima. Nemmeno Kat o lei stessa.

«Ed è per questo che siamo qui», si dice a voce alta. «Per

trovare quello di cui abbiamo bisogno. Che molto probabilmente è diverso da quello che crediamo di volere.»

«Non ero sicura che l'avresti fatto, Ingrid.»

La voce di Kat proviene dall'amaca nell'angolo più buio della veranda. Il rombo che spazza avanti e indietro le onde a disegnare strisce sulla sabbia fa oscillare il liso giaciglio di cotone. Le fiamme svolazzano sulle torce *tiki* ardenti, dei semplici piedistalli di bambù con un contenitore pieno d'olio in cima, e il fumo nero passa a sfiorare le donne lasciando sulla lingua un sapore di falò e di escursione con gli scout.

«Che cosa?»

Mantiene un tono disinvolto, la serata in veranda è un invito a chiacchierare, non ad analizzare.

«Che avresti mollato la presa.»

Kat si alza leggermente sull'amaca, provando a usare il gomito come sostegno.

«Cosa intendi?»

Ingrid non sa se sentirsi più ferita o imbarazzata. Perché dovrebbe essere tanto sbalorditivo che lei possa fare qualcosa d'impulso? Perché dev'essere additata come più lenta e abbarbicata delle altre?

È così difficile per Kat – per *Kat*! – vedere Vildrid?

«Oh, lo sai cosa intendo. Non è poi tanto facile lasciare tutto. Le proprie routine, le consuetudini, quello a cui si era abituati. La famiglia.»

All'improvviso Ingrid si sente bruciare dietro le palpebre. "E tu che cosa ne sai?" voleva dirle. "Tu hai mollato tutto quasi cinquant'anni fa, prima che sotto la pelle fosse maturato, si fosse consolidato alcunché. Da allora la tua vita è stata una serie di intervalli. Per te rompere con il passato è preparare la valigia, imparare a cucinare un nuovo piatto. Non depositare un'intera vita in magazzino prima di stringere la chiave tra le dita e buttarsi."

Ma non lo dice. Ingrid Hagen fa quello che sa fare meglio: tenersi le cose per sé. Ma Kat attende una risposta, i suoi occhi luccicano d'incitamento sprofondati nell'amaca e Ingrid vuole sviarla, farla ridere.

«Forse non sono una persona abitudinaria come credi», ribatte. «Potrei essermi lasciata alle spalle due amanti e una bancarotta. Magari sono scampata per un pelo alla mafia russa che rivoleva i soldi che mi aveva prestato per le mie folli speculazioni in diamanti.»

Ma Kat non ride. La guarda con un sorriso che Ingrid riconosce, anche se è diventato più indulgente di un tempo, più paziente.

«Non te la prendere, Ingrid. Non intendevo questo. Lo sai quanto sono felice che tu sia qui. Volevo solo dire che c'è sempre un prezzo da pagare.»

Kat prova a spostarsi sul bordo dell'amaca per fare posto a Ingrid. L'esercizio di equilibrio è impegnativo e l'amaca si inclina, Kat alla fine rinuncia e allunga la mano. «Senti...»

Ingrid la prende, stringe le dita ferme e calde.

«Non sono arrabbiata.»

4.
ATECA

Caro Signore,

che cosa devo fare con madam Ingrid e Mosese? Madam Ingrid è la sorella di madam Kat, aiutarla è il mio lavoro. Ma Litia è mia amica, e non sta bene. Chi sta bene quando una donna *kaivalagi* sparisce per ore con tuo marito nella piantagione? Tu lo vedi cosa fanno, Signore. Parlano. Ma stanno via così tanto, e quando tornano non hanno ceste sottobraccio. Tu ci hai dato il cibo per riempirci la pancia, non per parlarne!

Anche per Mosese è difficile. Lui sa cosa fa diventare dorato il cacao al momento giusto, lui legge i colori del guscio e l'odore della buccia che sfrega tra le dita. Ma non ha mai sentito parlare dei libri che madam Ingrid consiglia, e non conosce i computer. Hai visto come stava male oggi pomeriggio, Signore, quando madam Ingrid l'ha portato in casa per mostrargli qualcosa sul computer? Il mio cuore piangeva mentre lui era lì e lei indicava le immagini e le parole che scorrevano sullo schermo. Le dita dei piedi di Mosese si incurvavano verso il pavimento, ho visto che l'unica cosa che voleva era correre via. E, Signore, che cosa avrei dovuto risponderle dopo, quando mi ha chiesto se avesse fatto qualcosa di male? «Perché ha riso, Ateca? Ho detto qualcosa di sgarbato?»

Le sue mani erano impaurite e stringevano il cordino degli occhiali. «Ah, no, madam Ingrid», le ho risposto. «È solo che Mosese non è tanto bravo a leggere. Soprattutto al computer. Le lettere sono molto piccole.»

Non capiscono, Signore, che quando ridiamo è per non farle sentire in imbarazzo.

Mostrami cosa devo fare, Signore. Come posso aiutare Mosese e madam Ingrid. E anche Litia.

Nel nome di Gesù. *Emeni.*

5.
MAYA

Da: kat@connect.com.fj
A: evyforgad@gmail.com
Oggetto: la salute di Maya

Cara Evy,
ti ringrazio per la tua e-mail e per la sincerità riguardo alla salute di tua mamma. Non ho avuto molti contatti con Maya negli ultimi anni e non ne sapevo niente. Per questo apprezzo molto la fiducia che mi dimostri. Capisco che la situazione non è facile per te: c'è un bel po' di strada da Trondheim a Reitvik, e tra lavoro e famiglia mi rendo conto che sei sempre molto indaffarata. Ricordo l'ultima volta che ti ho visto, eri una fatina bionda di otto, nove anni: è incredibile che sia diventata mamma! Sono sicura che Maya adori sua nipote, e adesso che Steinar non c'è più naturalmente siete ancora più importanti per lei.

Pensando a quanto mi dici, capisco che non ti senta sicura riguardo al viaggio alle Fiji di tua madre, e non credo che tu abbia agito alle sue spalle scrivendomi. Dovevo sapere come stanno le cose. Ma vorrei sottolineare che l'invito è ancora valido, e quello che mi racconti per me non è un problema. La vecchia combriccola di amiche di Maya è una squadra ricca di risorse, e l'idea di base è che saranno la premura e il riguardo a contraddistinguere la nostra convivenza.

Comprendo quello che dici del suo «rifiutare» ciò che succede; immagino che sia una reazione piuttosto comune nelle persone che ricevono una diagnosi così dolorosa. Se Maya per prima non lo vede come un problema reale o non desidera parlarne, non penso che stia a me forzarla. Farò del mio meglio per assicurarmi che rispetti gli appuntamenti per i controlli e quant'altro, ma la cosa più importante, a mio modo di vedere, è essere un'amica che la sostiene e l'aiuta, entro i limiti che lei stessa desidera stabilire.

Non posso che confermare la tua supposizione che le competenze mediche in questo campo non siano molto estese alle Fiji. Il villaggio in cui viviamo, inoltre, è piccolo e il centro medico più vicino si trova a mezz'ora abbondante di strada. I dottori che vi lavorano non sono specialisti, attaccano la maggior parte dei problemi con gli antibiotici, i farmaci per abbassare la pressione e un sorriso incoraggiante. Però, come dici tu stessa, nemmeno in Norvegia si potrebbe far guarire Maya o rallentare il decorso della malattia.

Ma avremo modo di parlare ulteriormente quando accompagnerai qui tua madre. Così potrai anche incontrare le sue altre compagne; le hai conosciute di sicuro a Reitvik quando eri piccola. Credo comunque che sia meglio non concentrarsi troppo sulla sua salute quando arriverete; è importante che Maya incontri le altre alla pari, per così dire, adesso che entreremo in questa fase della vita in gruppo. E, se ho inteso bene, il suo problema non è immediatamente visibile dall'esterno.

Non ho dubbi che tu, come me, auguri a Maya il meglio da questa esperienza nei Mari del Sud, e penso che dobbiamo fare di tutto perché vada a buon fine, se lei stessa lo vuole.

Vi aspetto entrambe a Korototoka!

Lolomas,
Kat

6.
LISBETH

Gira la testa, si guarda da sopra la spalla e cerca di valutare la gravità della situazione. I pantaloni bianchi non sono i peggiori, in qualche modo sorreggono il didietro mitigandone l'impressione di pasta di pane molle. Comunque è uno spettacolo deprimente. Né più né meno.

La cosa peggiore, secondo Lisbeth, non sono le tette flosce: è il sedere cascante. Il sedere sodo e traboccante da cui Harald un tempo non riusciva a tenere lontano le mani, e per il quale lei ha sempre scelto stoffe e tagli che lo mettessero in evidenza, non è più quello di una volta. Tutt'altro. Come se sessantasei anni non fossero già una brutta cosa, con il collo da tacchino, le braccia flaccide e le tette simili a tasche rovesciate. Ma che adesso il sedere abbia puntato il retro delle ginocchia e si afflosci senza misericordia verso il basso, impietoso, centimetro dopo centimetro, non riesce proprio a sopportarlo.

Harald l'aveva presa in giro al suo cinquantesimo compleanno. «Dovresti regalarti un sedere nuovo. Che inchiappettata, ah ah!»

Quel ghigno compiaciuto... Lisbeth è certa che dicesse sul serio. Ed è capitato anche a lei di pensarci, di quando in quando.

Gira ancora la testa tanto da far scricchiolare le vertebre cervicali, contrae quello che riesce a trovare dei muscoli mezzo dimenticati dei glutei e vede un piccolo ondeggiamento sulla pasta di pane. L'esercizio fisico e l'alimentazione non ti possono portare più in là di così. In finale conta solo il bisturi. Ma lei ha aspettato troppo, l'ultima batteria sta partendo e non ha più nessuno che le paghi l'iscrizione alla gara.

Lisbeth è ancora scioccata. L'ha fatto! Ha venduto l'auto (a un concessionario, non ha avuto il coraggio di pubblicare un annuncio), ha comprato il biglietto e consegnato la BMW letteralmente all'ultimo momento, sulla strada per l'aeroporto. Ha detto a Harald che sarebbe andata a trovare Amanda per un paio di giorni, non è nemmeno sicura che lui se ne sia accorto. Sapeva che il rischio che una conversazione tra padre e figlia l'avrebbe tradita era minimo: Harald e Amanda si scambiano qualche SMS di quando in quando, tutto qui.

Com'è ovvio, è scoppiato un putiferio. Tra telefonate fatte e ricevute, in effetti non sa bene come abbia fatto Harald, alla fine, a scoprire dov'era. Dov'è. Dov'era, dov'è, dove sarà. Dove resterà. Resterà? Davvero? Amanda aveva pianto al telefono: «Mamma, non dirai sul serio? Sei impazzita? Con chi è che abiti? Che cosa dico a Fredrik?».

Non ce l'ha un copione da dare alla figlia per la conversazione con il compagno. Con suo stesso stupore, si rende conto che in realtà non le interessa. La Norvegia, Harald, la figlia lampadata che lavora in una palestra: è tutto al di fuori della bruma che, da quando è arrivata, le avvolge la testa simile a un cappello di pelliccia. Anche Joachim e la sua famiglia, la moglie e le gemelline. Lisbeth non conosce le sue nipoti, e non è solo per via della distanza che la separa da Göteborg. Sa che le gemelle fanno equitazione e manda soldi ai genitori perché acquistino regali e attrezzatura, lei ne sa talmente poco di queste cose... Quando Joachim si è rifiutato di dedicarsi all'edilizia e ha deciso di fare l'infermiere – l'infermiere! – Harald non ha dimostrato che disprezzo nei suoi confronti: «Eccola, tutta la sua ambizione!». E quando Birgitta, la ragazza svedese che aveva conosciuto a scuola e che aveva sposato, ha deciso di proseguire con gli studi di medicina, non c'è stato più niente da fare: secondo Harald, Joachim, che restava a casa con le figlie era un cretino e un perdente, e avere una nuora internista non era entusiasmante, bensì imbarazzante. Si vedono di rado, le nipoti hanno vicino i nonni materni. Lisbeth non le conosce, non ha contatto con la loro vita.

Per quanto riguarda Amanda, per lo meno capisce il suo modo di pensare, cosa è importante per lei. Amanda è ancora più vicina ai trenta che ai quaranta, il corpo e il volto dieci anni più giovani. Ha avuto qualche incarico come modella, lavori occasionali, ha fatto un esame di marketing qualche anno prima. Partner, compagni.

«Non lo so», aveva risposto alla domanda turbata della figlia. «Troverai senz'altro qualcosa da dirgli.»

Lisbeth si volta verso il letto, guarda i vestiti sparpagliati sulla coperta di cotone. Gli abiti dalle spalline strette, le cinture per mettere in risalto la vita ancora sottile. Le scarpe disposte su due file sulla base dell'armadio, le decolleté nei colori base, i sandali con il cinturino sul tallone e aperti davanti. Anche se è scappata ai tropici, non ha intenzione di diventare sciatta. Trascurare il proprio aspetto non serve a migliorare le cose. Non sa come sarà lì ma, comunque vada, non si farà vedere con i pantaloni sformati sulle ginocchia o, Dio non voglia, in una di quelle tende fiorite che lì sembrano indossare tutte le donne quando non hanno più l'età per portare i pantaloncini corti. E a proposito: Kat stessa indossa dei calzoncini di jeans tagliati. Da non crederci. Lisbeth non sa se riderne o piangerne. Non ha avuto rapporti con diplomatici e ambasciatori a destra e a manca? E ancora non sa come ci si veste? Non si truccava in 3ªB e non si trucca adesso, chissà se l'ha mai fatto nel frattempo?

Da abbinare ai pantaloni bianchi Lisbeth sceglie una canottiera rosa. Si gira davanti e di dietro, sale su uno sgabello: santissima misericordia, non si può avere uno specchio intero come Dio comanda?

«Che figurino!»

Il complimento di Kat sembra genuino e Lisbeth sente una piccola gioia fulminea, un riconoscimento. «Bah, sono solo due vecchie cose che mi sono messa così, di fretta.»

«Sei bella. Come sempre. Aspetta un attimo!»

Kat scende i quattro scalini della veranda e scompare. Torna con un fiore rosso che mette dietro l'orecchio di Lisbeth. «Ecco!»

Si china in avanti e aggiunge con fare eloquente: «Assicurati di tenerlo a sinistra. Significa che sei libera e pronta per l'avventura. "Sinistra per guardare, destra per cucinare"».

Lisbeth ride, per poco non arrossisce, la mano sale automaticamente alla testa. Ha visto il fiore dietro l'orecchio delle donne per strada, nei negozi, o mentre tornano dai campi con le ceste di manioca, la radice giallognola che usano per tutto. E all'orecchio degli uomini ha visto l'ibisco rosso, il fiore traboccante dello zenzero, il frangipani dal profumo frastornante, ma non era a conoscenza di questo codice del flirt.

«Davvero?» chiede prima di averci riflettuto.

«Certo.»

Kat ride. Lisbeth riconosce quella risata forte, che sembra rotolare attraverso la bocca per raccogliere volume prima che le labbra si aprano e la lascino uscire potente, a scatti. «Ti toccherà tenerlo a destra quando esci di casa, altrimenti non avrai pace.»

«Già.»

Ride insieme alle altre e sa di essere sciocca, ma riconosce quella sensazione, sente le guance che si scaldano. Le occhiate che celano un fischio d'approvazione. Gli sguardi che scivolano sul suo sedere, la abbracciano tutta. Gli occhi invidiosi delle altre donne che la osservano di sottecchi, nervose: nulla di cui preoccuparsi. "Tienti salda all'abbinamento delle scarpe. Capelli e trucco in ordine ti proteggono."

«Ah, cara mia», dice, mentre si siede sul pavimento, accomodandosi su un cuscino su cui sono cuciti numerosi specchietti, una delle tante bizzarre idee d'arredamento di Kat. «Quei tempi sono passati, poco ma sicuro.»

«Davvero?»

È Sina a chiederlo, non Kat. Lisbeth è stupita tanto per la schiettezza della domanda quanto per la persona che l'ha posta. Si accende una sigaretta per sfuggire allo sguardo provocatore, prova un vago senso di benessere quando nota le proprie unghie curate.

«Che cosa intendi?»

Lo sente anche lei che la domanda è fiacca e disinteressata, non pretende una risposta. I suoi occhi non incrociano quelli di Sina, ma seguono il fumo che svanisce nell'oscurità.

Per Sina comunque basta, e non insiste. Si limita ad alzare le spalle e a voltare la testa dall'altra parte. Rivolge lo sguardo verso il mare che nessuno vede e tutti sentono.

Ateca scosta la porta scorrevole di rete e caccia fuori la testa. «Vado, madam Kat. Ci vediamo domani mattina.»

«Buona notte, Ateca.»

Va a casa da suo figlio, Lisbeth l'ha visto un paio di volte. Un gigante sui diciassette, diciotto anni, forse, con le basette incolte e le gambe possenti coperte di tatuaggi. Ateca ha in mano un contenitore di plastica: dev'essere la norma che porti via i resti della cena. "Il ragazzo spazzolerà tutto", pensa Lisbeth, "non dev'essere poco il cibo che entra in quel corpo enorme." Stando a Kat, sogna di diventare un giocatore di rugby professionista, come quasi tutti i giovani da quelle parti. I pensieri di Lisbeth vanno a Joachim: il viso sottile e allungato, i capelli che stanno già iniziando a diradarsi. Quand'è stata veramente l'ultima volta che ha parlato a suo figlio?

Lisbeth resta seduta a contemplarsi i piedi. Bianchi, un po' nodosi; le unghie però hanno quel colore rosso vivo che porta da anni, non c'è ragione di cambiarlo. Decenni di sedute regolari dalla pedicure hanno giovato ai talloni, tondi e senza alcuno strato di pelle dura. Per una vecchia abitudine poggia le gambe una sopra l'altra, in modo da nascondere la grossa boccia sotto l'alluce del piede destro: l'alluce valgo, un antiestetico ingrossamento osseo che con il passare del tempo è diventato grande come una prugna. Fa male e lo massaggia con attenzione. Un piccolo prezzo da pagare per tutti gli anni passati con le scarpe a punta, lo sa, ma porca miseria, che male! Chiude gli occhi e inspira a fondo.

«Su, dillo», la incalza Kat.

«Cosa?» Lisbeth guarda il cespuglio scuro della sua testa sul divano di rattan.

«Dicci cosa hai pensato un attimo fa.»

Kat fa la sua risata strombettante.

«Sentiamo quanto hai imprecato fra te e te. Ti ho vista. Quel dannato mal di piedi... Posso iniziare io: dannato mal di piedi!»

Seduta accanto alla scala, Sina si risveglia e fissa interessata lo sguardo su Lisbeth, che tentenna un secondo prima di decidersi ad aprire bocca: «Ho pensato... porca miseria!».

Sina ride con scherno, ma senza essere spietata, e poi si butta anche lei: «Vene varicose di merda!».

«Al diavolo i capillari rotti!»

È Ingrid.

«Alla malora le unghie del piede incarnite!»

Di nuovo Kat.

La risata rimbomba tra le fiamme rosse delle torce, le ombre tremolano e si nascondono.

«Ginocchia scricchiolanti del cavolo!»

«'sto schifo di cosce molli!»

Lisbeth allunga il piede destro, il rigonfiamento sotto l'alluce risplende bianco. Disgustoso, ridicolo. Si liscia i pantaloni stropicciati e manda giù il nodo che ha in gola così che la risata possa uscire.

Non ricorda che Harald abbia mai commentato la deformazione del suo piede, sebbene per il resto sia stato sufficientemente zelante nell'indicare tutto quello che avvizziva, pendeva e tremolava. O nell'uscirsene con incitamenti del tipo: «Qui ormai stuccare non serve più a niente, devi tirare fuori il ferro da stiro», quando lei si truccava allo specchio. Lo sa, le rughe sono sempre più numerose, le creme sempre più costose. Le visite dal parrucchiere sempre più frequenti. Come in una gara di fondo dove qualcuno ha levato il traguardo, l'unica cosa da fare è tenere duro, giro dopo giro, mentre le gambe si fanno sempre più pesanti. Ciononostante continua a depilarsele. Nasconde le vene varicose con una crema apposita e costringe i piedi doloranti dentro scarpe strette. I vestiti non sono corti come prima, però ha ancora delle ginocchia di cui andare fiera. Con il reggiseno giusto può continuare a mostrare il solco nella scollatura, ma nascondere la pancia sporgente è diventata una sfida. La scomparsa del sedere non è che un'altra voce da aggiungere all'elenco.

Quand'è stato che Harald ha smesso di abbassarle la cerniera invece che alzarla? Era il loro gioco: lei che lo chiamava in camera da letto per farsi aiutare con la lampo del vestito quando dovevano andare da qualche parte. Lui che la tirava giù invece che su, le abbassava l'abito sulle spalle, le posava le mani sul seno, mormorandole sul collo: «C'è tempo per una sveltina». Il fiato rovente contro l'orecchio. Tanto tempo prima. Lei ha smesso di chiamare. Lui ha smesso di venire.

Naturalmente Harald si rivolge altrove, l'ha sempre fatto. Viaggi d'affari, fiere di settore, commesse stagionali in negozio. Lisbeth non ricorda più quando è stato che ha smesso di darsene pena, anche se, certo, l'umiliazione aveva raggiunto un nuovo livello un giorno di quell'estate, quando lui aveva parlato al telefono con lei seduta accanto in auto, senza neanche preoccuparsi di nasconderlo. Per mettersi d'accordo per incontrarla, chiunque fosse questa volta, in Danimarca la settimana seguente. «Incontro d'affari», aveva detto una volta riattaccato. «Devo andare un paio di giorni a Copenaghen.» Si era voltato verso di lei e le aveva sorriso, e lei aveva aspettato che arrivasse la fitta nera di nausea e disperazione, e invece niente. Solo una piatta sensazione di vergogna e indifferenza. Dentro di lei un lago ghiacciato, con la brina sulla superficie. Una tavola bianca che attendeva che lei calzasse i pattini e incidesse profonde cicatrici con l'alluminio lustro: io sono stata qui. Io sono stata qualcuno. Ma lei non ha mai pattinato. Solo quella tenace maratona, anno dopo anno, giro dopo giro nello specchio.

Senza avvicinarsi al traguardo.

E quando era tornata a casa, la lettera di Kat nella casella. Proprio quel giorno.

Lisbeth, mi chiedo se tutto sia andato come desideravi. Il principe e metà del regno. Per sempre felici e contenti. O sento forse il foglio che fruscia perché ti tremano le mani? Ogni tanto Ingrid mi aggior-

na sulla nostra vecchia combriccola. Entrambe sappiamo che non è una pettegola, ma ho capito che le rose hanno spine anche a Toppåsen. I principi non sempre sono quei pretendenti al trono che fanno finta di essere.

Quindi eccoti un'opportunità di cambiamento. Potresti immaginarti una stanzetta sotto un tetto di paglia al posto di tre salotti con finestre panoramiche? O hai troppo da perdere?

Lisbeth si guarda intorno, vede Ingrid che si asciuga le lacrime dalla guancia. I suoi folti capelli grigi sono corti, un taglio semplice in linea con il cordino degli occhiali che ha al collo. L'affidabile, insipida Ingrid. Eppure c'è qualcosa di nuovo in lei: un movimento vivace della testa, un luccichio in fondo agli occhi castani. Ingrid, che, dunque, si è tenuta al corrente sulla sua vita. Ha saputo delle avventure di Harald e ha sentito le chiacchiere nell'ombra, quelle davanti a cui lei stessa ha chiuso occhi e orecchie per anni. Ne ha parlato con Kat e questo è il motivo per cui Lisbeth ora è lì, con un fiore tra i capelli e un sole rosso ardente che cala placido nell'Oceano Pacifico. Il nodo le preme caldo in gola e lei afferra l'astuccio delle sigarette. Per sempre felici e contenti? Esiste un luogo dove può accadere?

La poltrona di vimini accanto all'amaca scricchiola quando Kat rannicchia le gambe. La spensierata, straordinaria Kat, dall'aspetto temerario e senza idea di essere parte del gioco. Se Lisbeth ha mai avuto un'avversaria alla scuola superiore di Reitvik, quella era lei. Kat dalla risata strana, la bocca grande, in qualche modo le ha catturate tutte, le ha ammaliate. Senza approfittarne. Kat rideva e basta, desiderava e anelava senza vergogna, fantasticava e sognava cose che Lisbeth sapeva non essere per lei. Si sentiva sempre affannata dopo essere stata con Kat, allegra e avvilita allo stesso tempo. Ma lei mirava ad altri bersagli e non li perdeva di vista. Sapeva su quale arma fare affidamento e quale premio portare a casa. Eppure era stato un sollievo quando Kat se n'era andata con Niklas, un fattore imprevedibile che era sparito lasciando sulla pista solo quelli che ballavano sulla stessa melodia. In quel ballo Lisbeth era imbattibile e quatta quatta era salita con eleganza in cima al podio, dove la coppa si chiamava Harald Høie. Con un «jr» in fondo al nome e, con il passare degli anni, un «direttore» davanti. Terza generazione nel commercio edile, sicuro, affidabile. Il primo premio.

Sposta lo sguardo su Sina e trasale quando i loro occhi si incrociano. Sina non li distoglie, è Lisbeth che gira la testa mentre prova una sensazione che riconosce, l'impressione di essere sfidata da un'angolazione che non sa definire. Un rapporto in cui l'ago della bilancia oscilla costantemente. Adesso come allora. Erano amiche per la pelle? Sì, dovevano esserlo. "Diverse come il sale e lo zucchero, ma avevamo bisogno l'una dell'altra", pensa Lisbeth. Tuttora, come ai vecchi tempi, non saprebbe dire bene perché. Sina che aveva immancabilmente la febbre sul labbro. Il cappotto aperto: era strano che sembrasse avere sempre freddo? Curva e senza tette, non era riuscita a mettere in pratica nemmeno il semplice trucco dell'ovatta nel reggiseno. Lisbeth è ancora sconsolata quando ci ripensa: ci poteva almeno provare, o no? Raddrizzare la schiena, sorridere un po' di più, sistemarsi i capelli. Sina non era stupida, era solo così... impacciata!

L'altra cosa, quella che tuttora non ha un nome e a cui Lisbeth non pensa da anni, non è qualcosa che Sina ha detto. O fatto. Ma c'era sempre, nella bocca tesa quando Lisbeth rideva fragorosamente delle battute più stupide dei ragazzi. Nello sguardo lento che la seguiva nello specchio del bagno delle femmine, quando Sina se ne stava lì senza dire una parola reggendo la giacca e la sciarpa mentre lei lottava con il pettine lamentandosi dei suoi capelli impossibili. Disapprovazione. No: ostilità. No: sprezzo. Lisbeth lascia filtrare il fumo dal naso e riprende la vecchia caccia alla parola. Biasimo? Derisione? Non la trova nemmeno adesso. Sa solo che c'è ancora. Una specie di potere, dietro le spalle curve e le risposte aspre.

Una persona goffa e taciturna: ecco tutto quello che vedevano gli altri. Dev'essere per questo che lo shock era stato ancora più grande quando, l'autunno dopo la maturità, era divenuto evidente che Sina non riusciva più ad abbottonare il cappotto, nemmeno volendo. Chi fosse il padre non era mai saltato fuori, ma Lisbeth non è sicura che nessuna di loro lo sappia. Kat però era partita, Ingrid lavorava e viveva la sua vita silenziosa, Maya e Steinar se n'erano andati per frequentare la scuola per insegnanti e lei, con un anello al dito, stava programmando un matrimonio. Era in un certo senso impossibile non prendersi a cuore la faccenda, fare qualcosa, qualsiasi cosa, per Sina che era stata seduta nel banco alla sua destra per tre anni. Lei che aveva accennato al diventare infermiera, magari, ma non aveva ancora intrapreso niente. Finché poi, appunto, era successo questo. Ah, Lisbeth aveva provato rassegnazione, stizza, addirittura. Ma l'amica le faceva pena, sentiva di avere una specie di responsabilità, e aveva finito per parlarne con Harald: un posto come aiutante, solo per qualche ora alla settimana? In magazzino, così non doveva sentire tutte le chiacchiere (né farsi vedere dalla gente, certo, aveva detto anche questo). Nemmeno la madre di Sina disponeva di molti mezzi, era vedova e non godeva di buona salute: non potevano cercare di aiutarla? Quando Harald infine aveva accettato di parlare con Harald senior e lei aveva potuto dirlo all'amica, aveva avuto un assaggio della sua nuova vita. D'improvviso era una persona che aveva qualcosa da offrire. Un nuovo sguardo con cui andare incontro a Sina.

Non lo dimenticherà mai. Il Nilsens Kafé, un tavolino accanto alla parete, appena oltre la vetrina con le torte.

«L'ha detto Harald senior in persona! Puoi dare una mano in magazzino, prezzare la merce e così via. Non so niente dello stipendio, ma la cosa più importante è che tu *abbia* qualcosa, no?»

Lisbeth aveva sentito il calore sulla nuca sotto la sciarpa, le mancava il fiato per tutta quella ricchezza che aveva in eccesso. Una sensazione dolce e spaventosa di potere.

Il nero nello sguardo di Sina si era dilatato. Il collo si era teso per disprezzo, le mascelle tutt'a un tratto sporgevano sotto le guance tonde.

«Che io *abbia* qualcosa? Credi che non *abbia* niente?»

La faccia si allungava sopra il tavolo, il fiato caldo, furente.

«Io ho molto più di te, Lisbeth, quindi non credere che tu e Harald Høie mi stiate facendo un favore!»

Lisbeth era rimasta impietrita. Aveva sentito le dita strette intorno alla sigaretta cominciare a tremare, il sorriso a sfilacciarsi. «Che cosa intendi? Volevo solo...»

«Lo sai benissimo cosa intendo. Credi che non sappia che cosa pensi? "Povera Sina!"»

La sua smorfia, storta, dura e brutta.

«"Povera Sina che ha fatto questa fine." Be', ti dirò una cosa: sei tu che fai pena, Lisbeth. Tu che non sai girarti senza pensare a che aspetto abbia il tuo sedere. Tu che provi la risata davanti allo specchio. Credi che io abbia voglia di essere come te, che non hai altro da mostrare se non quello che è sotto gli occhi di tutti? Sono io che *ho* qualcosa, Lisbeth. Non tu.»

Poi si era appoggiata allo schienale, aveva vuotato la tazza di caffè per proseguire con una voce completamente diversa, indifferente: «Ma accetto il lavoro, è ovvio. Da qualche parte devo pur guadagnare qualcosa. Ringrazia Harald da parte mia».

Adesso non capisce come sia riuscita a rimuovere quelle parole. A tornare da Harald e dirgli che Sina era felice e riconoscente, e che lo ringraziava di cuore. In seguito, quando ci aveva ripensato, era quasi riuscita a illudersi di aver frainteso. Sina era sconvolta, naturalmente, si trovava in una situazione assai complicata. Era ovvio che fosse disperata, non sapeva quel che diceva! E in ogni modo la gratitudine per il lavoro era stata sincera, visto che aveva lavorato nell'azienda per tutti gli anni a venire.

Era naturale che si sarebbero allontanate. Sina aveva il bambino e il lavoro. La sua piccola vita in un appartamento di condominio. Lisbeth aveva molto, molto di più. Aveva tutto. La casa sulla collina di Toppåsen, i bambini. Prima Joachim, il principe ereditario della Materiali edili Høie. Poi Amanda, la principessa. Era tutto bello, no? Impegnativo, ma bello. E lei si teneva in forma, manteneva la linea, teneva Harald più stretto che poteva. «Star bene insieme», si dice oggi. Lei e Harald sono mai stati bene insieme? Non è sicura di cosa significhi. Non è solo un modo per dire che i giorni passano senza trambusto e senza troppi problemi, guardando altrove quando la vista diventa troppo sgradevole? Le stanze di casa vuote, tutte le ore passate da sola... era davvero così brutto?

Avrebbe potuto essere molto peggio, constata Lisbeth facendo scivolare di nuovo lo sguardo sulla compagnia. Sina: una vita intera passata in ristrettezze, un fannullone per figlio. Ingrid: solida, sicura, ma quanto si è divertita? Quante volte le mani di un uomo l'hanno fatta tremare, avvampare? E Kat... Chi la capisce, Kat? Kat, che avrebbe potuto avere chiunque avesse voluto, e che invece ha scelto i jeans tagliati e un'esistenza senza un indirizzo stabile. E Maya. Maya che non è ancora arrivata, ma che nel giro di qualche giorno entrerà nell'ultima stanza, quella più piccola, di *Vale nei Kat.* Che nome, poi: la Casa di Kat. Lisbeth vorrebbe che potessero trovargliene un altro. Non può restare lì per tutta la vita come ospite nella Casa di Kat. Le baluginano davanti agli occhi le stanze di casa sua, sale immobili, camere da letto vuote. Un pensiero la colpisce: sono ospite anche lì. Tutto è impeccabile ed elegante. Ma non c'è nessuno a casa. Non c'è nessuno da anni.

7.
ATECA

Caro Signore,

devi aiutarmi a badare a loro, le sorelle di madam Kat: sono così smarrite! Hanno denaro e più cibo di quanto possano mangiare, ma c'è molto che non riescono a comprendere.

So che tutto è nelle tue mani, Signore. Ma sono costretta a insegnare loro delle cose. Che madam Sina deve cospargersi i capelli con l'olio di cocco. Che madam Lisbeth deve smettere di coprirsi la faccia con le creme, così può respirare come si deve. E madam Ingrid, che vorrebbe tanto imparare tutto. Ma vorrebbe anche decidere, fare un po' il *bosso.* Ha deciso che la spazzatura umida della cucina va ammucchiata nel giardino, sul retro. La mischia con le foglie marce e la buccia della frutta e rivolta il tutto con la vanga. «Aiuta a far crescere meglio le zucche», dice. Io mi limito ad annuire. Scoprirà presto che la pelle del pesce dà un cattivo sapore alle patate dolci. E hai sentito cosa mi ha chiesto oggi? Perché le donne non si riuniscono intorno alla coppa del *grog* la sera come fanno gli uomini?

E adesso arriverà ancora un'altra madam. Io faccio del mio meglio per prendermi cura di loro, Signore, anche se non è semplice capirle. La loro lingua zoppicante e i vestiti pallidi. Le domande strane che fanno. Sono brave persone, ma sono *kaivalagi,* pensano diversamente da noi.

Hai detto che dobbiamo rimettere a te la nostra inquietudine, quindi io affido le signore nelle tue mani. Ti ringrazio perché tieni la tua mano sopra di loro e le proteggi.

Nel nome di Gesù. *Emeni.*

8.
KAT

Spero che non lo vedano come un esperimento. Come qualcosa da provare per scoprire se per caso faccia per loro, salvo poi tirarsi indietro non appena spunta qualche sfida. Non sono ingenua, solo il Signore sa quante volte ho visto i sogni e le buone intenzioni frantumarsi sotto il maglio della realtà. Ma vorrei tanto che questa avventura andasse bene, e tutte loro devono mettere in conto un po' di sudore e di lacrime.

Ce la possiamo fare? Riusciremo a ripristinare quella sorellanza che c'era una volta, che non avevamo mai chiamato per nome? La domanda turbina per la testa ronzando: era proprio quello che c'era tra di noi un tempo? Una comunione? Oppure ho preso un abbaglio? Forse è solo una chimera, una falsificazione della storia, e in tal caso ho posto le basi per una catastrofe collettiva.

Non ho mai creduto di averne alcun bisogno, Niklas mi è sempre bastato. Il suo fervore, l'ottimismo famelico che mi ha risucchiato verso di lui, dentro di lui, e mi ha tenuto lì. E non mi sono mai pentita del viaggio, nemmeno per un secondo! Luoghi di cui non avevo mai sentito parlare e ai quali non sapevo di anelare. Persone, sorrisi, voci. Lacrime, paure, abissi di dolore nero e profondo. In qualche caso potevamo essere d'aiuto, ma non sempre. Certe volte il dolore era più grande quando partivamo che quando arrivavamo. Però eravamo sempre noi due, io e Niklas insieme. Non mi serviva altro. Era così semplice proseguire il viaggio: sempre avanti.

Le poche volte in cui sono tornata a casa in tutti questi anni è stato principalmente per presenziare ai funerali. Un baluginio di pioggia grigia e vestiti neri, tartine con polpette in un freddo centro sociale comunale. Nulla per cui rimanere a Reitvik, non quando il programma per la formazione delle infermiere distrettuali in Pakistan era sul punto di concretizzarsi. Una volta pubblicato sul giornale l'annuncio di ringraziamento per le condoglianze ricevute, salivo sul primo aereo per tornare in Congo o in Malawi o nel Bhutan. Quando se n'è andato papà, mi è parsa ragionevole la proposta di Karsten di vendere la casa dove eravamo cresciuti. È stato un sollievo lasciare tutto nelle mani di mio fratello, lo ammetto senza problemi. Se non altro, sapere che alla Cassa di risparmio di Reitvik è depositata una somma a mio nome mi trasmette una sorta di sicurezza.

I figli erano l'unico argomento su cui io e Niklas non eravamo d'accordo. O meglio... era più che altro una discussione mai portata a termine. Forse non è nemmeno cominciata davvero. È il classico esempio di qualcosa per cui non era mai il momento adatto. C'era sempre qualcuno a cui potevamo essere più d'aiuto: «Forse faremmo meglio ad aspettare di vedere come va con il finanziamento del progetto, non credi, Kat?». O con i suoi sviluppi. O con il risultato, o la valutazione. Solo che dopo un progetto ce n'era sempre un altro, più impellente, più pressante. Un'alluvione che aveva contaminato l'acqua potabile di un intero villaggio. Ribelli che avevano terrorizzato e messo in fuga una popolazione provocando il bisogno urgente di accampamenti e razioni alimentari. Il progetto non riguardava mai un'unione cellulare che necessitava di una gestazione di nove mesi. Semplicemente, non era mai il momento. Niklas era e rimaneva il sole del mio sistema planetario, il perno dell'universo. Era la sua bussola morale a dare la direzione, il suo fiuto per gli stenti a indicare la strada. Era la schiena ritta di Niklas a far drizzare la mia, la sua capacità mai venuta meno di localizzare nuove sofferenze e folle di nostri prossimi che avevano bisogno di aiuto. Un bebè non poteva competere in quella arena, non sollevavo nemmeno l'argomento. Non in questi termini, non come una mancanza. Avevamo la responsabilità di tanti bambini già nati. Così tanti, in così tanti luoghi.

Nessuno di noi due aveva un alto livello di istruzione. Niklas poteva vantare studi incompleti di antropologia, io poco più di un misero diploma a documentare il mio sapere. Quarant'anni passati sulla strada, però, ci hanno portato sui campi, nelle giungle, in barca e persino sugli alberi. A volte, è vero, dovevamo accantonare le nostre iniziative, anche se l'idea era buona: avevamo portato a termine un progetto pilota per la costruzione di case sopraelevate in una zona a rischio inondazione nella Cina meridionale, ma notammo che la costruzione delle capanne di legno metteva in fuga la maina crestata, un uccello della famiglia degli storni che proteggeva le coltivazioni di patate dagli insetti nocivi, e la gente preferiva avere le patate piuttosto che le case antialluvione.

Così la piantagione di cacao non rappresentò una sfida davanti alla quale arretrare. Di fatto andammo a visitarla: una sera, mentre sedeva davanti al *tanoa* in uno dei villaggi lungo la Costa del Corallo delle Fiji, Niklas sentì parlare di un'azienda agricola fuori Rakiraki che rientrava perfettamente nel sogno da pensionati che in realtà non sapevamo di avere. Dopo il decimo o dodicesimo *bilo* di *kava*, uno degli altri uomini raccolti intorno alla ciotola di legno attaccò un lungo racconto sullo zio di suo cognato, che molti anni prima aveva preso una cantonata lasciando un pezzo della sua terra a un *kaivalagi*, uno straniero, un «forestiero venuto dalla volta celeste». Sotto lo zio del cognato il terreno aveva trovato l'uso a cui era più adatto e che più conveniva: filari e filari resistenti di taro, la pesante radice che sta alla base della cucina fijiana. Non è il mio cibo preferito, quel clone sovradimensionato della rutabaga; viene servito bollito, non ha alcun sapore e ha la consistenza del burro duro. Il *kaivalagi* (che Niklas aveva capito essere un australiano) aveva invece insistito per coltivare il cacao, ed ecco come era finita: non soltanto un vicino inferocito l'aveva fatto fuori con il machete per la canna da zucchero dopo una lite per il prestito di una manciata di dollari, ma anche la moglie e il figlio erano morti finendo fuori strada con un taxi mentre cercavano di raggiungere Rakiraki per mettersi al sicuro su una corriera che li avrebbe portati nella capitale. «Una maledizione», commentò l'uomo, svuotando l'ennesimo *bilo* in un solo sorso prima di borbottare l'obbligatorio «*bula!*» battendo solennemente le mani per tre volte e deporre il mezzo guscio di cocco.

«E la piantagione? Anche quella è andata a farsi benedire?»

Il fijiano lo fissò torvo con gli occhi iniettati di sangue prima di scuotere la testa. «Le piante crescono forti e le fave sono dorate come sacchi di denaro. Ma a cosa serve quando sei morto?»

Già la settimana seguente riuscimmo a risalire ai parenti del proprietario tramite Mosese, il sovrintendente. «Continuerà a occuparsene fino a quando avremo concluso la trattativa», mi disse Niklas, gli occhi ardenti di fervore, «e anche dopo, se vogliamo. Kat, pensa: una piantagione di cacao!»

Mi amava. Certe volte fa così male che non riesco a respirare. Devo chiudere gli occhi, aggrapparmi stretta a qualcosa e inspirare con calma dal naso, buttando fuori l'aria dalla bocca. Mi amava, voleva qualcosa di bello per me! La gioia nella sua voce: «Possiamo imparare, Kat, non è difficile!». L'entusiasmo che non mancava mai di infiammarmi: «Un progetto tutto nostro, e se va in porto potremo aiutare altre persone. Sviluppo delle competenze locali! Microfinanziamento! Lavori stagionali!».

L'ardore nelle sue parole. Ma più chiaro di tutto vedevo questo: era per me. Lui mi amava. Il piacere dolce e pesante che richiede mesi per essere creato, un processo lungo e faticoso: l'amore nella fava marrone di cacao, lucida di grasso. Era per me.

Il futuro è diventato passato. Il prima è diventato dopo. Adesso è l'epoca del dopo Niklas. Ma aveva rispettato i suoi principi, aveva mantenuto la promessa: sviluppo sostenibile. Era questa la linea guida, era questo che perseguivamo in tutto quello che facevamo. Dai a un uomo un pesce, e avrà da mangiare oggi; insegnagli a pescare, e avrà da mangiare per il resto della vita. La sostenibilità era sempre stato il nostro mantra: aiuto duraturo, a lungo termine. Niklas ha costruito tutto in modo che durasse. Ha provveduto e preparato. Solo che adesso non sarà per noi, ma per me.

Per questo non sono disorientata. Non sono smarrita, anche se sono senza di lui. Senza il mio compagno, il mio vero compagno, il mio pari, sono una, sono sola. Unica e senza pari.

Ci ho riflettuto abbastanza? Sicuramente no. La pianificazione e la valutazione d'impatto non sono mai state il mio forte. Mi sono sempre lasciata guidare dalla pancia, il cuore seguiva, e la testa le stava dietro se in valigia c'era posto. Dopo il funerale, quando le stuoie sono state ripiegate e rimosse e le stanze sono rimaste vuote, se non per l'eco dei salmi, ho visto la preoccupazione posarsi come uno scialle chiazzato sulle spalle di Ateca: «Ha bisogno della sua famiglia, madam Kat».

Io ho cercato di sorridere. «Non ho una famiglia, Ateca. Sei tu la mia famiglia.»

«*Isa!*» Lo sbigottimento si è mescolato alla compassione sul suo volto, e lei ha proseguito: «Sì, madam Kat, lei è mia sorella. Ma ha bisogno della famiglia dal suo paese. Delle sue sorelle di là».

Le mie sorelle di là. Ho scosso la testa, che cosa potevo dirle? Avevo bisogno delle mie sorelle. Che cos'è il bisogno? Io e Niklas eravamo sempre impegnati a scoprire cosa serve agli altri, l'identificazione delle necessità è il primo passo. E malgrado sia stata Ateca a pronunciare quelle parole, ho capito subito che era in quel preciso momento che la domanda e l'offerta si incastravano, come un uccello che infine trova l'albero giusto: «Forse anche le sue sorelle hanno bisogno di lei, madam Kat».

Così non è stato difficile scrivere la lettera. Una semplice offerta, con le spalle completamente coperte. Se più avanti avessero cambiato idea, non sarebbe stata altro che una vacanza in paradiso, all inclusive. Ho promesso loro di occuparmi anche del biglietto di ritorno, se tutto dovesse andare storto. Ricca sfondata non lo sono, ma i soldi durano a lungo qui, dove Mosese al pomeriggio lascia i frutti dell'albero del pane sulla scala e le galline depongono le uova per pura gioia e concimano i meloni con lo stesso zelo.

Certo che sono nervosa: è una cosa assolutamente folle, sotto molti aspetti. Posso gestire tutta la zavorra che si porteranno dietro? In fondo è da una vita che non le vedo, che cosa ne so di ciò che hanno in valigia?

Ingrid è quella che mi preoccupa meno. Se mai ho avuto una migliore amica, è lei. È come con un amante, forse: quello che ti attrae è quello che ti manca in te stesso. Quello che non hai avuto, ma devi attingere. La resistenza, la convinzione inossidabile che le cose capitano a chi sopporta e si dà da fare. Lei è rimasta aggrappata alla realtà con le sue unghie corte. Con Ingrid puoi stare sicura che tutto andrà secondo i piani. Non ha mai avuto bisogno di sregolatezze, di premere convulsamente il tasto on-off. La pazienza nello sguardo, come un cane – oh, ma no! Non ho appena detto che era la mia migliore amica? Ma quell'immagine forse si è delineata dentro di me molto tempo fa: un labrador dal muso bagnato e fedele, gli occhi grondanti perseveranza. La dedizione che diventa un fardello, un'aspettativa non soddisfatta. No, no, no, non Ingrid! È l'unica con cui sia riuscita a tenermi più o meno in contatto, è venuta persino a trovarci diverse volte. Ha passato un'intera vacanza di Natale da noi quando vivevamo a Mauritius e stavamo portando avanti un progetto per lo sviluppo dell'energia solare. Ha girato con noi la provincia del Khorasan in Iran per vedere la situazione nei campi dei profughi afghani. No, Ingrid non è un labrador. Se dev'essere un cane, è un vigile pastore tedesco. Orecchie a punta e sguardo attento. Uno che se la cava da solo, ma apprezza la compagnia.

Le altre appaiono più come un gruppo. Un trifoglio al quale non si può staccare una foglia senza che il resto della pianta venga irrimediabilmente danneggiato. Che cos'era, in realtà, che ci teneva legate? La taciturna e sfocata Sina, le mani che armeggiavano con le frange della sciarpa, un mansueto accompagnamento ai capelli freschi di acconciatura e alle camicette aderenti di Lisbeth; Maya, così solida nell'approccio a qualsiasi cosa, dai verbi tedeschi ai vestiti invernali: mi vedo ancora le sue gambe, imbullonate in un paio di stivali identici a quelli a cui mia mamma fissava i ramponi in inverno. Chiara e concisa, secca e decisa.

È davvero possibile che sia malata? Sua figlia è stata franca nell'e-mail: «Può peggiorare e lo farà, il medico è stato chiaro». Sono pronta a diventare una badante a lungo termine? Le altre sono pronte? Non mi ero immaginata niente del genere, sebbene avrei dovuto pensarlo che gli anni dopo i sessanta possono offrire ben altro che la pressione alta e un intestino pigro. Ma la situazione non può essere così grave; scommetto che sua figlia esagera un po' solo per evitare future recriminazioni da parte mia. In ogni modo, non voglio spaventare le altre rischiando di mandare all'aria il progetto prima ancora di iniziare. Evy l'accompagnerà, e per Maya il passaggio sarà dolce. È inutile gridare al lupo prima che ce ne sia motivo.

Essere qui le une per le altre, è questo il pensiero di fondo. Condividere gli anni grigi con qualcuno che ricordi quelli verdi. Comprare gli occhiali da lettura in pacchi da cinque e litigare su chi porti meglio quale montatura. Scherzare sul bruciore di stomaco e le calze contenitive. Vedere la pelle a buccia d'arancia come un eccitante paesaggio lunare che offre nuove opportunità. Essere strumento di sostegno reciproco senza burocrazia e ore razionate, basato sul riconoscimento e la lealtà. Ritrovare ciò che è stato, costruire la fine intorno all'inizio di una volta.

Ma è passato così tanto tempo... Può darsi che quello che credo di ricordare non sia altro che una fantasia, un velo di fumo. Questa sera un gufo bubola nella piantagione, un fischio mesto che scivola fin sulle pareti. Se Ateca fosse stata qui, avrebbe detto che significa disgrazia e avrebbe rivolto una preghiera a Dio affinché ci protegga tutti. Quel suono selvatico e solitario serpeggia sinuoso attraverso l'oscurità, come se il mare avesse smesso di sussurrare e parlasse ora con una voce d'argento nero.

9.
ATECA

Depongo tutte le mie preoccupazioni al tuo cospetto, Signore, e la più grande è Vilivo. Sono passati sei mesi da quando ha terminato la scuola e non ha ancora trovato lavoro! Ha tentato e ritentato, ha girato uffici e negozi. Ha chiesto a quelli che costruiranno il nuovo ponte sul fiume Waimakare, ha fatto domanda alla centrale elettrica. Gli dicono di no dappertutto, Signore. I villaggi lungo la King's Highway, e l'isola intera, sono pieni di giovani senza lavoro. Ragazzi con un diploma migliore di Vilivo, ma che alla fine si arrendono e seguono la corrente che li porta a Suva. Ti prego, fai che mio figlio non finisca laggiù! A fare il carriolante al bazar. O, peggio ancora, che non capiti nei night club lungo la Victoria Parade. Girano così tante storie, Signore, sui ragazzi che salgono sulla corriera per la città! Poi i genitori non hanno più notizie, fino a quando non vengono a sapere che il figlio sta per essere processato per il furto di un portafogli o una rissa in un bar, o per aver rubato dei rottami di ferro da un cantiere.

Vilivo è convinto che diventerà una star del rugby, sognano tutti di diventare il prossimo Waisale Serevi. Ma i suoi sogni sono giovani e immaturi, come le banane sull'albero in giardino, acerbe e ingarbugliate. È ovvio che sarei fiera di lui, Signore! Se potessi vedere mio figlio correre nello stadio di Suva, un Flying Fijian in uniforme bianca e nera! Ma quasi nessuno ce la fa, e comunque non senza soldi. Gli servono muscoli e forze per gli allenamenti, gli serve molto cibo. La manioca dietro la mia casa cresce con facilità, ma non basta. Da madam Kat le signore mangiano carne e pesce tutti i giorni, hanno peperoni gialli d'importazione e asparagi a quindici dollari al mazzo. Sono grata di poter portare a casa quello che avanza.

Signore, tu vedi che Vilivo è un bravo ragazzo. Aiutalo a intraprendere la strada giusta. Fa' che trovi lavoro, di modo che possa provvedere a sé stesso, diventare adulto e metter su famiglia.

Nel nome di Gesù. *Emeni.*

10.
MAYA

Sa esattamente quando è stata la prima volta che è successo. Uno dei più grandi piaceri di Maya, una volta andata in pensione, è stato leggere. Potersi abbuffare di tutti i titoli sugli scaffali della biblioteca e anche della propria libreria, sui quali, quando lavorava, di rado potevai fare altro se non farvi scorrere lo sguardo agognante. Adesso sul suo comodino sono impilati non meno di tre o quattro volumi: romanzi e biografie, diari di viaggio, e ha provato perfino con le raccolte di poesie. Un suo ex collega l'aveva invitata a partecipare a un circolo di lettura, e ogni volta lei non vedeva l'ora che arrivasse l'ultimo giovedì del mese. La curiosità fervente di sapere che cosa gli altri pensassero del libro di turno, mescolata al fatto che ci fosse ancora qualcuno che aspettava quello che aveva da dire lei, la professoressa Aakre, ormai semplicemente Maya Aakre.

Avevano letto un romanzo splendido, un libro voluminoso dall'India, colmo fin nei margini di colori e spezie e musica e poesia, un sontuoso pranzo letterario da sette portate. Dopo un'introduzione sull'autore facevano sempre il giro dei presenti e, quando arrivava il turno di Maya, lei aveva pronti tra le pagine i bigliettini gialli accanto ai passi che aveva pensato di leggere ad alta voce. «Trovo che questo romanzo sia come un arazzo», aveva iniziato, sentendo la propria voce, gioiosa ma obiettiva. «Le descrizioni poetiche e romantiche della natura e dell'arte, combinate con un messaggio sociale al contempo brutale e...»

La parola era svanita. Uno spazio bianco e vuoto nella frase, la sua lingua sgombra e smarrita. Non era rimasto altro che la vaga sensazione di quello che voleva dire, un'ombra sfuggente. Rapida come un fulmine l'aveva braccata, aveva frugato negli angoli più remoti del cervello alla ricerca di lettere e sillabe che sapeva di conoscere. Niente. Un panico intorpidito le si era gonfiato in bocca mentre gli occhi intorno al tavolo la fissavano immobili e lei, più che sentito, aveva visto che il silenzio stava diventando troppo lungo. Poi aveva mollato la presa, lasciando andare la parola mancante, e aveva tagliato risentita borbottando un «...sì, e...». Aveva inspirato a fondo e cacciato via il terrore, passando alla descrizione dei personaggi. Solo molto più tardi, mentre tornava a casa in auto, la parola si era spinta fuori dalla fessura nella quale era rimasta incastrata e le si era presentata sulla lingua. «Provocatorio!» aveva esclamato stupita a voce alta mentre svoltava verso il suo garage.

Tutti dimenticano, perdono e smarriscono nella confusione, si era detta. Chiavi, telefonini e occhiali. Li ritrovano con un'alzata stizzita di spalle: «Ah, l'avevo messo lì?». Anche le prime volte in cui , mentre guidava, le era capitato tutto d'un tratto di non sapere dove fosse diretta, non aveva voluto dare peso alla cosa. Il punto vuoto che di colpo era diventata la sua testa: ho le mani sul volante, sto risalendo Stadionveien, dove sto andando? Il colpo freddo allo stomaco che la faceva frenare convulsamente e sbandare mentre fermava l'auto sul ciglio della strada: *dov'è che sto andando?* Solo qualche secondo, poi un lento compartimento si apriva e lei ricordava che la sua destinazione era la lavanderia o il benzinaio. "Troppe cose da pensare, tutto qui, sono un po' sbadata." Si scrollava l'angoscia dalle spalle e rimetteva in moto.

Lei ed Evy hanno litigato più in questi ultimi mesi che mai prima d'ora. È strano, in fondo. Verrebbe da credere che, adesso che la sua unica figlia è adulta e ha famiglia, dovrebbero avere molto di più in comune, capirsi ancora meglio. Ma è chiaro, le *dinamiche*, come le chiamerebbe Evy, le *dinamiche* sono cambiate adesso che Steinar non c'è più. Ora è rimasta solo Maya nel letto matrimoniale verniciato con mordente marrone, al gancio sulla porta del bagno è appesa solo la sua, di vestaglia a scacchi. Evy prova pena per lei; in mezzo al dolore per il padre c'è la compassione per la madre, Maya lo capisce. Era stata felice di avere lì Evy le prime settimane. Ma le visite senza preavviso degli ultimi sei mesi, sempre con una proposta di cambiare qualcosa, «per renderti le cose più semplici», sono davvero scoccianti, ecco. Un'infermiera che veniva a casa tutte le settimane: ma Maya non è malata! Non sapeva che la sanità pubblica avesse risorse da sprecare con gente che avesse due gambe sane, fosse lucida di mente e riuscisse a lavarsi da sola, sia sopra che sotto! Analisi relative a questo e quello, neurologi e specialisti, che roba! La memoria di Maya è buona quanto quella di Evy, se non addirittura migliore: non era forse stata lei a premurarsi di mandare dei fiori alla madre di Branko per il suo compleanno, a maggio? E lo schema del maglione a motivi tradizionali ce l'ha ancora nelle dita, trent'anni dopo averlo confezionato a Evy per la prima volta. Che la metta alla prova sulla successione dei sovrani d'Inghilterra o sui primi venti elementi della tavola periodica, e poi sì che potranno discutere su chi è smemorata!

Lì alle Fiji ci sono altre spiegazioni. Nessuno si aspetta che sappia sempre dov'è quando esce a fare una passeggiata: non è lì da molto, e le strade e i luoghi hanno nomi sconosciuti. Anche le sue amiche fanno confusione, perfino Sina ha ammesso di essersi persa diverse volte.

In un certo senso, Maya è grata a Sina per le sue inaspettate premure. I modi sono un po' bruschi e scontrosi – «Gesù santo, Maya, vieni all'ombra, sei rossa come un peperone!» –, però la riconosce: è premura. Non sa da dove venga, le ha sempre viste come due coppie: Sina e Lisbeth, Ingrid e Kat. E lei era la quinta, senza che la cosa la infastidisse. Lei aveva Steinar, erano una coppia fin dalle superiori. Ma adesso è a Sina che si è attaccata. Non parlano molto, più che altro di cose di tutti i giorni, del tempo, del cibo, dell'irritazione provocata dal sudore e dei piedi che si gonfiano per il caldo. Però è accanto a lei che Sina si siede in veranda, e Maya si stupisce degli sguardi che ogni tanto rivolge a Lisbeth.

È seduta sul bordo del letto con gli occhi chiusi rivolti verso il ventilatore da pavimento che le soffia in faccia un tiepido getto d'aria. C'è qualcosa di strano fra Lisbeth e Sina. Un rapporto d'amicizia che già in 3ªB pareva un po' contorto: il cigno con il brutto anatroccolo alle calcagna. Lisbeth avanzava impettita e distinta, e la spettinata Sina dal naso colante dietro. Tuttavia era il volto di Sina che gli occhi di Lisbeth sfioravano prima di dire qualcosa, un alito di incertezza all'angolo della bocca prima che la risata argentina le sgorgasse dai denti.

Maya non sa molto di quello che è successo tra loro in tutti questi anni. È sempre stata così impegnata, con la formazione e il lavoro, e poi con Evy, e poi ancora formazione, ancora lavoro. Naturalmente ogni tanto le capitava di imbattersi in loro. Lisbeth Høie, una delle prime donne di Reitvik a possedere un'auto tutta sua, una Volvo blu scuro. E Sina Guttormsen, sempre con il bambino appresso. Non è poi così sicura che abbiano mantenuto l'amicizia all'epoca in cui Sina lavorava in negozio. In ogni modo, cinquant'anni cambiano le persone. Basta vedere Kat e Ingrid: nemmeno loro sono più Mimì e Cocò. Tutto quello che è successo a Kat, o meglio, che Kat ha fatto succedere, non è accaduto a Ingrid. Comunque... il loro modo di parlare, la testa di una che si volta verso l'altra, l'intimità istintiva: sono tutte cose che Maya riconosce. È un qualcosa che avevano già ai tempi e che lei invidiava loro, ma che si era sempre scrollata di dosso: lei aveva Steinar. Ma Sina e Lisbeth? Maya apre gli occhi, si posa la mano sul collo sudaticcio. C'è qualcosa di strano. Un forte pigolio, quasi fuori portata d'orecchio. Tintinnii che si incrociano senza che nessuno parli.

È per questo che Sina adesso sta con lei. Per costruire un'alleanza? O forse lo vede? Sina capisce cosa accade nei momenti in cui la realtà di Maya si sgretola e svanisce? Legge nei suoi occhi quando tutto ciò che la circonda – le strade, le case, le persone – diventano tessere sparpagliate e sconosciute di un puzzle a cui non riesce a dare un significato? Hanno tutte superato la sessantina, c'è qualcuna di loro che non perde la bussola e non dimentica le cose di quando in quando? Il cervello è un universo inesplorato pieno di grandi nebulose segrete.

Non voleva che Evy la seguisse alle Fiji. Fare scalo a Londra e Los Angeles: non doveva essere poi così complicato, no? Per quanto ne sapeva Maya, nessuno era mai scomparso durante un viaggio aereo. Conosceva l'inglese abbastanza bene da chiedere aiuto se ne avesse avuto bisogno e, fintantoché ci fosse stato abbastanza tempo tra un volo e l'altro, ce l'avrebbe di certo fatta a gestire il controllo dei documenti e di sicurezza, il trasferimento dei bagagli e persino il controllo immigrazione negli Stati Uniti, che secondo Branko era la prova più dura. Ma Evy aveva insistito per andare con lei. Avevano quasi litigato: davvero una donna normodotata di sessantasei anni aveva bisogno della baby-sitter per un banalissimo viaggio in aereo?

Ti ricordo come una persona che non teme le sfide, diceva la lettera che aveva ricevuto con suo grande stupore da Kat. *So che hai chiuso per l'ultima volta la porta dell'aula e che Steinar se n'è andato. Puoi pensare di iniziare un capitolo tutto nuovo?*

Certo che poteva. Mettere un po' più di distanza tra sé e le intromissioni sempre più assillanti di Evy, liberarsi dell'aiuto indesiderato delle mani statali. Quindi, se il prezzo da pagare era l'imposizione di un accompagnatore per attraversare da una parte all'altra il globo, l'avrebbe sopportato. Evy ha il suo lavoro a cui pensare, non resterà a lungo alle Fiji.

Maya è in piedi in mezzo alla stanza e si scruta lentamente intorno. Sul tavolo non ci sono fiori, lei si sarebbe premurata di metterne se avesse avuto ospiti da tanto lontano. Ma Kat non ha mai seguito le convenzioni, pensa provando un velo di malinconia al ricordo: Kat che quell'estate è sparita, punto, è partita alla volta del mondo sotto la pioggia di scintille di una bacchetta magica, mentre lei e Steinar festeggiavano l'ammissione alla scuola per insegnanti con caffè e ciambelle e una pacca sulla spalla da parte di quattro genitori.

Poi si abbandona sul bordo del letto. Alza lo sguardo di traverso verso destra, nel sorriso d'approvazione della madre. Il volto tanto familiare si china su di lei, il calore sale alle guance quando sente la voce, bassa ma distinta: «Io e papà siamo molto fieri di te». Maya risponde al sorriso, poggia la testa sulla camicetta della madre. «Grazie, mamma. Era questo che desideravo.» Ha la lettera di ammissione in mano, il dolce profumo dell'albero di marasco filtra attraverso la finestra aperta della cucina. Il grembiule della madre è a fiori neri e viola. Maya chiude gli occhi, inspira il buon odore speziato del marasco.

Qualcuno bussa piano alla porta e la apre. «Sei sveglia, Maya? Abbiamo tempo per un caffè prima di accompagnare Evy all'aeroporto.»

Kat le sorride e lascia la porta aperta quando se ne va.

Maya resta seduta sul bordo del letto. Evy è in partenza?

11.
ATECA

Caro Signore,

madam Maya è *yalowai*, la sua testa è piena di ombre. Proprio come il suocero di mia sorella. Nel loro villaggio tutti sanno che quando lui e il suo bastone si incamminano sui campi che sono suoi, devono girarlo con un braccio intorno alla spalla e aiutarlo a tornare a casa.

Perché sua figlia non si occupa di lei? O madam Kat? Perché la lasciano uscire da sola quando non sa dove deve andare? Potrebbe smarrirsi o finire in un fosso rompendosi una gamba. Oppure potrebbe spaventarsi tanto che il cuore le si fermerebbe e lei morirebbe. Ho visto quella paura sul suo viso, Signore. Madam Maya non ha paura dei serpenti di mare o del fischio del gufo. La paura che c'è nei suoi occhi è quella che può far arrivare la morte.

A volte madam Maya cammina nel buio, Signore. Ti chiedo di badare a lei. Perché non credo che le altre madam capiscano che devono metterle un braccio intorno alle spalle e aiutarla a tornare a casa.

Nel nome di Gesù. *Emeni.*

12.
KAT

Che cosa ho fatto? È impossibile prendere sonno, il lenzuolo sudato e sdrucito mi avviluppa, ingarbugliato come i miei pensieri. Che impegno mi sono accollata? L'aereo di Evy non è ancora nemmeno atterrato in Norvegia e l'unica cosa che vorrei fare è richiamarla qui. A che cosa pensavo quando non ho detto niente alle altre? Perché nelle ultime due settimane ho sorriso, nascosto e dissimulato, interrompendo Evy ogniqualvolta voleva discutere della situazione di Maya? E adesso che ha accompagnato qui sua madre e io le ho assicurato che andrà tutto bene, ho mandato via l'unica alleata che avevo. Perché non ho coinvolto le altre fin dal primo giorno? Mi ero illusa che i problemi di Maya sarebbero svaniti se solo fosse venuta quaggiù? Che si sarebbero sciolti al sole, come cubetti di ghiaccio in un bicchiere?

Ha passato quasi tutto il viaggio di ritorno dall'aeroporto a sonnecchiare. Quando Evy è scomparsa oltre il controllo di sicurezza, Maya sembrava tranquilla e spensierata, le ha rivolto un grosso sorriso mentre la salutava con la mano. Era stanca quando siamo salite sul pick-up, ma, prima di appisolarsi con la testa contro il finestrino, si è voltata verso di me esclamando: «Una casa di donne: brava, è stata un'ottima idea!».

Quando siamo arrivate si è svegliata e l'ho visto subito. Le mani incerte, la titubanza mentre scendeva lentamente dal furgone. Il modo in cui si è fermata e si è guardata sgomenta le gambe, i pantaloni, i sandali, come se non li avesse mai visti prima. Ha alzato la testa e ha ascoltato le onde, per poi mettersi a seguirne il suono con passi malfermi tra gli alti fusti senza foglie, giù per la discesa dove ciuffi indomiti d'erba lasciano il posto alla sabbia. Le ho parlato con cautela, tenendo la voce bassa e dolce: «Maya, dove vai? Non è un po' tardi per fare un giro sulla spiaggia?». Uno sguardo perplesso, spasmi di terrore sul suo volto. La lingua lavorava lentamente, lottando per formare le parole. Ho aspettato, anche se le mie braccia urlavano dal desiderio di riportarla sulla terraferma, di strapparla dal bordo del baratro sul quale stava in equilibrio. Alla fine ha trovato il mio nome. Le ombre hanno spiegato le ali e il nero che c'era nei suoi occhi è scivolato via, ritirandosi come una lunga onda e restituendole l'appoggio sotto i piedi. «Kat», ha detto. La voce era debole, le parole indistinte. «Che cosa ci fai qui?»

Sono riuscita a riportarla in casa con me senza grossi problemi, sono stata in grado di difendermi da quegli occhi spaventati concentrandomi sui preparativi per la notte. Per fortuna le altre erano impegnate con le loro cose, così ho potuto aiutarla a svestirsi e sono riuscita a metterla a letto. Ho mandato giù la mia nausea impaurita e chiuso le orecchie ai suoi confusi mormorii, alle domande su dove fosse Evy. Adesso sta dormendo, ho appena sbirciato nella sua stanza e l'ho sentita russare lievemente. Ma io posso anche alzarmi. Il lenzuolo farà da vestaglia, poi mi ci potrò avvolgere sull'amaca. Chissà che il dondolio sul ritmo delle onde non convinca il sonno ad arrivare.

Tutto finisce sottosopra. Quando invecchiamo e crediamo di non aver più posto per nulla di nuovo, allora – diamine! – ci ritroviamo a non avere scelta. Quello che era avanti diventa indietro, quello che è più vecchio diventa più giovane. E quelle come Lisbeth, che hanno puntato tutta la posta sull'essere viste, devono giocare l'ultima manche davanti a un pubblico che non trova gli occhiali.

Da una crepa nel muro una corrente nera di formiche marcia risoluta verso il soffitto e la tettoia della veranda. Non posso distogliere lo sguardo: sono così sicure della loro meta, anche se non è visibile né a loro né a chi le circonda. Qual era il mio obiettivo? Che cosa volevo ottenere? Desideravo solo un cerchio intorno al fuoco perché avevo paura di rimanere da sola la sera? Perché non ho accanto nessuno del mio stesso sangue, pronto a prendere il mio posto?

Ho pianificato e pensato. Alla responsabilità se qualcuna dovesse ammalarsi: a Rakiraki c'è un ospedale, o per lo meno una clinica diurna. Ho pensato ai problemi gastrointestinali che senza dubbio avranno: Ateca sa tutto su come bollire l'acqua e lavare le verdure. Ho pensato alla sicurezza. Niklas non ha mai voluto avere un guardiano come gli altri *kaivalagi*: «Se avere vicini del luogo non ci dà abbastanza protezione, allora questo non è il posto per noi», diceva sempre. Ma quando è stato chiaro che la mia idea si sarebbe realizzata, ho ingaggiato comunque Akuila per sorvegliare la zona intorno alla casa di notte. È vero che l'ho sorpreso più di una volta sull'amaca con gli occhi chiusi, ma scommetto che il suo collo taurino, il passato nell'esercito e la reputazione di uomo dalle maniere forti e decise bastino a tenere lontano chiunque abbia intenzioni losche. E lui non infastidisce le signore con chiacchiere inutili, «*Yes ma'am*» è solitamente la sua risposta a quasi tutto.

Malattie, alimentazione, sicurezza: i preparativi avrebbero potuto essere più accurati? Mi immaginavo il sole, sorrisi *bula* amichevoli, la vita che scorreva placida giorno dopo giorno al «ritmo delle Fiji», e che tutto questo avrebbe avvolto le mie amiche come un caldo plaid tropicale. Le avrebbe strappate all'inverno e ai reumatismi, ai prezzi dell'elettricità e ai notiziari avvilenti, le avrebbe liberate dai venditori telefonici e dalle verdure surgelate. Mi vedevo compagnia, risate e vantaggi reciproci. È irresponsabile invitare alla comunione tra sorelle?

Ma gli occhi di Maya... Il terrore repentino che vi ho visto quando non sapeva dove si trovasse. Le mani irrequiete, prima di aggrapparsi alle mie, quasi fosse questione di vita o di morte. Sono in grado di farcela? Maya, che si è occupata dei bambini per tutta la sua vita adulta, è diventata adesso la bambina di cui dobbiamo prenderci cura noi. Niklas avrebbe saputo che cosa fare. Ma adesso non c'è più. Ora ci sono soltanto io, una e sola. L'unica Kat. Che non osa confidarsi con quelle che avrebbero potuto essere la squadra di supporto nell'enorme compito che si è assunta.

So che Akuila fa le sue ronde, e tuttavia sobbalzo quando me lo trovo davanti nel buio: «Tutto a posto, ma'am?».

«Tutto a posto, Akuila. È solo che non riuscivo a dormire.»

Il suo sguardo è sollecito, ma curioso: «Non c'è motivo di preoccuparsi, ma'am. Ci sono io a fare la guardia, potete dormire tranquille».

Provo una certa stizza che mi fa sentire la coscienza sporca. Mi nascondo dietro un sorriso.

«Lo so, Akuila.»

Si sofferma ancora per qualche secondo in fondo agli scalini, sembra che debba aggiungere qualcos'altro. Poi cambia idea, accenna un «*Yes ma'am*» con la testa e prosegue il suo giro intorno alla casa. Lo seguo con lo sguardo finché il suo collo grosso che fa le pieghe sotto il berretto con la visiera non sparisce dietro l'angolo.

Forse dovrei tornare dentro a dare un'altra occhiata a Maya. È così quando si hanno figli? Con un angolino del cervello costantemente impegnato a preoccuparsi? A cercare sempre di essere almeno un passo avanti, per prevedere i problemi ed escogitare le soluzioni?

È impossibile scendere dall'amaca dondolante senza pestare e il colpo sordo raggiunge il ginocchio che mi fa male. Mentre lo massaggio cercando di ritrovare l'equilibrio, la porta a rete si apre e compare Sina. Entrambe esclamiamo stupite: «Sei sveglia?». Quando risponde che non riesce a dormire, è difficile dire se sembri stanca o imbarazzata.

Batto con la mano sul cuscino sbiadito dal sole sulla poltrona di rattan e la invito a sedersi. Lei posa un pacchetto sul tavolo e si accende una sigaretta. Riconosco il portasigarette di pelle di Lisbeth e non so se ridere o piangere: Sina ruba le sigarette di Lisbeth? D'un tratto me le vedo nell'angolo fumatori vicino al parcheggio della scuola: Lisbeth che faceva dondolare elegantemente la sigaretta fra le unghie rosa, Sina che aspettava accanto a lei fino a quando non arrivava il momento di prendere il mozzicone e dare le ultime boccate.

Si lascia andare contro lo schienale e sbuffa una nuvola

bianca nell'oscurità. «Dovrei smettere», dice. «Fa male alla salute e non ho soldi da buttar via.»

Nulla da dire a riguardo.

Comincia a parlare di suo figlio.

«Sono rimasta delusa quando Armand ha iniziato, ma ho pensato che se era tutto lì...»

Il suo volto si fa più duro, si piega in avanti e fa cadere la cenere oltre il bordo della veranda. «Se le sigarette fossero state l'unica cosa che avrei dovuto pagargli, non avrei detto niente.»

Accidenti. Aspetto, ma non dice altro. La luna infila la sua sbieca faccia di falce tra le nuvole, illuminando il lento gesticolare delle foglie di palma. Sina non ha più nemmeno accennato ai soldi dopo il suo sbotto all'aeroporto la prima sera, e io ho lasciato cadere l'argomento. Sia Ingrid sia Lisbeth mi hanno chiesto come ci organizzeremo per la suddivisione delle spese, ma per il momento ho evitato di discuterne dicendo che lo scopriremo via via. Di sicuro Sina non può pagare quanto le altre e devo trovare una soluzione. Non può essere così difficile, le spese per il cibo qui sono abbordabili e l'elettricità avrei dovuto pagarla comunque.

Finita la sigaretta, Sina si alza, scende in giardino e va verso un cespuglio di ibisco dai fiori rosso sangue. Si rigira tra le dita un lungo pistillo curioso e mi parla dandomi le spalle.

«L'idea è che un giorno si dovrebbe *finire* con loro, no? Li si sostiene e aiuta, si paga e si incoraggia, ma un giorno deve pur terminare. Devono cavarsela da soli... In realtà mi ero immaginata che sarebbe stato *lui* ad aiutare *me*, un giorno.»

La voce si è fatta più sottile. Adesso prende lo slancio e alza il volume.

«E invece no, non finisce mai!»

«Sina...»

Non so cosa dire. Scendo di corsa gli scalini e la cingo con un braccio, mi sento impacciata. Sina si scosta il mio braccio di dosso: «Tu non puoi capire. Tu non hai figli».

Arretro, ma di poco. L'ho già sentito in passato. La secca squalifica. Tuttavia brucia dolorosamente in gola, e voglio ribattere. «No», rispondo. «È vero. Però so cos'è la responsabilità.»

Di nuovo ho di fronte il volto spaventato di Maya.

«E la responsabilità è a doppio senso.»

"Ipocrita", è la parola che mi rimbomba nella testa mentre risalgo i quattro gradini. Se non voglio telefonare a Evy appena atterra per chiederle di tornare a prendere sua madre, devo avvertire le altre. Metterle in condizione di decidere se ci stanno a condividere la responsabilità.

Mi giro verso Sina e il pensiero si sgretola. Le sue gambe nude sono grigie nella fioca luce lunare, attraverso le ciocche di capelli si intravede la pelle del cranio. In vita ha un cuscinetto di rassegnazione e delusione; le dita si incurvano, presto diventeranno artigli. Sina ha sessantasei anni, è al verde e preoccupata. Non posso dirle di Maya.

13.
SINA

Da: armandg@noria.no
A: sina.guttormsen@hotmail.com
Oggetto: Problema

Ciao mamma,

spero che tu riesca a ricevere le e-mail, così puoi leggere questa. Qui le cose si sono fatte complicate dopo che sei partita, soprattutto per i soldi. Come sai la mia schiena non è a posto ed è peggiorata con tutti i pesi da sollevare e trasportare al lavoro. Ma quel deficiente d'un medico non ha voluto darmi la malattia e sono stato costretto a dire al capo che doveva farmi lavorare con qualcosa di più leggero. Il coglione non ha voluto capirla, così ho dovuto fargli vedere che non mi faccio mettere i piedi in testa. Di posti che apprezzano le mie capacità ce ne sono tanti.

Non devi preoccuparti, perché naturalmente posso trovarmi un nuovo lavoro quando voglio. Proprio adesso sto valutando diverse idee. Ho un amico che ha dei grossi progetti di importazione dalla Lituania, può aprirmi le porte ma devo dare dentro cinquantamila in contanti. Visto che non ti serve la macchina pensavo che posso anche metterla in vendita. Va ancora bene e posso ricavarne una somma decente. Ho bisogno soltanto che firmi l'atto di vendita.

Ricordati che non è stata un'idea mia che te andassi. Io sono rimasto qua da solo a occuparmi di tutto e faccio del mio meglio per cavarmela.

Spero che tu stia bene laggiù con quelle donne. Rispondi se va bene per la macchina. Ti farò avere una buona cifra.

Armand

14.
INGRID

I fratelli le hanno scritto entrambi. Kjell le manda e-mail dal lavoro: Ingrid se lo vede in ufficio, con la porta aperta sulla grande officina tappezzata fino al soffitto di pneumatici nuovi di zecca. Brevi messaggi dalla forma pomposa che ben si abbina alla sua corporatura, domande sulla salute della sorella, sulla sicurezza, inviti malcelati a badare ai suoi soldi. Ingrid gli ha risposto, ligia e puntuale. Lei sta bene e tutto è calmo e tranquillo a Korototoka. Non c'è criminalità, né null'altro di cui avere paura. Tanti saluti a Gro.

Arve l'ha sentito solo una volta da quando è partita, ma lui non è mai stato il tipo da intasarle la casella di posta. In effetti non è neanche proprio sicura che si ricordi dov'è andata; la sua e-mail parlava per lo più di un intervento che stava preparando per una conferenza a Bratislava il mese successivo.

Ingrid svolta con calma l'angolo della casa. Questa notte ha piovuto, come la maggior parte delle notti, e la terra è umida e fangosa nei solchi vangati in modo grossolano. I suoi piedi nudi avanzano pesantemente tra i fusti dei fagiolini, la terra calda e bagnata le penetra in mezzo alle dita. Una fresca brezza mattutina le solleva i capelli irti sulla nuca. Il sole sfolgora sulla superficie del mare rendendo impossibile fissare lo sguardo sull'orizzonte. Ingrid sorride, la bocca si apre sempre più, fino ad allargarsi in un gioioso singhiozzo. Si raccoglie il *sulu* intorno alle gambe, il tessuto a fiori lungo fino ai piedi svolazza allegro. Poi ammicca velocemente a Vildrid e si piega per spostare con cura una zucca verde scuro dall'ombra e portarla al sole.

Vildrid è sempre stata pronta. Ha sempre vissuto dentro quelle camicette bianche e nei pantaloni lunghi blu scuro, in inverno se ne stava lì nella tasca del cappotto. Vildrid ha camminato scalza sulla spiaggia, sapeva come avanzare sul fondale digradante e raccogliere molluschi bivalvi in un secchio. Ha bevuto fino all'ultimo sorso il *bilo* di *kava* battendo tre volte le mani ed esclamando «*bula!*», ha pestato i piedi sulla terra in un *meke* infervorato. Vildrid ha piantato con Kat le mangrovie sulla spiaggia di Kiribati, al suo fianco ha sollevato i mattoni per costruire un ospedale pediatrico nel Kashmir. Conosce Ingrid, e Ingrid conosce Vildrid.

«Buongiorno! Stai controllando la colazione?»

Lisbeth le rivolge un tenue sorriso sotto gli occhiali da sole. "Fa del suo meglio", pensa Ingrid conciliante, tappandosi le orecchie per non sentire i richiami stizziti di Vildrid: "Va' a prendere un secchio e renditi utile anche tu!".

«Guardo soltanto come crescono i fagiolini», risponde Ingrid. «Credo che tra non molto avremo anche delle belle zucche.»

«Mmh.»

Lisbeth sorride assente. "La sua colazione non sarà mai stata altro che caffè e sigarette", pensa Ingrid, e sente un piccolo sbuffo che vuole uscirle dal naso. Almeno ha smesso di chiedere ad Ateca se non si possa trovare del latte o dello yogurt con meno grassi di quello che c'è in frigorifero.

Quando Ingrid torna sul davanti della casa, trova Kat accanto al pick-up. «Devo andare a Rakiraki oggi, quindi è meglio che mi metta subito per strada», dice salutandola con la mano mentre si siede al volante.

«Cosa devi fare?»

Ingrid si vergogna della propria domanda, di quel tono appiccicoso. Anche Kat se ne accorge, e si ferma mentre sta per chiudere la portiera.

«Ci servono degli altri vasi per il semenzaio», spiega. «E poi devo vedere se riesco a trovare del linoleum. Il pavimento della casa di Ateca sta andando a pezzi.»

Ingrid si affretta ad annuire e a guardare da un'altra parte. Per nulla al mondo Vildrid avrebbe domandato qualcosa con quel tono. Non sarebbe mai sembrata implorante o piagnucolosa.

Dopo aver fatto manovra, quando è ormai pronta per partire, Kat si ferma ad aspettare con il motore acceso. La porta di casa si apre, Maya esce di fretta e va a sedersi sul sedile del passeggero. Si raddrizza il cappello di paglia e allaccia la cintura di sicurezza, poi Kat inserisce la marcia e il furgone comincia a muoversi.

Ateca rivolge un sorriso d'apprezzamento a Ingrid quando posa un mazzo di fagiolini accanto al lavandino. «Belli», annuisce soddisfatta. «Come sono le zucche, madam Ingrid? Vilivo può aiutarla a raccoglierne qualcuna oggi, se vuole.»

Ateca ha iniziato a offrire l'aiuto del figlio per le cose più disparate, come arrampicarsi sulla scala a pioli quando si incastra qualcosa nella grondaia o portare le pesanti assi da fissare davanti alla finestra quando i meteorologi annunciano l'arrivo di un tifone. Ingrid vede che Kat gli allunga qualche banconota per compensarlo, e la cosa la intristisce. Il ragazzo è grande e grosso, e non è né stupido né svogliato. "È una vergogna che non riesca a trovare lavoro", pensa. "Sta qui a testa china a fare l'aiutante di cinque vecchie signore e intanto corre a piedi nudi su un prato lanciando i suoi sogni con una palla ovale." Ingrid pensa a Simon, felice e arruffato, e al giudizioso Petter: nel futuro dei nipoti non vede la disoccupazione.

«Perché no?» risponde, lanciando un'occhiata a Lisbeth e Sina, che ascoltano solo in parte, ognuna con una tazza di caffè in mano. «Che ne dite, zucca al forno questa sera?» Non riesce a cancellare del tutto una certa gioia perversa dalla voce, sa che Lisbeth mangerebbe soltanto pollo ai ferri e insalata; esamina con attenzione vasetti e confezioni e, in ogni caso, non manda giù un solo boccone prima di aver appurato quanto burro od olio o – Dio non voglia – zucchero contenga. Aggrotta la fronte un po' dubbiosa, ma alla fine è Sina a decidere: «Sembra buona. Ci posso provare io, se mi aiuti, Ateca, cosa ne dici?».

Ingrid la guarda sbigottita, nemmeno Sina è esattamente

il tipo da avventurarsi in nuovi viaggi culinari, ma a *Vale nei Kat* accadono cose nuove tutti i giorni.

«Bene! Vado a vedere se si può avere anche del pesce fresco.»

Il fratello minore di Mosese, Jone, possiede una barca ed è uno dei venditori fissi di pesce di Korototoka. Non è difficile individuare l'imbarcazione rosso acceso sulla spiaggia, con il fiero nome *Vessel of Honor*, Barca dell'onore, dipinto a lettere grandi e diritte sotto il bordo. Ingrid si avvicina lentamente e fa suo tutto quello che ha davanti a sé, lasciando agli occhi il tempo necessario: gli uomini che sollevano le casse di pescato; le donne con il *sulu-jaba*, il vestito spezzato a fiori, che palpano la cena del giorno prima di mercanteggiare un prezzo accettabile; l'uomo anziano fermo nell'ombra con un arcobaleno di pesci su un gancio di metallo, un paio giallo dorati, uno rosso-arancione, uno di un blu scuro luccicante. La sua maglietta ha un grosso strappo su una spalla, le rughe sulla pelle bruna sorridono a Ingrid quando lui solleva il bouquet e, in inglese, le chiede: «Pesce, ma'am?».

Sulla riva, con la rete raccolta sulla spalla pronta a volare sulla superficie che risplende turchese, Ingrid vede Jone. Avanza nell'acqua, arrivando a immergersi fino alla vita, e sotto un logoro berretto con la visiera spuntano i capelli crespi. Ingrid capisce che la pescata di questa mattina è stata scarsa e che per questo Jone fa un tentativo con la rete da lancio. Si ferma a godere gioiosa dello spettacolo: il braccio che getta la rete a formare un arco in aria, una vela che lascia passare il vento prima di atterrare sulla superficie dell'acqua suddividendola in scacchi silenziosi.

Ingrid non ha mai conosciuto il mare. Non ha mai fatto esperienza di come esiga e prenda, di come restituisca incondizionatamente. Inspira con forza vedendo il movimento della spalla di Jone. I muscoli che si tendono e scagliano la rete. C'è un che di perentorio, insistente: vediamo se hai il coraggio di negarmi qualcosa!

Vildrid scalcia via le infradito, quando i piedi la portano verso la riva con passi decisi sente il *sulu* che le ondeggia intorno alle gambe. Non ha sempre avuto un marinaio dentro di sé? Non ha sempre strizzato gli occhi controvento e ammainato le vele con le dita intirizzite e i capelli svolazzanti? Vildrid si è trovata con i piedi affondati tra le interiora dei pesci e con un coltello tra le mani salate e doloranti, ha aperto una pancia argentea dopo l'altra raschiando via gli intestini con gesti esperti. Va da Jone, afferra la rete che danza come una ragnatela sulla superficie dell'acqua, la tira insieme a lui seguendo un ritmo che entrambi conoscono.

Ingrid si asciuga veloce le mani sul *sulu* e sorride a Jone che le va incontro sulla battigia con la rete raccolta in una coccarda sulla spalla: «Pescato niente, oggi?».

Il pescatore scuote la testa e tutt'a un tratto eccola, la risata senza scopo e senza motivo. Rimbomba da un punto dietro la pancia possente, rintrona su per il petto fino in volto e fa scomparire lo sguardo dell'uomo dietro le guance carnose che spingono in su gli occhi. La risata ondeggia avanti e indietro sotto la pelle, si getta a scatti fuori dalle larghe narici. I ragazzi sulla barca dell'onore si uniscono a lui e ridono fragorosamente con le bocche rosa spalancate, uno di loro ha un piede poggiato sulla balaustra e apre le braccia con tanto impeto che Ingrid teme stia per finire in mare.

«No», riesce a dire infine Jone. «Oggi niente, ma'am.»

Lei si volta e torna indietro, l'uomo con in mano l'arcobaleno di pesci è ancora sotto l'albero. Compra il pesce arancione, una trota corallina dalla bocca spalancata alla quale l'uomo infila un pezzo di filo di nylon nelle branchie prima di consegnarla a Ingrid, che ringrazia: «*Vinaka!*».

Prende la strada più lunga per tornare a casa. Cammina sulla spiaggia fino ai margini del villaggio, dove le case sono fastidiosamente vicine alla discarica. In quel punto dalla sabbia crescono sacchetti di plastica, barili di petrolio arrugginiti, secchi di vernice, il tamburo di una lavatrice, taniche di plastica incrinate e secchi, corde marce aggrovigliate ad alghe viscide, centinaia di bottiglie. L'Acqua Fiji è l'orgoglio della nazione tra i prodotti d'esportazione, ma ecco il rovescio della medaglia: tonnellate di bottiglie di plastica per cui non esiste alcun sistema di vuoto a rendere. Ingrid prosegue, abbandona la spiaggia e attraversa di sbieco un campo di manioca maltenuto, per poi risalire sulla strada. Due bambine fanno la guardia a pile di frutti di papaya gialli in un baracchino di legno simile a quelli che si trovavano una volta in Norvegia fuori dalle fattorie che producevano latte. La più piccola, dalla pelle più chiara della sorella e con strisce dorate tra i capelli ricci, si fa avanti: «*Pawpaw*, ma'am? Due dollari al mazzo».

Ingrid tira fuori un biglietto verde con il ritratto della regina d'Inghilterra e ottiene in cambio un sacchetto di plastica con dentro quattro frutti. Nel giardino di Kat ci sono diversi alberi di papaya, ma Ingrid non ha potuto resistere alla piccola vendita casalinga, la prima di tante simili che incontra sulla strada principale del paese mentre torna a casa. Adesso è la stagione della papaya e dei fagiolini, quindi è quello che tutti cercano di vendersi l'un l'altro. E ai *kaivalagi* come lei, pensa Ingrid, che è tanto sentimentale da far sì che siano un vestito viola, due gambe sporche e due grossi occhi sotto una frangetta riccia e dorata a decidere dell'affare. Sorride alle bambine, ma è solo la piccola a risponderle. La maggiore è già intenta a riempire il piatto di plastica vuoto con quattro nuovi frutti che ha preso dal mucchio sul ciglio della strada alle sue spalle.

Cling! Clang! Cling! Il suono aspro del metallo che sbatte contro altro metallo accompagna ritmicamente i suoi passi mentre percorre l'ultimo tratto di strada. Ha oltrepassato la chiesa e il *bure* del capovillaggio con la trave orizzontale in cima al tetto di paglia, e dalla cresta della collina dietro la scuola scorge la piantagione di cacao. Il ragazzino che pesta il *kava* nel grosso mortaio fuori dal capanno di lamiera ondulata non è molto più alto dell'asta di ferro che alza e abbassa. Il suo volto è inespressivo sopra il movimento delle braccia, la radice fibrosa di *kava* va tritata finemente, e ci vuole tempo. Dopo qualche mese a Korototoka Ingrid ha imparato a conoscere i suoni del villaggio. Il saluto isterico degli uccelli che danno il benvenuto al nuovo giorno quando l'oscurità abbandona la notte. Il calpestio sfarfallante degli scolari al mattino quando prendono la scorciatoia davanti a casa e sulla spiaggia. Il fruscio misterioso in cima alle palme da cocco. Il tubare dei gechi sotto il tetto della veranda. Lo spumeggiante canto polifonico dei salmi che esce dalle porte aperte della chiesa la domenica. Ma per Ingrid il vero battito di Korototoka è quel pestare ritmato e pesante in grezze coppe di metallo davanti a metà delle case. Il *Piper methisticum*, il pepe dall'effetto sedativo, va battuto fino alla sottomissione prima di essere miscelato con acqua e consumato, per poi passare nel sangue e diventare parte dei racconti e dei canti sulla bocca di tutti. L'amara bevanda marrone che reca sacre verità e tiene in vita miti gloriosi. "I colpi del pestello nel mortaio del *kava* sono l'eco delle onde", pensa Ingrid. Il ritmo della danza che sta sotto tutto.

I suoi piedi non hanno ballato molto. Ma lì, lì sente che si possono aprire nuove opportunità. Con una trota corallina luccicante in mano e quattro frutti di papaya che le battono contro la coscia, all'improvviso si sente ridacchiare forte. Si immagina la preoccupazione di Kjell, a lettere nere sullo schermo grigio: «Precauzioni... tutelare i tuoi beni...». Fa dondolare la borsa con i frutti e saluta con un cenno del capo l'uomo intento a impilare una torre di angurie fuori dal suo negozio. "Dovresti venire qui per controllare con i tuoi occhi quanto è sicuro, Kjell!, pensa con un ghigno sulla bocca. "Fatti un viaggio alle Fiji, mettiti una camicia a fiori e impara a ridere dal profondo della pancia!"

È da settimane che ci pensa, in attesa che Kat affronti l'argomento, ma una sera in veranda lo fa lei.

«Cioccolato», butta là Ingrid, lasciando che la parola faccia un giro di prova nell'aria. Non è una domanda, assomiglia più a un sospiro a pancia piena dopo un buon pranzo. «Ci hai più pensato, Kat, a quello a cui accennavi nella lettera?»

Kat alza gli occhi dal libro: «Mmh?».

«Cioccolato», ripete Ingrid. «Ne parlavi nella lettera. Che potevamo magari andare oltre la produzione di cacao passando al cioccolato. Avevate piani a riguardo, tu e Niklas?»

Kat si toglie gli occhiali e scuote piano la testa. «Piani... non lo so. Lo sognavamo, forse. Niklas ne aveva voglia. Parlava di imparare, di fare un corso... Far venire qui qualcuno che potesse darci consigli sugli investimenti; il passo successivo è abbastanza impegnativo.»

«Cos'è che serve?»

È Vildrid che alza la testa. Un aroma spesso danza nel suo naso, un sapore dolce e dorato le colma la gola. La lingua le scivola sui denti, la bocca si riempie di saliva e lei deglutisce pesantemente.

Kat riflette. «Non conosco bene i dettagli. Dopo la fermentazione e l'essiccazione bisogna tostare le fave, credo, che poi vanno rotte di modo che i semi si separino dal guscio. Questi devono essere macinati e... no, non ne so abbastanza. Ma bisogna separare il burro di cacao dalla massa di cacao, penso... E c'è una parte di raffreddamento, dev'essere un lavoro di precisione con processi delicati dall'inizio alla fine.»

«Non hai voglia di provare? Oh, Kat, non possiamo provare?»

Vildrid si alza dalla sedia, l'entusiasmo le illumina il viso. «Pensa che bello sarebbe produrre il nostro cioccolato!»

Un silenzio sorpreso, pieno di possibilità. Lisbeth è seduta sul primo gradino con lo sguardo fisso su Kat, la sigaretta tra le dita di Sina si è consumata. Maya si rigira il cappello sformato tra le mani mentre annuisce debolmente.

«Cioccolato sano!»

Di punto in bianco si è alzata anche Lisbeth, che gesticola con le sue mani fini. «Cioccolato fondente a basso contenuto di grassi. La salute fa tendenza!»

«Sì!» Vildrid è partita in quarta. «Il Cacao di Kat, il Cioccolato di Kat: dopo uno viene l'altro, no? Potremmo creare qualcosa di assolutamente unico. Niente di complicato o superesotico. Solamente puro, genuino, semplice. Fa bene alla felicità, fa bene a te!»

«"Fa bene alla felicità"?»

La risata di Sina è piena di scherno, ma sulla sua faccia c'è anche dell'altro. Il desiderio di farne parte, la voglia di partecipare all'entusiasmo che si sta diffondendo sulla veranda di *Vale nei Kat*. La voce di Lisbeth è infervorata: «Felicità, sì!

Con l'immagine che la gente a casa ha delle Fiji – materie prime genuine, acque cristalline – possiamo pubblicizzare il cioccolato come... frammenti di felicità!».

Ingrid la guarda attonita: frammenti di felicità? È davvero Lisbeth, quella?

Kat ha la stessa reazione: «Accipicchia, Lisbeth! Hai frequentato un corso serale di marketing e strategie di vendita?».

Lisbeth arrossisce, ma non si siede. «No, io... Amanda se n'è occupata un po', così...»

La risata di scherno è scomparsa dalla voce di Sina, sostituita da qualcosa di esitante, una proposta: «Io non ci capisco un'acca di marketing e non so niente di niente sul cioccolato. Ma quello che so fare è darci dentro e non mollare».

«Bene. È una cosa che sappiamo fare tutte. La questione è se Kat abbia voglia di provarci.»

Il *sulu* ondeggia intorno alle gambe di Ingrid, ferma con le mani sui fianchi. Nel giro di pochi minuti nella Casa delle Donne viene lanciata una nuova idea d'impresa, e la sedia del direttore pare vacante. Se Kat vuole essere l'investitore principale, Ingrid può benissimo amministrare.

«Se ho soldi, intendi.»

La voce di Kat è piena di ilarità. Lo trova stupido? Stanno scherzando tutte quante? Ingrid si guarda intorno veloce, ma no: Lisbeth ha ancora le guance rosse per la foga, Sina sembra risoluta, quasi ostinata, e Maya... Maya non ha detto niente?

«Ci vuole una confezione d'impatto», dice infine rimettendosi il cappello in testa. «In effetti me la cavo bene col disegno.»

Ingrid si volta di nuovo verso Kat: sono solo fantasie sfrenate? Spinge da parte Vildrid. Se vuole che non siano solo chiacchiere e sogni deve ragionarne con Kat in modo serio. "Eccoci di nuovo", pensa. "Il cerchio intorno a Kat. Le nostre idee, i progetti, tutto deve filtrare attraverso lei." È una cosa importante? Ha un qualche valore? Ma questa volta è diverso. La dipendenza è concreta e misurabile. Senza la capacità di Kat di investire non saranno altro che sogni campati per aria sulla scala di una veranda.

«Perché no?» dice Kat. «Già, perché no? Non ho detto che avremmo corso dei rischi insieme? Iniziamo con il trovare qualcuno che ci possa dare dei consigli, e partiamo da lì.»

La sua risata prende il via dalla parte più bassa della pancia, rimbomba nella bocca e schizza su di loro con getti irruenti. Le spinge via su una giostra che gira con tanto impeto che Ingrid si deve reggere alla balaustra con entrambe le mani.

15.
ATECA

Sta succedendo qualcosa a madam Lisbeth, Signore, hai visto? La sua faccia è più felice, ed è da tanto che non la vedo davanti allo specchio con il collo tirato indietro come un ibis. Credo che ieri stesse parlando con sua figlia al computer: sullo schermo c'era una giovane donna che le assomigliava. Qualcosa di bello attende madam Lisbeth, Signore. Come l'alberello di papaya in fondo al mio giardino. Non ha ancora dato frutti, ma riesco a vedere i fiori. C'è qualcosa in arrivo.

Mosese non è felice. Le signore vogliono fare il cioccolato, dicono, e io capisco cosa pensa Mosese. Quando arriva qualcosa di nuovo, spesso i *kaivalagi* buttano via il vecchio. Signore, non lasciare che buttino via Mosese. Consola il suo vecchio cuore, così che non debba temere.

Non so cosa significhi questa faccenda del cioccolato, ma spero anche per Vilivo, Signore. Forse può imparare quello che serve per poter dare una mano. Fa' che trovi lavoro, di modo che possa provvedere a sé stesso, diventare adulto e metter su famiglia.

Nel nome di Gesù. *Emeni.*

16.
LISBETH

Lisbeth si allunga verso lo specchio per poter vedere meglio gli orecchini. Le piccole conchiglie, rosa come l'interno della bocca di un neonato, dondolano dalle sue orecchie appese a due sottili ganci d'argento. Donano un perfetto tocco esotico alla sua mise, con la camicetta bianca e i pantaloni a sigaretta d'un viola intenso. Aveva pensato di mettere il top lilla con le spalline sottili, ma quando ha scoperto un brutto strappo che dalla cucitura laterale arrivava fin sul davanti ha dovuto abbandonare l'idea. È la prima volta che lo nota, come sarà successo? Ormai è rovinato, e così le è toccato sostituirlo con la camicetta bianca. Lisbeth spinge indietro le spalle e si dà un'ultima occhiata soddisfatta. Sarebbe piaciuta persino ad Amanda.

Era nervosa il giorno precedente, prima della conversazione con la figlia su Skype. Aveva provato sollievo per il fatto che Amanda volesse parlarle, ma anche apprensione per la sua lingua tagliente. Le sue e-mail si contraddistinguevano per le accuse – «Mamma, ma che cosa stai facendo?» –, le risposte di Lisbeth si riducevano a poco più che sterili chiacchiere. Ma l'ondata di cioccolato che aveva spazzato la veranda la sera prima aveva risvegliato qualcosa in lei. Non era stata responsabile delle pubbliche relazioni per il giornale della scuola, all'ultimo anno? Non ha pensato più di una volta che, seppur nel solidissimo ramo dell'edilizia, Harald avrebbe dovuto essere più diretto con la promozione e la presentazione? Non gli ha mai imposto le sue idee, e lui non se n'è mai interessato. Fin dall'inizio Harald aveva messo in chiaro che il suo posto era a casa, con i bambini e le faccende domestiche. Finché Joachim e Amanda erano piccoli non ci aveva pensato, le giornate erano piene di impegni e lei viveva il premio che si era guadagnata. Quando i bambini erano cresciuti, le giornate erano diventate più lunghe e lei si era offerta di contribuire agli affari, Harald non ne aveva voluto sapere: «Tu dietro il bancone? Questa è bella!». Gli aveva spiegato che non era quello che intendeva, quanto proporre delle idee per rinnovare l'assortimento, magari pensare a una presentazione un po' più fresca in negozio, ma per tutta risposta aveva ottenuto una risata: «Tu non ci capisci niente di queste cose, Lisbeth». Lei aveva ingoiato il rospo, riempiendo il vuoto con la Loggia delle signore e il circolo del bridge, ed era una stimata volontaria della Croce Rossa per il sostegno alle persone sole. Ma quando Amanda era passata a mostrarle il piano di studi per il corso di marketing al quale si era iscritta, Lisbeth si era accorta che le parole della figlia avevano un senso. Comportamento del consumatore, pianificazione del prodotto: lei capiva cosa significavano! Harald non vedeva che quelle cose potevano servire per gli affari? Lei smaniava dalla voglia di continuare il discorso, ma quando la porta si era richiusa dietro Amanda, Harald aveva fatto spallucce e si era voltato di nuovo verso il televisore, e l'orientamento di mercato e i canali di vendita erano svaniti in un angolino polveroso insieme a tutte le altre cose di cui non si sarebbe mai fatto nulla. Ma il cioccolato! Lisbeth sente le farfalle nello stomaco. Il dolce piacere in bocca, il profumo, la carta che scricchiola. Il Cioccolato di Kat, caspita, poteva essere bellissimo!

E la conversazione con Amanda aveva superato tutte le aspettative. Dapprima la figlia se l'era presa perché a Lisbeth non era chiaro in cosa consisteva il suo lavoro: «Non lavoro in una palestra, mamma. Sono responsabile dello sviluppo di prodotto e delle strategie di marketing per tutta la catena, per tutti i centri B FIT del paese!». Ma quando Lisbeth le aveva parlato del cioccolato, Amanda aveva cambiato tono: «Brava, mamma! Bene, davvero! Lasciami pensare un po' e parlare con qualcuno dei capi». Un tono che Lisbeth non aveva mai sentito nella voce della figlia. Un tono che usava con le persone che prendeva sul serio.

Lisbeth si preme le mani sulle guance e sente che sono calde. "Voglio partecipare anch'io", pensa. "Se se ne farà qualcosa, ci dovrà essere un posto anche per me."

Vilivo porta, sistema e dirige; è stato incaricato di accompagnare Lisbeth e Sina a Rakiraki per fare acquisti per la festa. Il calendario dice che ormai è dicembre e a *Vale nei Kat* si terrà una festa dell'avvento. È stata una domanda casuale di Lisbeth a dare il via al tutto: «Che cosa mangiate qui per Natale? Qual è la tradizione?».

«Il *lovo*», ha risposto Ateca. «Prepariamo un grande *lovo* con tutte le cose più buone: prosciutto, pollo e pesce. E taro, naturalmente. E il *palusami*», ha aggiunto con la lingua che le correva sulle labbra. «Spinaci cotti nel latte di cocco. Sono la cosa più buona.»

Lisbeth non si era sentita tentata, tuttavia qualcosa l'aveva affascinata al pensiero: prosciutto e pollo, pesce grigliato. Un banchetto, preparare una festa. Lo sa fare! Se c'è una cosa in cui Lisbeth Høie è brava, è organizzare ricevimenti! Non c'è voluto molto a convincere Kat, e con ciò era deciso: festa dell'avvento nella Casa delle Donne. Con il *lovo.*

«Calcolate dosi abbondanti», era stato l'unico consiglio di Kat. «Verranno tutti.»

Sul cassone vengono caricati sacchi di cipolle e noci di cocco. Tapioca e mazzi di foglie di *roro,* enormi teste di taro con il gambo raccolte in fasci, simili a leccalecca sporchi e sproporzionati. Bistecche di prosciutto avvolte in carta paraffinata unta, polli interi, grossi pesci variopinti di cui Lisbeth non conosce il nome. Lascia a Vilivo il compito di calcolare le quantità necessarie mentre lei è intenta a constatare che l'offerta di tovaglioli a Rakiraki è piuttosto carente. Li cerca viola, il colore dell'avvento, ma deve accontentarsi di prenderli verdi, e li abbina a tovaglie di carta rosa, la tinta che più si avvicina al rosso del Natale. Si lamenta con Sina, che non è particolarmente interessata e ha gli occhi puntati sulla montagna di materie prime ammassate sul cassone: «Gesù, ma quante persone verranno? Dobbiamo preparare noi tutta questa roba?».

Ma di questo Lisbeth non si preoccupa. «Ci aiuterà Ateca», la tranquillizza. «Kat dice che ha chiamato un sacco di donne della sua chiesa che sono brave a cucinare. Ma come facciamo per le decorazioni della tavola, secondo te?»

«Pietre», spiega Vilivo quando lascia la strada e devia verso una casa che altro non è che qualche lastra di lamiera poggiata su una struttura vacillante. Un'ombra avanza in mezzo ai tronchi degli alberi dietro l'abitazione, l'uomo è talmente magro che a Lisbeth viene quasi voglia di scendere dal furgone e aiutarlo a portare le grosse pietre rotonde che raccoglie da un avvallamento in mezzo ai cespugli. Ma lui le carica sul cassone insieme al figlio di Ateca, accanto a fasci di legna secca color ocra. Lisbeth ha contato circa venticinque pietre: «A cosa servono?».

Vilivo la guarda stupito, la risata comincia a gorgheggiargli in gola. «Vuole fare il *lovo* senza pietre, ma'am?»

Lei non è certa di cosa significhi: la sta prendendo in giro? Che cos'è che devono preparare, una specie di zuppa di sassi?

Solo il venerdì pomeriggio, quando Mosese e Jone vengono chiamati con le loro vanghe e dietro la coltivazione di zucche si apre un buco enorme, Lisbeth si rende conto di ciò che avverrà in casa loro. Sotterreranno il cibo! Accenderanno un fuoco sulle pietre tonde e lisce e vi poseranno sopra le vivande, poi copriranno il tutto con sabbia e terra. Lei rabbrividisce. Non prepareranno da mangiare in cucina, con pentole e padelle. Il cibo verrà avvolto in foglie e ramoscelli, infilato tra escrementi d'uccello e pidocchi delle piante e cotto sopra un falò sotterraneo! La festa con le tovaglie e i tovaglioli dell'avvento comincia a vacillare davanti ai suoi occhi: come sarà davvero? Ateca dice che non importa se non hanno abbastanza sedie e tavoli, di *ibe* ce ne sono più che a sufficienza. Stuoie? Intende dire che serviranno la cena sul *pavimento*?

Il sabato mattina Ateca e altre sei donne sono sedute in veranda a gambe incrociate. In mezzo a loro ci sono dei grossi contenitori pieni di latte bianco-azzurrognolo spremuto dalla polpa del cocco che i figli di Jone hanno grattugiato per ore, con il prezioso aiuto di Ingrid, che ora si aggira a piedi nudi con indosso un *sulu* sbiadito prestatole da Ateca. GOLDEN TREASURE RESORT recita la scritta stampata lungo il bordo. Ateca è seduta vicino a Litia, la moglie di Mosese. Con le foglie di *roro* confezionano dei pacchettini che riempiono di latte di cocco e di una massa grassa e marrone che estraggono da alcune lattine: CARNE DI MONTONE, dice l'etichetta. Dall'espressione rapita di Ateca, Lisbeth capisce che quello dev'essere il tanto agognato *palusami*. Un grasso pastone di pecora in scatola cotto nel latte di cocco? Ingrid va verso di loro, uno schizzo di latte di cocco sugli occhiali; passa leggera oltre le foglie di banano accatastate contro la parete. «Fammi vedere, Ateca. Come fate?» Litia si fa scura in volto, si ingobbisce sul lavoro e si sposta dietro Ateca, allontanandosi da Ingrid. Lisbeth aggrotta le sopracciglia sorpresa, ma non ha tempo di interrogarsi sul motivo di quel gesto. Si gira per cercare Kat con lo sguardo. Vede l'amica che arriva da dietro l'angolo della casa e le grida: «Come apparecchiamo? Le posate e tutto il resto, non so... quanti saremo, alla fine?».

Si ferma quando nota un qualcosa negli occhi calmi di Kat, sente il rossore sulle guance senza capire perché.

«Quanti saremo?» ripete Kat lentamente.

«Sì, devo...»

Decorare i tavoli, vorrebbe dire. Controllare che ci siano abbastanza cucchiai da servizio e vasi di fiori e tovaglioli ripiegati per ciascun ospite.

Ma le parole si rifiutano di uscire. Non sono adatte, lì. Non hanno significato per Jone, che ha mosso tutti i passi della sua vita su quella spiaggia. Le candeline da tè nei portacandele abbinati non rendono più gustoso il *lovo* per le donne che frequentano la chiesa di Ateca.

Accaldata e disorientata, Lisbeth si costringe a guardare Kat in volto. Che le rimane, allora?

Era così contenta per quella festa. Ecco una cosa che sapeva fare: organizzare, pianificare, decorare e disporre. In quale altro modo può contribuire, se non piegando i tovaglioli?

Lei non possiede lo stesso intrepido appetito di Ingrid per i granchi del fango e altre sfide, e Sina pare essere soddisfatta di una parte da comparsa senza troppe battute. Maya è l'ospite che si è portata il suo piccolo mondo di libri e di autorevole competenza. Kat è il capitano, Lisbeth non è sicura di essere nemmeno il gatto della nave, quello di cui tutti hanno bisogno per avere almeno qualcosa da prendere a calci.

«Volevo solo...»

Volevo solo contribuire, vorrebbe dire. Essere qualcuno.

All'improvviso sente la propria voce in veranda la sera del cioccolato, quando si era alzata. «Frammenti di felicità», aveva detto. Una sua idea. Il silenzio tutto intorno, l'approvazione negli occhi di Ingrid. L'«accipicchia!» sbigottito di Kat.

I loro sguardi si incrociano. «Lo so», dice Kat. «Ma non è necessario. L'unica cosa che la gente si aspetta... è l'allegria. Non pretendono di venire serviti o intrattenuti o di vedere qualcosa che susciti la loro ammirazione. Non si aspettano che facciamo niente per loro. Non spetta a te far sì che la gente passi una bella serata», dice Kat a Lisbeth. «Noi provvederemo a offrire loro buon cibo e una buona compagnia. Per il resto faranno da sé.»

Buon cibo e buona compagnia. Quando gli uomini si avventano con le vanghe sul cumulo di terra fumante e, uno dopo l'altro, tirano fuori gli involti di foglie di banano, Lisbeth ha ormai smesso del tutto di pensare agli afidi e alle lumache. Gli umori della carne colano dai cartocci roventi, che avvolgono il giardino e la veranda in un'ebbrezza odorosa e piena di aspettative. Mani rapide rimuovono le foglie bruciacchiate e depongono sui vassoi generosi pezzi di carne luccicanti e polli gonfi dei loro succhi. Il *palusami* viene versato in un catino verde, perle di grasso nuotano nel latte di cocco insieme a grumi rappresi. Lisbeth si guarda in giro: mani sfrontate che riempiono il piatto con montagne di cibo, corpi tarchiati che si lasciano scivolare dolcemente sulle stuoie di paglia e si abbandonano al piacere di bocche e pance piene. Uomini grossi e donne pesanti, polpacci giovani e lisci sotto pantaloni corti, piedi nudi di bambino che si muovono a passettini tra le gambe incrociate degli adulti. La chitarra su cui qualcuno ha trovato i primi accordi, la risata che si riversa dalla veranda e invita le lucciole del giardino a ballare. “Mai più”, pensa Lisbeth. “Non piegherò più tovaglioli in vita mia.” A questo pensiero assurdo scoppia in una risata improvvisa, un suono roco e insolito. Si batte la mano sulla bocca e incrocia uno sguardo scuro e serio sotto una frangetta riccia dorata. Proprio davanti a lei c’è la bimbetta che vende *pawpaw* sul ciglio della strada, sul labbro superiore un’ombra arancione di Fanta. Dice qualcosa, Lisbeth deve chinarsi in avanti per sentire. «Sei bella, *Nau.*» Una manina si allunga a toccare la lunga gonna di seta thailandese blu lucente, la versione di Lisbeth del *sulu.* Non capisce come la chiama la bambina e automaticamente vorrebbe indietreggiare, strappare la stoffa costosa dalle dita appiccicose, invece resta dov’è. Nell’altra mano la piccola tiene una conchiglia e la porge a Lisbeth. Una piccola cosa preziosa tra il bianco e il giallo, una carezza sul palmo. Lisbeth la prende senza dire una parola, fa scivolare le dita sulla spirale liscia dalle linee ondulate. La bocca di madreperla rosa pallido, un tacito accesso a misteri e segreti.

Si accoccola sulle ginocchia, la seta thailandese risucchia la fanghiglia bagnata ai piedi della scala.

«Grazie», dice. «*Vinaka.*»

Senza pensarci si leva la sua catenina d’oro, una maglia veneziana, regalo di Harald. Sente che le mani le tremano quando la allaccia con cura intorno all’esile collo marrone.

«Come ti chiami?» chiede.

«Maraia», risponde la bambina. «Significa “stella del mare”.»

Dopo un paio d’ore è impossibile dire chi siano i padroni di casa e chi gli ospiti. Otto, dieci donne, tra le quali Lisbeth riconosce la moglie e le nuore di Jone, portano via gli avanzi e i piatti vuoti mentre scoppiano in stridule risate. La porta che dalla cucina dà sul retro è aperta, uomini portano bombole di gas e sollevano sacchi di spazzatura, qualcuno grida il nome di Akuila e dà al custode un piatto con un pezzo di pesce e qualche fetta spessa di taro. La musica si alza e si abbassa dalla veranda. Kat è seduta sul gradino più basso, parla a voce sommessa con una donna che tiene una bambina mezzo addormentata in grembo. È la bambina della conchiglia, la catenina d'oro al suo collo sfavilla alla luce delle torce in fondo alla scala.

Due giovani suonano la chitarra, i loro canti sembrano al contempo familiari e sconosciuti a Lisbeth. Le parole non le capisce, ma qualcosa nelle melodie la fa pensare alle lezioni di canto o alle funzioni religiose a scuola. Un misto di malinconia, country ed Esercito della salvezza. Certe volte canta un ragazzo solo, altre volte tutti e due, ogni tanto le voci dalla cucina e dall'oscurità sotto gli alberi si congiungono in armonie belle e sorprendenti.

«Conoscete *Amazing Grace*?»

È Ingrid a chiederlo; in piedi vicino ai due giovani, indossa un *sulu jaba* verde acceso. Lisbeth è raccapricciata, non poteva fare a meno di scimmiottare in quel modo l'abbigliamento del posto? Eppure c'è qualcosa che risplende intorno a lei. Il grosso motivo floreale culla i suoi passi addolcendoli, rende il suo viso più bello, più aperto.

I ragazzi si consultano, uno dei due fa qualche tentativo prima di trovare l'accordo giusto e fa scorrere le dita sulle corde.

Amazing grace! How sweet the sound
That saved a wretch like me...

Non è una sequenza di parole che tutti conoscono. È una voce comune, il loro respiro, un fiume tripudiante di note, qualcosa di grandioso e magnifico. "Grazia", pensa Lisbeth. *Oh, grazia meravigliosa e grande.* Ha un significato.

Un uomo avanti con gli anni esce dall'ombra della buganvillea dai pesanti grappoli che pendono sopra la ringhiera. Camicia bianca a maniche corte, un *sulu* grigio lungo fino alle ginocchia, di quelli indossati dalle persone che rivestono una posizione istituzionale. È scalzo e di bassa statura, pianta a terra i piedi possenti mentre il giovane chitarrista continua a suonare. Quando apre la bocca la sua voce è delicata, ma chiara e limpida. Lisbeth non comprende le parole, ma vede le teste chinarsi intorno a lei e capisce che l'uomo sta pregando. Lunghe parole piene di grandi vocali arrotondate danzano sulla melodia malinconica. Accanto a lei una donna sussurra con gli occhi chiusi, la madre di Maraia giunge le mani tenendo le braccia intorno alla figlia. Quando l'uomo si ferma e un «*emeni*» comune viene sospirato sulla veranda, c'è un attimo di silenzio. Una battuta di pausa, una strizzata d'occhio della Croce del Sud e la chitarra cambia tonalità. «*Silent Night*» cantano gli ospiti dell'avvento, con voce chiara e sonora. «Notte santa», sussurra Lisbeth accarezzando con il pollice la bocca bagnata e piena di speranza di una conchiglia.

17.
KAT

Ci buttiamo! Non in modo avventato e sconclusionato, però qualche investimento non possiamo evitare di farlo. Un forno per la tostatura, attrezzatura per la misurazione e la spremitura del grasso, per la raffinazione e la macinatura. Io e Ingrid abbiamo azzardato qualche preventivo, e i soldi dell'eredità e della casa in Norvegia sono sufficienti per permetterci di iniziare.

È per Niklas che lo faccio, innanzitutto? Per un desiderio di sentirlo applaudire in sottofondo? Non ne sono sicura. È così difficile sapere cosa gli devo.

È vero quello che ho detto alle altre, cioè che ci trastullavamo con l'idea di fare il passo successivo e lanciarci con il cioccolato. Solo che non ce l'ho fatta. Non ho avuto la forza di fare altro che abbandonare le cose al loro corso e lasciare Mosese a gestire il tutto nella sua cauta maniera.

Naturalmente la certezza che Niklas sarebbe rimasto deluso mi perseguitava. Lui credeva che ardessi per la piantagione tanto quanto lui, o in ogni modo desiderava crederlo. Non avrebbe compreso la mia passività, la ritirata. È a causa della mia coscienza sporca che ho lasciato che Ingrid mi persuadesse? A volte vedo le cose dall'altro capo del cannocchiale, e sono assolutamente ridicole: cinque signore frastornate dalla pelle vecchia e piena di macchie, in una casa lontano da casa, con tutti i problemi irrisolti che si sono dovute portare appresso, tra figli e quant'altro. Che cos'è che ho fatto, veramente? Abbiamo anche solo una minima possibilità di successo? Forse è l'entusiasmo delle altre che mi seduce. Si trovano bene a Korototoka, su questo non c'è dubbio. Mi rallegro ogni giorno a vederle allungare il collo al sole e affondare le dita nude dei piedi nella sabbia. Ma la scintilla nelle parole di Ingrid quando ha tirato in ballo il cioccolato era qualcosa di più; parlava come un'innamorata! Il sorriso che le abbracciava tutta la faccia, i capelli che andavano su e giù per la gioia. E l'ardore di Lisbeth, che è scattata in piedi e ha cominciato a snocciolare le sue idee. Lisbeth! Non è proprio questo che mi hanno insegnato tutti gli anni che ho passato con Niklas? Che un progetto comune non crea solo coesione, ma anche un nuovo tipo di gioia, nel riscoprirsi nei risultati che si ottengono all'improvviso? Sì. Ho voglia di creare con loro il Cioccolato di Kat.

È importante prendere a bordo Mosese. Il Cacao di Kat non sarebbe esistito senza di lui, e nemmeno il Cioccolato di Kat avrebbe alcuna speranza. Ammetto senza problemi che i nostri giri nella piantagione, nella boscaglia fitta, umida e soffocante, per me sono più che altro un impegno a cui devo far fronte. Se potessi, sarei felice di affidargli le redini e dirgli: «Fa' del tuo meglio, andrà sicuramente bene!». Ma devo andare con lui, sono i miei alberi, la responsabilità è mia.

La sua figura tenace cammina davanti a me senza sosta, io scaccio gli insetti e quasi lo perdo di vista. Sugli alberi di cacao, che per motivi pratici tiene ad altezza d'uomo, ci sono cabosse a diversi stadi di maturazione. Le grandi capsule a goccia rilucono di un color arancione dorato, rosso acceso, marrone tendente al viola. Io sono tutt'altro che un'esperta coltivatrice di cacao, ma ho capito che il *Theobroma cacao*, il cibo degli dei, è una signora schizzinosa e delicata. Affinché prosperi, la temperatura deve mantenersi tra i venticinque e i trenta gradi e l'umidità dev'essere regolare. Qui, nella parte settentrionale di Viti Levu, non è raro che la colonnina di mercurio salga sopra i trenta, e quando succede posso leggere il volto preoccupato di Mosese come fosse un termometro.

Niklas vedeva solo i lati positivi, come al solito. «È per questo che è un'idea geniale acquistare una piantagione che ha già alberi adulti», si infervorava quando stavamo valutando l'acquisto. «Gli alberi più alti, le papaye, i banani e gli altri che fanno ombra al terreno, proteggono le piante di cacao e mantengono l'umidità. Così possiamo fare a meno di irrigare, e le piante crescono da sé!»

Dire che crescono da sé era un'esagerazione, per usare un eufemismo. Mosese fa il suo giro nella piantagione tutti i giorni, pota e ripulisce e riesce grossomodo da solo a tenere sotto controllo i due problemi principali: i funghi, che fanno annerire i baccelli rovinandoli, e i topi, che si arrampicano sulle piante per fare rifornimento se non si tiene pulito intorno ai tronchi. Solo nelle fasi più indaffarate della produzione bisogna chiamare delle mani in più perché aiutino con la raccolta, la fermentazione e l'essiccazione.

Quando giro tra gli alberi con Mosese mi sento sempre la principiante che sono. Ma lui nutre un rispetto troppo profondo per me, o in ogni modo per Niklas, per svergognarmi. Con pazienza condivide con me le sue conoscenze: «Ecco, vede, madam Kat...». Io guardo l'albero che mi indica; le cabosse che crescono direttamente sul tronco sono nere e incavate. Gli chiedo, pur conoscendo la risposta: «Che cosa possiamo fare?». Lui scuote la testa, è difficile liberarsi della muffa. Ma l'istante dopo si illumina quando il frutto arancione di un altro albero riempie la sua grossa mano: «Guardi questo, madam Kat! Qui ci sono di sicuro almeno trenta fave!». Con un rapido movimento del coltello apre la capsula in due e mi porge una metà; una coppa piena di polpa lucente, con perle marroni nascoste nella massa biancastra. L'odore dolce mi investe, la luce esplode verde e vibrante tra le chiome degli alberi. Un calice tra le dita.

Mosese attende paziente, occhi castani in una ghirlanda nodosa di rughe. Quando le lacrime mi riempiono la gola, lui si limita ad annuire.

Vien quasi da ridere all'idea che la nostra testa di ponte in Norvegia sarà la figlia di Lisbeth. Quando la nostra amica ci ha riferito della loro conversazione ero scettica: davvero non mi ero immaginata Amanda come un mago degli affari. Ma dopo averle parlato di persona e aver sentito le sue idee, e soprattutto l'entusiasmo e l'energia, ho capito cos'era quello che avevo visto sulla faccia di Lisbeth. Qualcosa di opaco e latente che diventa visibile quando si accende la luce. Se ce la faremo, Amanda Høie diventerà il nostro punto di contatto e il distributore del Cioccolato di Kat, nonché la nostra responsabile del marketing in Norvegia. È incredibile, ma in realtà non più strano di tutto quello che sta succedendo. Del fatto che degli amici di Suva mi abbiano messo in contatto con Johnny Mattson, per esempio, e che lui sia disponibile a insegnarci il mestiere. Cioccolataio in pensione con un passato qua e là, ora pescatore di mare che si gode il passare del tempo su una barca all'ancora a Labasa. «Dovrete sopportarmi per qualche giorno, quando verrò», ha detto quando l'ho invitato. «Sono troppo vecchio per strapazzarmi con il viaggio di andata un giorno e quello di ritorno il giorno dopo.»

Quello che voglio è coinvolgere anche Maya. Non è dimostrato che una vita attiva e partecipe tenga lontano la demenza? Vedo che ogni tanto si allontana da noi, trascorre lunghi lassi di tempo da tutt'altra parte, per poi tornare lucida e totalmente presente. Provo a rispecchiare questa realtà frammentata nelle e-mail che scrivo a Evy, rendendola vera ma non allarmante. Se dobbiamo essere oneste, possiamo dire che Maya sta meglio qui? I ritmi sono lenti, e noi che le siamo vicine abbiamo tempo e pazienza.

Non credo che abbia paura. Sarebbe insopportabile vederla dilaniata dal terrore davanti a me. Alcuni giorni, un vago stupore per tutto ciò che la circonda, ore passate dietro un soffice velo: così appare ai miei occhi. Naturalmente mi sono documentata e so che l'inquietudine è la compagna di viaggio della confusione, un disorientamento che non si può tenere lontano. Ma sembra che Ateca ci riesca. Come se, semplicemente prendendo la mano di Maya, le trasmettesse un po' della sua impassibilità; parte del vigore delle forti dita marroni passa in quelle sottili e ceree di Maya. C'è una cosa che ho imparato quaggiù e che devo ricordarmi di fare. Fidarmi. Lasciare che la barca segua il suo corso.

È strano quello che le Fiji fanno a tutte loro: le osservo e mi meraviglio. Sina diventa più forte quando Maya diventa più debole. Tira fuori una specie di premura, qualcosa di affettuoso camuffato in un atteggiamento brusco. Maya senza Steinar e Sina senza Lisbeth, una combinazione nuova e sconosciuta. Talvolta mi permetto di darmi una discretissima pacca sulla spalla. Non sta meglio anche Sina qui, rispetto a come si sentiva a casa? Lontana dal figlio, dalle sue lamentele e richieste di denaro. E Ingrid: sta letteralmente fiorendo! Sul *sulu* e dietro l'orecchio e tra le mani: incredibile che queste dita verdi siano state sepolte nei libri contabili delle Autolinee regionali per così tanti anni. Anche Ateca, che guarda a molte delle trovate di Ingrid con scetticismo, ha ammesso che sia le zucche sia i pomodori sono particolarmente belli quest'anno. Pensavo a Ingrid come a un cane? Adesso è una pianta della giungla! Tenace e forte e fiammante di colori!

Ma forse la pacca sulla spalla è soprattutto per me stessa. Non era proprio così la *vale* che desideravo? Una casa viva, con gioie e preoccupazioni, discorsi, canti e litigi? Per poter avere qualcuno vicino a me, ed essere io stessa vicino a qualcuno? «Ha bisogno delle sue sorelle, madam Kat», ha detto Ateca quel giorno. Aveva proprio ragione.

18.
SINA

Salusalu. Reguregu. Bolabola. Sina tiene le orecchie tese quando sente parlare fijiano intorno a lei: le parole schizzano come fuochi d'artificio e le voci tuonano e schioccano. Le sembra così buffa, quella lingua! Non dev'essere tanto difficile da imparare, la grammatica è semplice e ci sono solo pochi accorgimenti da ricordare per quanto riguarda la pronuncia. «Una D in mezzo a una parola si pronuncia "nd"», spiega Kat. «La città si chiama "Nandi". Solo i turisti dicono "Nadi", ricordatevelo. E il nome di Ateca l'avete capito. Non è "Atesa", è "Atetha". La C si pronuncia come nell'inglese *the.*»

I suoni sono così strani! Una lettera su due è una vocale, una O arrotondata oppure una sfilza di A che scoppiettano nell'aria. Le parole sono come una filastrocca per bambini dove la stessa sillaba si ripete più volte. Alle Fiji chiunque parla inglese, tuttavia gran parte delle conversazioni si svolge in quella lingua canticchiante di vocali, dove sembra sempre che si stia pianificando qualcosa di importante. È come se ci fosse un altro significato nelle parole rispetto a quando la stessa cosa viene detta in inglese. Non è un caso che il pastore della chiesa metodista di Korototoka abbia pregato in *vosa vaka-Viti* durante la loro festa.

Non le capita spesso di avere Ateca tutta per sé, di norma c'è sempre Ingrid o Kat nei paraggi. Tuttavia, un pomeriggio sul presto, mentre la governante sta piegando i vestiti seduta sul pavimento, Sina ha la possibilità di affrontare l'argomento. Ateca annuisce e comprende immediatamente la domanda. «Se c'è differenza se parliamo di qualcosa in fijiano o in inglese? Sì, certo che c'è differenza. In *vosa vaka-Viti* è...» Deve riflettere un attimo. «È più profondo, in un certo senso.»

«Più importante?»

Sina non è sicura di capire.

«Sì. No... più profondo. Più sentito.»

«Sentito?»

Ateca annuisce. «Sì. Quando parli di qualcosa in fijiano, fa parte di te. Come la terra. *Vanua*. Capisce?»

«È impossibile tradurlo esattamente», ha provato a spiegare Kat. «*Vanua* è la terra a cui appartenete tu e il tuo clan, ma non solo. Sono le persone che ci abitano adesso e quelle che ci hanno abitato in passato. Sono le usanze che hanno avuto e i canti che hanno intonato. Quello in cui credono e quello che hanno amato, è l'appartenenza e i ricordi. La gioia per i bambini che sono nati e il dolore per quelli che sono morti.»

Sina crede di averlo capito, almeno in parte. L'ha visto durante le sue passeggiate per il villaggio e nei dintorni, l'ha colto nelle piccole cose come in quelle grandi: il machete per la canna da zucchero brandito con tanta naturalezza, lo sguardo sul paesaggio sotto la mano che ripara dal sole. Un possesso evidente, riconoscente. La sicurezza che dà l'essere parte di qualcosa. *Vanua*.

«Sì», risponde Sina. Capisce quello che dice Ateca. Parlare di quello che ti appartiene davvero esige una lingua più profonda.

Badare è l'unica cosa che sa fare. Predisporre e stare sul chi va là, cercare di prevedere i problemi ed evitare i pericoli. E, una volta che il danno è fatto, salvare quel poco che resta e sfruttare al meglio la situazione. Farsi carico il più possibile delle conseguenze. Consolare quando ce n'è bisogno, tenere per mano. Ma è soprattutto sé stessa che consola, ora. È passato tanto tempo da quando teneva Armand per mano: ah, se le ricorda, quelle ditine da scoiattolo, mai ferme. Adesso l'home banking fa in modo che quando lui arraffa i soldi le loro mani non si sfiorino nemmeno. Ma le parole sono sempre le stesse: «Grazie, mamma. Te li restituisco settimana prossima, giuro!». Il più delle volte tramite SMS, in qualche rara occasione una voce al telefono.

La cosa strana è che può parlarne con Maya. O meglio, *a* Maya. "Gli anni ci hanno trattate in maniera diversa", pensa Sina. La Maya delle Fiji, con un cappello di paglia ammaccato in testa e uno sguardo pensieroso rivolto alle onde, spesso è più distante e lenta dell'amica di scuola sicura e pedante. I pezzi si sono spostati sulla scacchiera, tutto il gioco è cambiato.

«Prima dobbiamo in un certo senso liberarci dai genitori», dice Sina a Maya, che annuisce sotto il cappello. «E dopo ci tocca pure liberarci dai figli.»

In 3ªB e per tutti gli anni successivi a Reitvik, Sina non ha mai giocato nella stessa divisione di Maya Aakre. Maya e Steinar: avevano il loro lavoro, i loro colleghi, la loro cerchia. Sina non ha mai avuto una «cerchia». Chi riempie le proprie giornate impilando sugli scaffali silicone e olio di lino e suddividendo per prezzo i campioni di carta da parati non ce l'ha, una cerchia. Quando si incontravano si salutavano, chiedevano dei rispettivi figli, Maya con voce cortese, Sina con una gelosia mortificata. Le cose sarebbero state diverse se avesse avuto una figlia? Una volta il marito pittore della figlia di Maya aveva tenuto una mostra a Reitvik, «Colori e paesaggi», Sina ricorda il titolo dall'annuncio sul giornale. Aveva avuto voglia di andarci, sapeva dove si trovavano i locali della Società dell'arte, sopra il negozio del fotografo. Però non l'aveva fatto: che cosa ne sapeva, lei, di arte? Ingresso libero, diceva l'annuncio, ma magari si aspettavano che la gente acquistasse qualcosa? Quanto costava un quadro? Sui muri di casa di Sina sono appese delle foto di Armand, un bebè sulla pelle di pecora e poi più grande con il vestito della cresima. Un tappeto da parete raffigurante un tramonto e un paio di quadretti che ha ricamato lei stessa. Una volta la ditta aveva acquistato una partita di quadri incorniciati, vasi di fiori in stile simil-giapponese. Non avevano venduto molto, e dopo un anno lei aveva potuto portarne a casa tre per una sciocchezza. «Colori e paesaggi» non era certo cosa per lei. Inoltre avrebbe potuto imbattersi in Maya e Steinar, e non ne aveva voglia. Così non ci era andata. E non aveva detto niente a Maya quando l'aveva rincontrata al centro commerciale. Si era limitata a rivolgerle un cenno della testa e si era affrettata a spingere il carrello dietro lo scaffale successivo.

Adesso, però, qualcosa lo dice. Adesso che Maya ha le spalle più curve e la voce più pacata, Sina è pronta a offrirle un braccio. Lei e Maya fanno tutti i giorni lo stesso giro; scendono fino alla spiaggia e superano il piccolo pontile che termina con una scala. Poi risalgono dalla collina oltre il cimitero, spesso si siedono a riposare un po' sul muretto. Proseguono fino al *bure* del *chief*, il capovillaggio.

Si trova nel punto più alto del paese e ha pareti di canne intrecciate e tetto di paglia, ma neanche una finestra. Un giorno chiedono informazioni, Sina trova più semplice parlare con le persone quando è con Maya. Spesso l'altra non dice niente, se ne sta semplicemente lì con i grossi occhiali da sole muti e i ricci spenti pigiati sotto il cappello. Ma Sina può domandare per entrambe, è una responsabilità che si addossa, una premura. Quindi è anche per conto di Maya, professoressa di norvegese e storia in pensione, che si procura informazioni sul perché nessuno possa usare l'ingresso principale a eccezione del capovillaggio. Sbirciando attraverso una porta laterale, Sina e Maya possono vedere con i propri occhi quello che è stato raccontato loro: che nessuno alloggia o dorme nel *bure* del capovillaggio, lì si prendono decisioni importanti. Che le pareti sono decorate con diversi tagli di *masi*, la sottile corteccia del gelso dipinta a motivi neri e marroni. Che al posto d'onore c'è un enorme *tanoa*, la grossa ciotola del *kava* decorata con conchiglie lustre di ciprea. Che il pavimento è ricoperto di *coco*, le stuoie più belle, e che lungo le pareti sono allineati i simboli di guerra: mazze, asce e lance. Sina rabbrividisce al pensiero di quello che ha sentito sulle antiche armi dei cannibali: l'ascia per spaccare il cranio, la mazza con un uncino a un'estremità per scavare bene nel cervello.

Ringraziano cortesemente e si rimettono in marcia, senza parlare di quello che hanno imparato. Sono quasi all'altezza del negozio con le angurie accatastate quando Maya commen-

ta la casa del capovillaggio. «Quelle mazze sembrano troppo pesanti. Se bisogna usarle, dev'essere una cosa veloce.»
Sina annuisce. Se si vuole dare una mazza in testa a qualcuno, non c'è tempo per perdersi in lungaggini.

Quando rientrano, quel pomeriggio, davanti a casa c'è un furgone. Sul fianco ha una scritta a lettere nere: IMPIANTI DI CONDIZIONAMENTO DI RAKIRAKI. VI PORTIAMO IL FREDDO.
Maya scompare dentro di sé. Anche Sina per un attimo è tentata di fare un pisolino, ma poi si abbandona sulla poltrona di fianco a Lisbeth in veranda, indicando il furgone.
«Perché sono qui? È il congelatore che perde di nuovo colpi? O la *vale* di Kat sta per avere l'aria condizionata?»
Lisbeth scuote la testa. «Non credo. Ma se vogliamo fare il cioccolato, il dolce capanno dovrà essere fresco», risponde, usando il nome che Ingrid ha dato al casotto inutilizzato che verrà trasformato in locale produzione. «Dovranno fare un sopralluogo per sistemare l'isolamento, l'impianto di raffreddamento e via discorrendo. Costerà un po' ricavare una fabbrica di cioccolato da un vecchio pollaio, o qualunque cosa fosse.»
Sina annuisce. Prende una sigaretta dal pacchetto di Lisbeth senza chiedergliela.
«E il capogiardiniere dov'è?»
Lisbeth si guarda intorno. «Ingrid? Non lo so esattamente. Forse sul retro.»
Sina tace. Gli sforzi di Ingrid per far crescere zucche più grosse e meloni più dolci non le interessano. Non ha la forza di affrontare quella sfida, le competenze che ha acquisito al Circolo del giardinaggio di Reitvik sulle perenni non sono niente di fronte alla determinazione di Ingrid nell'imparare *tutto* sulle piante commestibili tropicali.
È come se Lisbeth le leggesse nel pensiero. «Avrà ben altro a cui pensare oltre alle zucche e ai fagiolini quando diventerà direttrice della fabbrica di cioccolato.»

Restano un po' in silenzio. Sina sta seguendo con lo sguardo una barca che si muove lontano, quando Lisbeth all'improvviso le chiede: «Come sta Maya?».

Sina si gira verso di lei. «Bene. Perché?»

Lisbeth alza le spalle. «No, niente. Mi è sembrata solo un po' stanca.»

«Tutti sono stanchi di quando in quando. Faceva caldo mentre eravamo a passeggio.»

Sina si sente pizzicare per l'irritazione: perché Lisbeth deve impicciarsi? La stizza la spinge a scimmiottarla con voce distorta: «"Come sta Maya?" Non è mica una bambina! Perché non lo chiedi a lei?».

Lisbeth la guarda stupita, le risponde in tono di scusa: «Non intendevo nulla di particolare, solo...».

«Solo cosa?» la incalza Sina. «Maya è la più intelligente tra tutte noi, lo è sempre stata. L'età questo non lo cambia. Nemmeno tu sei esattamente la stessa di quando avevi vent'anni!»

Ha colpito nel segno, e ne è amareggiata lei stessa. Dovrebbe tenere la bocca chiusa, ma è talmente indisponente, talmente *ridicolo* che Lisbeth si preoccupi ancora del suo aspetto... quella vecchia! C'è qualcosa che la punzecchia e la tormenta nel profondo, una vergogna che è quasi riuscita a cancellare: è ferma davanti allo specchio in camera di Lisbeth, è sola in casa. Si rimpinza vorace di camicette di seta e tacchi alti, si spinge dentro gonne strette e giacche su misura. Il top lilla che non le va, floscio e vuoto sul seno, troppo tirato sulla pancia. La cucitura che si strappa rumorosamente. L'indifferenza quando lo riappende sulla gruccia.

Sina non sa bene perché se la prenda tanto a male per Maya. La sua amica è più silenziosa di prima, è vero, ma possiede la stessa autorità che ha sempre avuto. Le sue conoscenze sulle isole del Pacifico, sulla storia, la geografia, la cultura e la politica sono di gran lunga superiori a quelle delle altre. A eccezione forse di Kat, sebbene Sina sospetti che le conoscenze della loro amica nomade riguardo ai progetti globali con i quali si fa bella siano piuttosto superficiali. Il sapere di Maya non è stato vissuto e provato sulla propria pelle; in compenso sono tutte nozioni dimostrate e approfonditamente documentate. "Durante le conversazioni serali in veranda è lei di solito che va a pescare i contesti più interessanti", pensa Sina. Qualche sera prima, per esempio, si parlava delle costellazioni nel cielo. La Croce del Sud e la Stella polare. «*Ursa minor*», ha detto Maya, «o Orsa minore, come la chiamiamo noi. La Stella polare è la più luminosa della costellazione. *Stella polaris* in latino. Ma lo sapevate che nel Medioevo era chiamata anche *Stella maris*? La Stella del mare. Era uno dei nomi dati alla Vergine Maria.»

Lisbeth l'aveva guardata con interesse: «Davvero? È quello che ha detto quella bambina. Ha detto che si chiamava Stella del mare».

Maya aveva annuito. «Proprio così. "La nostra Signora, la Stella del mare" era uno degli appellativi della beata Vergine.»

Si era riappoggiata allo schienale, soddisfatta della lezione della serata. La Maya che avevano sempre conosciuto, preparata e capace.

A eccezione di quando non lo è. È quando il viso di Maya diventa vuoto e piatto, gli occhi due porte chiuse con nient'altro che un barlume di terrore nella fessura, che Sina ha i brividi. Un disagio che non può condividere con nessuno, ma che le si deposita sulle corde vocali e spinge la bocca a fare quello che sa fare meglio: assicurare che tutto andrà bene, se ne occuperà lei. Quando Maya perde le parole, Sina trova le sue.

È solo Sina a vederlo? Crede di sì. È solo lei che già ai tempi della scuola aveva visto la vera natura di Lisbeth Karlsen, la principessa della 3ªB. Che aveva visto che non era sicurezza di sé quella che c'era dietro il sorriso e le coppe del reggiseno belle piene, bensì una corda tesa e sottile fatta di irrequietudine. Una corda che Sina poteva far tremare quando voleva: un'occhiata tagliente, e la risata studiata si paralizzava tra le labbra rosa. Sina non è mai stata invidiosa. Dei soldi, forse, della vita agiata. Ma mai si è sentita inferiore. Il potere è nelle mani di chi sa. Nella scelta se usarlo o meno.

In verità prova pena per Lisbeth. A che scopo continuare a vessarla? È così stanca, di tutto quanto.

19.
ATECA

Caro Signore,

sai che mi fido dei miei sogni, mi dicono sempre qualcosa. Ma quello di questa notte mi ha messo paura. Ho sognato Drua, la grande canoa sacra. Ero in piedi al centro del ponte, al posto del capovillaggio, da lì tenevo d'occhio entrambi gli scafi e i remi di governo alle due estremità. Avevo paura perché sapevo che non era il mio posto. Non doveva essere mia la responsabilità di tagliare la vela se tutto fosse andato storto. Ma dovevo star lì comunque. La velocità era elevata e le onde grosse, e io ero sola sulla barca quando Dakuwaqa, il dio squalo, all'improvviso si è levato dagli abissi. D'un tratto ero Tokairahe, il figlio divino dagli ami magici. Colui che può catturare tutti i pesci del mare, a eccezione di Dakuwaqa. Indossavo la sua collana, ami fatti di lische legati tra loro che scintillavano gialli, blu e viola. Poi Dakuwaqa ha aperto le acque, con un salto poderoso mi è balzato addosso e ha afferrato la collana con i suoi denti terrificanti. Ma non mi hanno toccato, non mi ha fatto nemmeno un graffio! Quando lo squalo è scomparso di nuovo sotto le onde, la collana di ami di Tokairahe non c'era più. Al suo posto avevo una sottile catenina d'oro.

Questo sogno mi ha spaventato tanto, Signore. Aiutami a confidare nella tua protezione.

Nel nome di Gesù. *Emeni.*

20.
MAYA

Non è quando non ricorda, che ha paura. È quando ricorda di non aver ricordato, che le vertigini si trasformano in una nausea terrorizzata. Quando capisce di essere stata al di là. Dall'altra parte, quella sconosciuta. Con gli occhi incapaci di comprendere e le labbra incerte che mormorano a volti ignoti.

È dopo, quando non ha idea del perché sia lì, con in mano un ombrello che non riconosce o in borsa un acquisto che non riesce a ricordare di aver fatto. È quando il portone le si richiude alle spalle, sospingendola di nuovo là dove ciò che la circonda è comprensibile e i volti sono familiari, che la gola le si stringe e Maya sente lo zoccolio assordante del panico che sopraggiunge: dov'ero?

Tuttavia è risentita. Con Evy, che prima di tornare a casa ha cercato di nascondere la preoccupazione dietro commenti allegri: «Ricorda di stare attenta al sole, eh, mamma? Il troppo stroppia... lo sai». Con Ingrid, che si aggira per il giardino come se fosse il capo dando consigli sulla papaya che, se si esagera, può provocare diarrea. Con Kat? No, con Kat no. Kat lo sa. La sera in cui hanno accompagnato Evy all'aeroporto... davvero sono passati solo pochi mesi? Il terrore quando si è svegliata nel pick-up senza sapere, di punto in bianco, cosa ci facesse lì. Il suono del mare, il richiamo che contiene. Il volto di Kat, così familiare, eppure non era stata in grado di fissarvi parole o pensieri. Aveva pianto quando l'aveva messa a letto. Lacrime amare, turbate per il caos nella sua mente, la disperazione per aver perso l'appiglio dentro di sé. Kat lo sa. Ma Maya non crede che ne abbia parlato con le altre.

Lancia un'occhiata all'amica distesa sull'amaca che si muove muta nella calura pomeridiana in veranda. C'è ancora, quella cosa che ai tempi non hanno mai nominato. L'attrazione che tutte sentivano, l'euforia formicolante che ti riempiva il corpo se solo eri vicino a lei. Il sorriso che desideravi cadesse proprio su di te. C'è ancora. Sui capelli di Kat c'è tanto argento quanto sui suoi; spesse vene blu solcano le mani che reggono un libro. Ma mentre sull'anulare destro di Maya balla una fede segnata dal tempo, intorno a quello di Kat si avviluppa un tralcio di fiori. Per dimostrare con l'inchiostro dell'eternità che lei e Niklas sono fatti per stare insieme, ma in una maniera che è solo loro. Sotto la camicia bianca di lino Kat è nuda, Maya vede il profilo dei piccoli seni contro la stoffa leggera. La libertà che ha sempre sembrato emanare, anche nell'aula surriscaldata del liceo di Reitvik, circonda ancora Katrine Vale, intensa, mai insidiata. Un'onda pesante travolge Maya, un sapore acre in bocca. Deve pensarci un attimo prima di capire cos'è, una sensazione che ha scordato da tempo. Non esiste una parola esatta per definirla, è un miscuglio asprigno di gelosia, ammirazione e inadeguatezza. Ora eccola di nuovo lì, accanto a Kat. Che come un tempo non riesce a capire che le altre hanno sempre desiderato essere lei.

Kat si alza sul gomito e geme: «Fa caldo, eh? Non so come fai a stare al sole, Maya, non sei cotta? Povero Johnny che domani arriverà in questa sauna, immagino che sia abituato ad avere più aria sulla barca. Chissà cosa avrà da dire dei nostri progetti».

Johnny? Chi è? E lei è al sole? Maya si cinge con le braccia e strizza gli occhi. Ha la sensazione che la presa le stia scivolando dalle mani. Una porta che per poco non sbatte prima di fermarsi e riaprirsi. Una lampada che balugina. I pensieri diventano fragili come un velo. La nostalgia di Steinar è tanto forte da farle male fisicamente. Lui avrebbe capito quanta paura ha.

Solo due passi, per prendere un po' d'aria prima di cena. Il tramonto brusco la assale tutti i giorni, quando intorno alle sei e un quarto il sole si accomiata e nel giro di pochi minuti si scioglie in un'orgia d'oro e rosa.

«Faccio un giro sulla spiaggia», grida Maya a mezza voce senza rivolgersi a nessuno in particolare, mentre scende i quattro gradini della veranda. «Non sto via molto.»

Non giunge risposta, né lei la vuole. Scorge Ateca attraverso la finestra della cucina e alza la mano in un saluto veloce, mentre attraversa i ciuffi d'erba che vengono rimpiazzati dalla sabbia all'altezza della cintura di alghe e foglie di palma secche. Le gambe prendono da sé la strada a destra, Maya supera alcune case e le persiane di vetro che non vengono mai chiuse scintillano dei bagliori dorati del pomeriggio. Una donna siede per terra con un mucchio di foglie di pandano ridotte a strisce accanto a sé; sta intrecciando una stuoia e rivolge un «*Bula!*» amichevole a Maya. I capelli le circondano la testa come una fitta aureola crespa. Tra le palme da cocco Maya vede il *vale ni soqo*, il centro di ritrovo della comunità. Sullo spiazzo alcuni bambini si stanno lanciando una palla da rugby. Un cane le trotterella dietro per un po', prima di perdere l'interesse e deviare verso il contenuto di un sacchetto di plastica strappato. Ha pensato di fare il giro intorno al porto, risalire dal campo incolto accanto alla discarica fino a quello che tra sé chiama il retro del villaggio e tornare a casa dalla via principale, da cui si diramano sentieri tracciati dal ripetuto calpestio che portano alle piccole case e ai giardini. Appena prima che superi il porto, il sole comincia a calare repentino, bucando le nuvole e creando tunnel di luce. «Le dita di nostro Signore»: all'improvviso Maya ricorda il nome che la madre dava alle colonne di luce che penetravano tra le nuvole grigie ridestando la terra dopo fosche mattinate di pioggia. Le colonne si sciolgono quando raggiungono l'acqua, dissolvendosi in luccichii tremolanti. Intorno a lei si fa più buio mentre la luce viene risucchiata nel mare, chiazze di rosa e arancione muovono qualche ultimo appassionato passo di danza per il cielo. Maya resta ferma mentre la danza prosegue volteggiante dentro di lei. Che bello stare lì senza fare niente, a farsi sopraffare, lasciando andare le parole e abbandonandosi semplicemente alla melodia.

«Stai bene, *Nau*?»

I colori sono ancora in tripudio dentro di lei quando una

mano calda le afferra le dita. Maya abbassa lo sguardo su due occhi brillanti. Il vento serale strattona la frangia della bambinetta che la chiama «zia», gonfiandola in una ciocca spumeggiante intorno alle orecchie sottili, quasi trasparenti. Il vestito sembra una vela dietro di lei, e Maya riconosce la bambina che ha visto alla festa dell'avvento. Maraia, che ha avuto la catenina d'oro di Lisbeth; Sina e Ingrid ne hanno parlottato dopo quell'episodio.

«Sì», sorride Maya, entusiasta di rivederla. «Tu sei Maraia, non è vero?»

«Sì», risponde la piccola. La sua voce è insondabile come gli occhi. «Significa "stella del mare".»

«Io sono Maya», dice la donna. «Significa "sogno".»

Maraia annuisce.

Restano ferme dove sono, Maya e Maraia, mentre una mano invisibile spreme gli ultimi colori dal giorno e lo lascia cadere ormai consumato nel mare. Nell'oscurità che avanza intorno a loro, Maya si sente vuota e intontita, sfiancata dall'estatico spettacolo di colori. Batte incerta le palpebre, cercando di ricordare dove fosse diretta. Ma la meraviglia, lo stupore per le dita di Dio la circonda ancora come un mistero, e qualcosa dentro di lei non vuole riaccendersi a dovere. Maya stringe la presa intorno alla manina là sotto nel buio, prova a inspirare con calma. Dov'è che stava andando?

Gli occhi della bambina la guardano luccicanti, due fari di incontestabile certezza.

«Posso accompagnarti io», dice. «Vieni, *Nau.* Andiamo a casa.»

Camminare mano nella mano la fa sentire al sicuro. Da una parte le rassicurazioni ritmiche del mare; dall'altra Maraia, che senza dire altro mostra a Maya dov'è diretta. Alla casa di Kat – no, adesso è la *sua* casa, è lì che abita, ci abitano tutte quante. Quando arrivano, chiede a Maraia se vuole entrare. «Puoi cenare con noi, se ti va.»

Ma la Stella del mare scuote la testa. Uno, due, tre passi veloci, ed è scomparsa nell'oscurità.

21.
LISBETH

Lisbeth si guarda intorno. I suoi occhi seguono Ingrid che si alza da tavola. Il pezzo di stoffa che si è legata in vita, stinto e con quel poco che rimane di un orlo. I capelli screziati d'argento di Kat sparano sulla nuca, oggi non dev'essersi nemmeno avvicinata a uno specchio. "Sina non ha mai avuto molto da mettere in mostra", pensa Lisbeth lanciando un'occhiata all'amica vicino alla finestra, "però almeno indossa il reggiseno." Il flaccido sciaguattio sotto la maglietta di Ingrid mostra che tutto è lasciato libero là sotto, e Lisbeth sospira tra sé e sé: "È proprio necessario lasciarsi andare così?".

All'improvviso sulla porta compare Maya, e Kat la accoglie calorosamente a voce alta: «Eccoti qui! E noi che abbiamo quasi finito di mangiare!». Maya si limita a sorridere, e lo sguardo critico di Lisbeth scorre sul suo corpo vigoroso. Maya ha un sacco per vestito, di colore verdazzurro e lungo fino a metà polpaccio. Il cappello di paglia che porta sempre è schiacciato sui ricci piatti. Si siede delicatamente al posto libero a tavola, e Lisbeth prova una sorta di compassione che attenua l'irritazione.

Comunque, il fatto che Sina abbia assunto il ruolo di... come può chiamarla? assistente personale di Maya, è decisamente troppo. Non si allontana mai più di due passi, e quando Maya si mette in testa quell'obbrobrio d'un cappello per andare a passeggio, lei molla quello che ha in mano. Lisbeth ha dovuto lamentarsi, oggi, quando Maya ha parlato di uscire e Sina è subito scattata.

«Non penserai di lasciare tutto a me?» ha dovuto dirle. «Oggi tocca a tutte e due preparare la cena, è martedì!»

Sina non aveva ribattuto, si era limitata a continuare a tagliare la cipolla, ma Lisbeth si era sentita investire da una ventata di animosità. Aiuto! Come se Maya, una donna adulta, non potesse fare due passi sulla spiaggia da sola! E adesso lei è sulla porta, mentre loro hanno quasi finito di mangiare... e allora? Si sarà allontanata un po' e la cosa è andata per le lunghe.

«Hai fatto una passeggiata lunga, Maya?» chiede Lisbeth in tono leggero, versandosi altra acqua. «O ti sei persa?»

Non intende dire assolutamente niente di male, proprio no. Anche lei si è smarrita diverse volte, soprattutto la sera è difficile orientarsi tra le casette tutte uguali e le lampadine fioche. Quindi è del tutto impreparata quando Kat azzanna da sopra il tavolo: «Ma lasciala in pace! È appena entrata!».

Lisbeth sbatte le palpebre sorpresa, non voleva offendere nessuno! Apre la bocca per spiegarsi, ma Kat le lancia un'occhiata in tralice e si protende in avanti in modo da erigere un muro tra Maya e le altre. «Avrai una fame da lupi», le dice. «Spero che la cena sia ancora calda.»

Sina sembra preoccupata, alza le braccia come per fare qualcosa, ma restano sospese in aria. Solo Ingrid è impassibile: si è messa gli occhiali e si accomoda sulla sedia sotto la lampada da lettura.

Di punto in bianco Lisbeth sente di non poterle sopportare un minuto di più. «Vado a comprare le sigarette», annuncia alzandosi di scatto. «Salote mi aprirà senz'altro.»

Lisbeth apprezza gli orari d'apertura meravigliosamente sregolati di Korototoka. Il negozio è aperto quando il cliente arriva, e né l'autorità per la sicurezza alimentare né le ordinanze sugli orari hanno voce in capitolo. Quando qualcuno si ferma fuori dalla casa di lamiera dipinta di rosa di Salote e chiama: «*Kerekere*...? Salve...?» la porta si schiude, che siano le cinque o le sette o le nove e mezzo, e Salote esce con la chiave in mano. Apre il lucchetto sulla porta del baracchino adiacente, svelando un bancone e alcune mensole appese al muro. Salote sgattaiola dietro il bancone e recupera dal ripiano una vaschetta di margarina tutta liquida, oppure spazza via le formiche da un pacco di zucchero di canna, o ancora prende una scatola di fiammiferi o una confezione di latte in polvere. Oppure, per Lisbeth, un pacchetto di sigarette.

«*Vinaka*», ringrazia lei mentre infila le sigarette e il resto in borsa. Si ferma un attimo fuori dalla «mensa» di Salote – come per qualche inspiegabile motivo viene chiamato il negozietto domestico – a osservare la proprietaria che prende la scopa e si mette a spazzare la scala illuminata dalla lampadina sopra la porta.

Perché l'ha fatto? Perché ha svoltato in direzione della chiesa quando avrebbe potuto benissimo andare dritta a casa? Quando avrebbe dovuto fare dietro-front e ripercorrere la stessa strada per il ritorno, passando davanti al campo di taro che non sa a chi appartenga, alla casa di Ateca e di suo figlio, al patchwork contorto di balconi e verande che costituisce la casa di Jone e della sua numerosa famiglia? Eppure non lo ha fatto: si è messa in testa che terminerà la serata in fondo al molo con la brezza tra i capelli e una sigaretta, così prende la strada interna. Percorre la via principale, passando davanti alle case che a quest'ora sono per lo più al buio. Su un *bolabola*, una piattaforma di legno con la tettoia di foglie di palma intrecciate, è in corso un *grog* party; un poderoso braccio tatuato solleva un *bilo*. Nessuno degli uomini fa caso a Lisbeth. Lei sussulta quando una raffica di risate la investe, si stringe la borsa sotto il braccio e comincia la lunga ma leggera salita.

Succede appena ha superato il *bure* del capovillaggio e comincia a ridiscendere in direzione della spiaggia e del mugghiare delle onde. L'uomo che arriva in direzione opposta tiene in mano un coltello, il grosso machete per la canna da zucchero davanti al quale lei prova tuttora disagio. L'arnese più diffuso sull'isola, dal manico di legno e con la lama dalla punta arrotondata, è consueto tanto in mano alle donne quanto agli uomini, mentre vanno o vengono dalle loro piantagioni, come elegantemente definiscono qui i fazzoletti di terra che danno loro il cibo per sfamarsi. Uomini curvi con gli stivali infangati e uno straccio legato intorno alla testa, donne che ciondolano pesanti mentre portano ceste intrecciate piene di patate dolci e manioca, ragazzini scalzi con sacchi sfilacciati in spalla: tutti lo tengono in mano, il *sele-kava* dall'aspetto tanto terrificante. Lisbeth lo vede ogni giorno, Mosese ce l'ha quando porta loro il taro o il frutto dell'albero del pane il pomeriggio, e tuttavia lei non può fare a meno di rabbrividire. Le mani enormi, le dita intorno all'acciaio, le immagini che ha visto su Internet e nei libri in camera di Maya: posizioni minacciose, le mazze e le asce brandite. I corpi dipinti per la guerra e le sinistre collane fatte di grossi denti di balena. Kat ha raccontato che le forchette dei cannibali in miniatura sono il souvenir preferito dei turisti: manico intagliato e quattro lunghi rebbi disposti come gli angoli di un quadrato, perfetti per cavare la massa cerebrale dai crani spaccati. Kat aveva riso quando ne aveva parlato, ma Lisbeth si sente gelare la schiena. Sono passati solo centocinquant'anni dall'ultima volta in cui qualcuno è stato ammazzato e mangiato su queste isole!

C'è qualcosa in quel coltello enorme che ciondola con tanta noncuranza dalla mano dell'uomo che sta salendo verso di lei: la sensazione di pericolo le attanaglia lo stomaco, Lisbeth capisce d'un tratto che le ha mormorato dentro fin dall'inizio. Adesso che le sta proprio davanti, vede che è giovane, il volto morbido e forte. Muscoli lisci vibrano sotto la pelle, tatuaggi bluastri avanzano strisciando intorno alle possenti braccia. Le sbarra la strada con le gambe divaricate. La mano con il machete si alza mentre un grido si leva nella gola di Lisbeth.

22.
ATECA

Caro Signore,

è come se la luce prendesse un altro colore quando Maraia e madam Maya sono insieme. Oggi pomeriggio ho sentito che cantavano. La voce squillante di Maraia e quella di madam Maya, più profonda e fluida. Erano sedute sul pavimento, in mezzo a loro c'erano due pezzi di stoffa verdi e marroni che avevano piegato dando loro la forma di animaletti con corpo e testa. «Cantiamo per le tartarughe», ha detto Maraia. Deve aver raccontato a madam Maya la storia delle principesse Tinaicaboga e Raudalice, che sono state trasformate in tartarughe quando i pescatori di un villaggio di Kadavu le hanno rapite. Sono riuscite a scappare, però hanno dovuto continuare a vivere come tartarughe marine nella baia, al largo dell'isola.

Maraia conosceva anche la canzone, quella che le donne del villaggio delle principesse intonano dalle rocce sulla spiaggia.

Le donne di Namuana a lutto vestite
Portano le mazze sacre, decorate con strani disegni
Raudalice, sali e mostrati a noi!
Tinaicaboga, sali e mostrati a noi!

Quando le donne cantano, le grosse tartarughe salgono in superficie ad ascoltare.

La famiglia di Maraia non è di Kadavu. Ma lei ha occhi intelligenti e conosce tante cose. E io credo che a madam Maya faccia bene conoscere il mare. Forse è lei la meno *kaivalagi* di tutte, Signore? Madam Maya ha lasciato così tante cose, è per questo che ne può accogliere molte di più.

Caro Signore, ti ringrazio perché unisci le persone che hanno bisogno l'una dell'altra. Perché Maraia può cantare insieme a madam Maya.

Nel nome di Gesù. *Emeni.*

23.
LISBETH

Perché non ha detto niente? Perché non si è precipitata su per le scale di casa gridando che era stata aggredita? Kat sarebbe intervenuta. Avrebbe scoperto chi fosse quel ragazzo, la sua famiglia, e il sistema di giustizia sociale del villaggio si sarebbe occupato del resto. Perché si è limitata a rivolgere un veloce cenno della testa a Ingrid e a Kat in veranda? Ha salutato Sina, che stava in soggiorno con una tazza di caffè in mano e la domanda tra le labbra: «Sei stata via tanto. È successo qualcosa?». E invece di raccontarle del giovane con quel grosso coltello, si era costretta a fermarsi e sorridere calma: «No, non è successo niente... Ho solo preso la strada più lunga. È stata una passeggiata piacevole».

Non sa perché. Quello che sa è che non capisce quelle persone. Non capisce la loro risata, il loro appetito, la loro lingua urlante. Ma quello che è capitato lungo la strada che scende dal *bure* del capovillaggio, quello non aveva bisogno di capirlo. Quando il giovane ha mollato il coltello e con entrambe le mani ha afferrato la borsetta, lei ha gridato stringendola a sé, e nello stesso istante ha incrociato lo sguardo di lui. E non vi ha trovato nulla di cui temere. Le sue mani tiravano la borsa, cercando di strapparla dalla spalla di Lisbeth, ma i suoi occhi erano colmi di quello che sembrava rammarico.

Lisbeth non era mai stata aggredita. Con un brivido aveva letto sul giornale di rapine agli anziani e di persone picchiate per cinquanta corone, ma mai si era immaginata che un giorno si sarebbe trovata in mezzo a una stradina nella periferia di un villaggio delle Fiji a lottare in silenzio e con determinazione contro un giovane bello e prestante. Un ragazzo che chiaramente voleva rapinarla, ma che ha deposto il coltello invece di usarlo per minacciarla, e che l'ha guardata con una sorta di supplica negli occhi: sbrighiamocela senza farci male, ti prego.

Lei ha perso l'equilibrio ed è caduta mentre lui le strappava la borsa per poi girarsi e allontanarsi di qualche passo. Le dita di Lisbeth hanno afferrato qualcosa per terra: il coltello. Automaticamente ha sollevato l'arma in aria mentre lui tornava dopo aver gettato la borsetta. Si è avvicinato piano con i soldi di Lisbeth tra le dita, quattro banconote in croce, con gli occhi sul machete che lei teneva ancora sollevato.

«Ridammi i miei soldi!»

È stata lei la prima a parlare.

Il giovane ha scosso la testa. «Non posso. Mi servono. E mi serve il mio coltello, me lo deve ridare.»

«Solo se mi restituisci i miei soldi.»

Il giovane, in piedi sopra di lei, le ha teso la mano per aiutarla ad alzarsi, una zaffata di sudore dal suo corpo. Lei ha vacillato leggermente una volta in piedi, la mano di lui era calda, si è richiusa su quella di lei intorno al manico del coltello e lei lo ha lasciato senza protestare. Improvvisamente ha sentito un nodo in gola, calde lacrime hanno preso a scenderle senza senso sulle guance. Lui le ha dato una pacca impacciata sulla spalla: «Su, su, va tutto bene».

"Non voglio che vada tutto bene", avrebbe voluto dire lei. "Voglio che tu mi stringa fra le tue grosse braccia tatuate. Voglio toccare il sudore della tua pelle e annusarlo fra i tuoi capelli umidi. Voglio essere ladra e avere spalle lisce e scure, e un alito dolce dietro i denti bianchi."

Il cuore le martellava in petto quando si è avvicinata al torace sodo. Non ha visto i suoi occhi, ma ha sentito che lui si irrigidiva e l'ha scostata da sé: «Sta bene, ma'am? Vuole che l'accompagni a casa?».

«No, no, sto bene. Ridammi solo la mia borsetta.»

Vi ha frugato alla svelta, ha preso un fazzoletto e si è asciugata la faccia. I suoi documenti erano ancora nel portafogli, i contanti li aveva in mano il giovane; li considerava chiaramente di sua proprietà, pur preoccupandosi tanto della persona a cui li aveva sottratti.

Lisbeth non glieli ha più domandati. Ha allungato un dito, doveva toccare il volto forte e tondo. Lui è rimasto immobile e l'ha lasciata fare, ma solo per un istante. Poi ha fatto un passo indietro, il buio ha inghiottito il suo saluto cortese: «*Ni sa moce*, ma'am. Buona notte».

Lei è rimasta ferma, la gola le pulsava forte, calda. Un pensiero che faticava ad afferrare stava già perdonando e spiegando. La naturalezza del suo «mi servono» aveva rivelato qualcosa, l'aveva reso manifesto: si tratta di condividere. Quello di cui lo sguardo del bel giovane si scusava non era tanto ciò che stava succedendo. Solo che stava succedendo in un modo che la spaventava. Quando voi che avete così tanto non pensate a condividere, deve andare così.

Altri fatti incomprensibili avevano inondato il quadro che andava ingrandendosi alla velocità della luce, tutti i pezzi erano al loro posto: Ateca che non metteva più il bel *sulu jaba* viola che Kat le aveva comprato, e che a voce bassa mormorava di averlo dato via. Kat si era limitata ad annuire, ma Lisbeth era rimasta stupita e incuriosita: «Dato via? E perché?». La spiegazione, in parte di Ateca, in parte di Kat, riguardava una delle donne della chiesa che, dopo la funzione, aveva chiesto ad Ateca se potesse averlo. «E l'usanza vuole che si dica di sì», aveva concluso Kat spiegando il sistema dei *tauvu*, clan tradizionalmente legati l'uno all'altro attraverso la venerazione, in tempi passati, dello stesso dio. «Quando un tuo *tauvu* ammira qualcosa che possiedi e te lo chiede, devi acconsentire e darglielo. Fosse anche l'ultimo capo di vestiario che ti resta.»

Un'altra volta, quando aveva rivolto alla moglie di Mosese, Litia, un complimento per la borsa, una semplice borsa di paglia in cui erano intrecciate strisce più scure di foglie di pandano, per tutta risposta Litia l'aveva svuotata e gliel'aveva porta. Lisbeth aveva fissato scioccata la donnina dall'espressione accigliata: «No, no, non intendevo questo! Ho solo detto che è bella, non devi...». Ma Litia se n'era andata e Lisbeth si era ritrovata con la borsetta in grembo, tutta rossa per l'imbarazzo.

Adesso ogni cosa ha un senso. Si condivide. "E noi", pensa Lisbeth, "noi ce ne stiamo lì con le nostre cose e i nostri soldi e non condividiamo. E allora deve andare così."

Aveva proseguito fino alla spiaggia, era andata in fondo al molo come nelle sue intenzioni, aveva acceso la sigaretta come si era proposta. Ma era passato così tanto tempo da quando l'aveva comprata alla mensa di Salote, mezz'ora e un intero sogno prima.

"Che cosa sarebbe successo", pensa Lisbeth, "che cosa avrebbe fatto lui, se l'avessi detto? *Posso averti? Ti voglio, posso averti?*"

24.
INGRID

L'esperto di cioccolato ha i capelli radi. Il cranio nudo è abbronzato e la camicia è aderente sulle spalle. Kat è andata a prendere Johnny Mattson a Rakiraki, e a Ingrid sembra già di percepire l'aroma dolce del cioccolato gorgogliante. Anche Vildrid lo sente, è lei la prima ad accorrere dalla veranda per andargli incontro con il *sulu* ondeggiante e un fervido sorriso: «È così gentile da parte sua essere venuto per insegnarci qualcosa. Abbiamo mille domande!».

Si mettono scrupolosamente al lavoro. Cominciano con l'ispezionare il dolce capanno, dove Kat illustra i loro progetti per l'installazione dell'impianto di raffreddamento, oltre che della cisterna dell'acqua e della pompa. Johnny annuisce, dà consigli su dove sistemare i piani di lavoro e le vasche. Ha frequentato quella che chiama l'«accademia del cioccolato» in Inghilterra e per molti anni ha lavorato come sviluppatore del prodotto per un grosso produttore in Belgio. Ingrid vede che Lisbeth segue attentamente. Lei, da parte sua, è concentrata sulle mani dell'uomo, che sottolineano con veemenza i suoi punti mentre parla. Forti e scure, con unghie corte e larghe.

«Hai preso parte alla produzione del cioccolato?» domanda, senza sapere bene perché. Forse perché non riesce a immaginarsi quelle grosse mani all'opera con del morbido caramello e polvere fine di liquirizia.

«Certo che sì. A tutte le fasi del processo. Cioccolato bianco, cioccolato al latte, cioccolato fondente.»

D'un tratto è un uomo molto più giovane quello che sorride da sotto le rughe che attorniano gli occhi castani: «Non c'è dolce tentazione in cui non mi lasci indurre».

Ingrid deve sorridergli a sua volta, prova una ventata di ottimismo in petto. No, è più come un sapore in bocca! Vildrid sente la saliva raccogliersi dietro i denti: soffice menta si propaga in fondo alla lingua, caramello salato si incolla ai molari. Cioccolato al peperoncino che pizzica l'interno delle guance, crema al rum con zenzero che si scioglie sul palato.

«Tartufo all'ananas!» dice. «Torroncino al mango! Kiwi rivestito di marzapane!»

Johnny la guarda divertito. «Mi pareva aveste detto che avevate intenzione di fare un passo alla volta, o no?»

Le altre sono ammutolite e Ingrid si blocca, imbarazzata per le proprie parole. Una poesia erotica avvolta nel cellofan.

«Be'!» È Kat che rompe il silenzio, la sua risata roboante riempie il piccolo capanno. «Ne faremo schizzare, di burro di cacao!»

«Ma non era quello che avevamo detto.»

L'obiezione viene da Lisbeth. Vestita in modo logico, oggi, dalle scarpe basse ai pantaloni morbidi, ricorda brevemente alle compagne l'idea di base sulla quale si erano trovate: «Se l'idea è quella di entrare nel mercato salutistico, dobbiamo puntare sul *less is more*, meno è di più».

"Dove mai ha imparato queste cose?" pensa Ingrid, e vede fiamme impetuose avvampare sul collo di Lisbeth quando prosegue: «Dobbiamo concentrarci sulla purezza, la genuinità. Qualcosa che faccia pensare a uno stile di vita rilassato e senza complicazioni, l'opposto dell'opulenza. Esperienze semplici, autentiche. Amanda dice che è questo che vuole la gente adesso».

Ingrid sa che Lisbeth ha ragione, e caccia via lo sconforto che ha rimpiazzato il fremito della carambola ricoperta di cioccolato che aveva in bocca. Vildrid tiene la testa alta e non aggiunge altro.

Le piace, punto. Johnny non flirta né cerca di far colpo; è serio, senza essere pesante. Sicuro di sé, senza essere borioso. In veranda l'aria è colma di ansiose speranze mentre le donne attraversano con lui le fasi della produzione. Ingrid sente che la schiena le si raddrizza, i capelli si increspano come non mai, e un alito di qualcosa di sconosciuto le colpisce le narici. Mare e brezza fresca. Un soffio di nuove possibilità. La voce calma di Johnny descrive il procedimento, partendo dalla fermentazione e dall'essiccazione, che già conoscono.

«Poi c'è la torrefazione, in cui le fave di cacao vengono scaldate e tostate con aria calda per un'ora.»

«Possiamo usare un forno normale? Ad aria calda?»

È Kat che lo chiede.

«Certo.»

Ingrid ha tirato fuori un blocco e prende appunti mentre Johnny parla e le conduce attraverso la triturazione, dove i pezzi di fave vengono macinati e scaldati a formare una massa fluida di cacao. «Non ha un buon sapore, è forte e amaro.»

Poi avanti, attraverso la separazione del burro e la miscelazione delle giuste quantità di massa di cacao, grassi, zucchero, latte...

«E tutto quello che eventualmente volete aggiungere.»

Ingrid annota, e Vildrid non parla né di mangostano né di guava o ananas.

«Dovete pensare a cosa fare con i conservanti. Stando a quel che ho capito, avete intenzione di esportare il prodotto, quindi ci vorrà un po' prima che arrivi al cliente. Al contempo volete mantenere un profilo salutistico, quindi non vorrete certo che compaiano troppi additivi nella lista degli ingredienti.»

Lisbeth sembra pensierosa, e Ingrid capisce che l'indomani Amanda verrà consultata su questo punto. "Bene!" pensa, e rivolge a Lisbeth un sorriso d'incoraggiamento. Abbiamo un'esperta anche in questo campo, a portata di e-mail.

«A questo punto c'è la raffinazione», continua Johnny. «Tutte le particelle del cioccolato vanno macinate finemente di modo che siano omogenee sulla lingua. È questo che dà quella deliziosa sensazione di morbidezza. Quella che ti fa venire voglia di riempirti di nuovo la bocca, e ancora, e ancora.»

Tace appena un istante, e Ingrid distoglie lo sguardo quando nota che lui la sta guardando. Fissa gli occhi sui propri piedi nudi sul pavimento di legno e sente all'improvviso che prendono vita. «Ballare», sussurra Vildrid.

«Quella deliziosa sensazione», ripete Johnny.

Infine passa a parlare del concaggio, del temperaggio e del modellaggio, ma Ingrid ha smesso di prendere appunti. È troppo, tutto in una volta. Impareranno man mano.

«Mattson», chiede l'indomani Lisbeth a Johnny, davanti al caffè del mattino. «Forse hai antenati norvegesi? O svedesi?»

Lui beve un sorso prima di rispondere. «Prova a indovinare», la invita con un sorriso. «Da dove pensi che venga davvero?»

D'un tratto Ingrid si sente con le spalle al muro, ha vergogna, come se dovesse conoscere la risposta.

«Non lo so...» balbetta incerta. «Avevo semplicemente dato per scontato che fossi... australiano?»

Lui ride forte: «Con questo aspetto? Con questo naso, e questi capelli?».

Si passa la mano sulla rada corona increspata di grigio.

Lei si trova a ridere a sua volta, l'imbarazzo è passato: «Con quei pochi che restano non è facile capirlo! Ma...».

«Non sono scuro come dovrei?» Johnny ride e alza le mani in aria. «Mi hai beccato! E forse lo devo ai tuoi progenitori.»

Ingrid ascolta interessata mentre lui racconta di essere nato a Kosrae, un'isola degli Stati Federati di Micronesia. Prova a immaginarsi la cartina, quei minuscoli puntini di isole a... nord? Nord-ovest?

«Il cognome vero è Matson-Itimai», dice lui. «E il nome Yosiwo. Josef. Ma Johnny Mattson è molto più semplice, in giro per il mondo.»

Lei scruta il volto, lo fa suo. Ha la pelle molto più chiara della maggior parte delle persone di Korototoka, anche se i lineamenti sono simili. Il naso largo, il collo grosso e robusto che fa le pieghe sotto il colletto della camicia. Lui incrocia il suo sguardo, un ampio sorriso. Un invito rilassato: guarda pure, sono quello che sono.

«Non so quanto ci sia di vero», continua, «ma mia nonna diceva sempre che c'era un legame con la Norvegia.»

«La Norvegia? Il cognome Madsen, intendi?»

Lui annuisce: «Può essere. Hai mai sentito parlare della caccia alle balene in questa parte del mondo? A quanto pare c'era una base a Kosrae. Forse uno dei balenieri norvegesi ha perso la testa per una bella micronesiana e si è stabilito sull'isola, chissà? Forse scorre del sangue vichingo anche dentro di me...».

Il suo sguardo si ferma sul volto di Ingrid, che si affretta ad annuire: «Chissà».

«A proposito», aggiunge Johnny, «io credo che il sangue vichingo sia caldo quanto quello micronesiano.»

Le rughe del sorriso si corrugano di nuovo. Ingrid si sente arrossire, ma non lascia i suoi occhi. Impone un'altra direzione alla conversazione: «Ci torni spesso a Kosrae?». Il nome è quasi impronunciabile. «Com'è?»

Johnny non risponde subito. «È da tanto che non ci vado. Non ho più nessuno lì.» Il suo sguardo va alla deriva. «Ma è un bel posto.» Poi ricompare il sorriso: «Vivo a Labasa da tanti anni. Ho un posticino sulla terraferma, ma abito per lo più sulla barca».

Lei attende il seguito.

«Pesca di mare», spiega lui. «Offro a nolo sia me stesso sia la barca. Sto sulla poltrona del comandante a cercare i pezzi grossi. Tonni, sgombri, i grandi banchi riescono ancora a far battere forte il cuore a una vecchia carcassa!»

«Non sei vecchio!»

Ingrid si sente avvampare quando capisce di averlo detto a voce alta. Si affretta a ghermire la tazza e si riempie la bocca di caffè tiepido.

L'uomo la guarda senza ridere, e Ingrid sa che ha capito.

«Grazie», dice Johnny. «Un giorno ti porto a fare un giro in barca. Devi solo dirmi quando sei pronta.»

Hanno tre giorni per imparare le cose fondamentali. Johnny ha un paio di «vecchi pescatori pazzi» da portare al largo nel weekend e dev'essere di ritorno a Labasa al più tardi giovedì sera. «Sfruttiamo al meglio il tempo che abbiamo a disposizione», dice, «e chiedetemi assolutamente tutto quello che volete sapere.»

Si passa veloce la mano sulla testa (sempre la sinistra, ha notato Ingrid) e le guarda con fare incoraggiante.

Ingrid sa che dovrebbe porre domande inerenti agli affari. Agli aspetti amministrativi. Richieste di licenze e regolamentazioni. Ma le parole che Vildrid le spinge sulla lingua parlano di sapore. Di sensi, umori e aromi fumanti. Ingrid le trattiene dietro i denti serrati e non ha domande. Lascia che sia Lisbeth a chiedere degli additivi e Maya a informarsi sull'importanza dell'involucro. Ingrid e Vildrid se ne stanno in fondo alla stanza con la bocca che si riempie di acquolina e attesa.

Il suo cuore per poco non smette di battere quando Kat le parla, subito dopo cena. La prende da parte mentre stanno sparecchiando, con un tono casuale: «Puoi anche andare da lui».

Ingrid la fissa, sente il sangue affluirle alle guance.

«Che cosa vuoi dire?»

Kat usa parole leggere e svolazzanti, ma nella sua voce c'è un che di affettuoso che fa venire un nodo in gola a Ingrid.

«Johnny. Parte domani mattina. E tra mezz'ora staranno dormendo tutte, qua in casa. Va' da lui. Sarà contento.»

Ingrid resta di stucco. Risponde a Kat con una domanda: «Lui... ti ha detto qualcosa?».

"A cosa stai pensando?" aveva avuto intenzione di chiedere. "Che cosa credi?"

Ma non c'è nulla di impertinente nella faccia dell'amica. Non c'è presunzione o compassione. Solo un augurio di cose belle.

«Hai amato troppo poco, Ingrid», dice. «Va' da lui.»

Non si fa bella, non si dà nemmeno un'occhiata nello specchio prima di uscire di casa. Non fa particolare attenzione quando apre la porta, non scende i gradini di soppiatto. È comunque una follia, che vada come deve andare. Alcune case più avanti sono illuminate, ma non c'è nessuno fuori. Solo i suoi passi lungo la strada su cui la polvere si è depositata per la notte e un uccello solitario che fischia un breve messaggio.

La stanza affittata da Salote è sul retro della casa. La porta dà direttamente sul giardino, ma Ingrid deve percorrere comunque il vialetto, passare oltre il negozietto e aggirare il campo di manioca accanto alla staccionata. Se Salote dovesse uscire e trovarla lì ora, sarebbe la fine. «Ma no», sussurra Vildrid. «Basta che fai finta di camminare nel sonno.»

La porta di Johnny è chiusa. Può farlo, può bussare. Può dire addio alla Ingrid Hagen delle Autolinee regionali una volta per tutte. Diventare una che non è mai stata. Alza la mano, sente il sapore intenso di cioccolato fondente spandersi in fondo alla bocca, giù per la gola. *Hai amato troppo poco, Ingrid.*

Bussa due volte, forte.

Gli occhi di lui sono felici e svegli quando apre la porta.

«Ti stavo aspettando», dice. «Lo sapevo che saresti venuta.»

Le mani che si richiudono intorno ai polsi di lei e la tirano dentro sono calde e asciutte.

25.

SINA

Che cosa diavolo vuole Armand?

Sina è nervosa e imbarazzata. Nervosa perché deve dirlo a Kat e alle altre. Imbarazzata per il fatto che lui abbia anche solo ipotizzato di presentarsi lì, senza che nessuno lo abbia invitato o lo aspetti. "E senza essere il benvenuto." Sina permette a quel pensiero di trovare posto nella sua testa. "Non voglio che venga."

È da due giorni che rimugina sull'e-mail. Un momento preoccupata e timorosa, stizzita quello dopo. Armand non chiede se per lei vada bene o se sia possibile trovare un alloggio conveniente, dà semplicemente per scontato che penseranno a tutto loro: «Faccio un salto alle Fiji. Arrivo a Nadi il 29».

Del progetto di importazione dalla Lituania e dei soldi ricavati dalla vendita dell'auto, nemmeno una parola.

Come può essere che suo figlio ancora la faccia innervosire e la metta in imbarazzo? Davvero può perdere ulteriormente la faccia, quando si tratta di Armand? Non le ha spremuto da tempo tutto quello che poteva?

"L'hai voluto tu", ricorda a sé stessa. Ripete tra sé le parole della madre, quelle piccole frecce aspre che scagliava fuori dagli angoli della bocca quando il bambino gridava tutta la notte e Sina al mattino era in piedi, stanca morta, con la borsa in spalla, diretta alla Materiali edili Høie per ricevere campioni di vernice e contare rulli di linoleum. «Te la sei cercata.»

Ed era vero, in un certo senso. Aveva sentito la gente, non ultima Lisbeth, dire che c'erano dei «modi». E la madre aveva scritto a un'amica in un'altra città, indagando se Sina potesse andare a stare da lei finché non fosse tutto finito. Ma lei non voleva! L'impacciata, l'irresoluta Sina Guttormsen (sapeva bene come la vedeva la gente) era determinata: avrebbe avuto il bambino e l'avrebbe avuto a Reitvik. L'idea che Lisbeth, e tramite lei Harald, l'avrebbero aiutata, non le era passata per la testa; per cominciare era stato più che sufficiente prendere quella folle decisione. Non era la prima a Reitvik a cui era successo, né sarebbe stata l'ultima. Ma Sina non era Kat dalla risata spensierata, né l'educata Ingrid o la razionale Maya. Non era Lisbeth, con quei capelli e quel corpo e tutto ciò che Sina non avrebbe mai potuto avere.

Così lei avrebbe avuto quello. Il bambino. E un trionfo segreto e vertiginoso, perché adesso era lei che guardavano. Era stata Sina a fare qualcosa che le faceva rabbrividire, inorridire, sussurrare tra loro.

Ai soldi non ci pensava, perlomeno non molto. Che cosa ne sa una diciannovenne di quanto costi avere una casa, vivere? Avere uno spuntino in frigorifero per la merenda a scuola, scarponi da sci e biglietti dell'autobus e soldi per le figurine dei calciatori e la piscina? Eppure aveva imparato e ce l'aveva fatta. Si teneva stretta l'appartamentino che aveva trovato, andava al lavoro, pagava l'affitto. Un dolore repentino, acque abissali sulle quali di rado Sina si avventura: lui non vede niente di tutto questo? Perché Armand non ha mai apprezzato quello che ha fatto? Dov'è che ha sbagliato, se un uomo di quarantasette anni ancora vede la madre come un portafogli aperto? Un uomo di mezza età senza altre referenze se non una sfilza interminabile di insuccessi e cose andate storte. E mai per colpa sua.

Aveva sperato in Astrid. Armand aveva passato da poco i vent'anni, era uno studente universitario e il padrone del mondo, anche allora. Ma c'era un qualcosa in quella ragazza minuta del Sud della Norvegia, qualcosa di stabile e affidabile sotto la coda di cavallo e le sopracciglia scure. Qualcosa che aveva fatto sperare Sina che lei avesse capito chi fosse veramente Armand, che vedesse oltre la sua arroganza boriosa e prendesse coraggio in quello che vi scorgeva dietro. Lui l'aveva portata a casa per qualche giorno a Natale e Sina aveva sentito la sintonia che c'era tra loro, credendo di vedere qualcosa di buono, pieno di rispetto. Ma era venuta la primavera e di Astrid non si era più neanche fatto il nome, e l'autunno successivo la vita da studente aveva perso il suo fascino: «Altri due anni per un *pezzo di carta*, che cosa me ne faccio?».

Era stata la volta, allora, di alcuni compagni che avevano fondato un gruppo musicale. I soldi e le opportunità stavano a Londra, e Armand era proprio la persona di cui avevano bisogno: «Il manager, no? Con un bravo manager questi ragazzi sono un biglietto vincente!».

Lei non aveva mai visto nessuna vincita, ma non è quello a farle male. Non c'era bisogno che diventasse ricco, che diventasse chissà chi. Sarebbe stato più che sufficiente che si tenesse un lavoro, comprasse un appartamento e si facesse una vita.

Quando Harald Høie aveva buttato fuori il figlio, la gente a Reitvik aveva parlato. Sina a quei tempi era passata al negozio, e quelle rare volte in cui Lisbeth vi faceva un salto la salutava a malapena. L'ufficio di Harald era al piano superiore, di norma Sina vedeva soltanto il dorso di un cappotto costoso che saliva le scale. Lisbeth e Harald si erano trasferiti ormai da un pezzo dal centro della cittadina alla collina di Toppåsen, nella parte più alta, in una reggia dall'architettura esclusiva. Ma Sina le sentiva certe cose, si parlava sempre del capo. Del fatto che la signora non lo accompagnasse mai nei suoi viaggi d'affari o ai seminari. Di chi avesse visto e sentito e ricevuto la proposta di fare questo e quello. Del fatto che fosse andato su tutte le furie quando il figlio aveva deciso di diventare infermiere invece che la quarta generazione di direttori nel commercio di materiali edili.

Come sarebbe stata orgogliosa, se Armand avesse fatto come Joachim Høie e si fosse scelto un mestiere, se avesse imparato a usare e mostrare conoscenze e premura! Non per il diploma o il titolo, ma perché avrebbe scelto e intrapreso con fermezza una direzione. Armand non aveva fatto né l'una né l'altra cosa. Ed è questo che imbarazza Sina.

«Perché sei così nervosa, Sina? È la terza sigaretta di fila, che cosa succede?»

Maya nasconde il rimprovero dietro una risata, ma la contrazione del naso è genuina. Sina spegne automaticamente la sigaretta e guarda l'amica con aria colpevole. Se si fosse trattato di chiunque altro, avrebbe fatto spallucce e continuato a fumare, ma Maya possiede ancora la sua autorità cattedratica. "Dietro gli occhiali da sole valuta in continuazione tutto quello che facciamo", pensa Sina, che però risponde d'istinto: «Niente! Sono solo...».

Solo cosa? Spaventata al pensiero che Armand stia per arrivare? Perché non sa che cosa vuole? Invece sì, che lo sa. Armand viene alle Fiji perché qualcosa è andato per il verso sbagliato a casa, ha dato fondo ai soldi rimasti e adesso spera che lì gli caschi dal cielo qualcosa di poco impegnativo e lucrativo. Spera di riuscire a conquistare qualcosa che ancora non sa cosa sia, ma che muore dalla voglia di accaparrarsi. "Il cioccolato", le sovviene tutt'a un tratto. L'avventura di cui lei farà parte. Lei, Sina. Non Armand.

«Hai una cera terribile», è il giudizio conciso di Maya. «Vieni a fare due passi, ti sentirai meglio.»

Sina scuote la testa: «Fa troppo caldo, non ce la faccio».

Maya non demorde: «Anche ieri faceva caldo. Avanti, si alzerà un po' d'arietta, poi».

Ma Sina ha la scusa pronta: «Non posso, devo andare dal dottore. Non ricordi che ti avevo detto che ho appuntamento oggi? Vilivo mi accompagna a Rakiraki».

Maya si toglie gli occhiali da sole e gli occhi azzurri sono limpidi e forti. «Vuoi che venga anch'io?»

Sina scuote la testa. «Ti ringrazio. È solo un controllo. Deve vedere degli esami che ho fatto l'altra volta.»

Non ce l'ha fatta a parlarne con loro. Credeva di aver chiuso ormai da un'eternità con quella parte della vita, e quando è ricominciata, l'autunno precedente, non l'ha fatto in modo regolare e senza problemi come prima, ma con scariche di muco scuro. Un richiamo da un luogo dimenticato, comunicazioni indesiderate da un organo che non le serve. Una scocciatura e un tormento: non ha tempo di stare male adesso che stanno per succedere delle cose, la produzione di cioccolato e tutto quanto. Ci pensa il meno possibile. Di sicuro non sarà niente di grave.

Ma Maya taglia corto e non infiocchetta niente.

«Fattelo togliere», dice. «A me hanno asportato tutto tanti anni fa.» La sua voce è controllata. «Continuavo a sanguinare, tanto valeva levarlo.»

Alza le spalle e guarda Sina: «Non aver paura, non fa alcuna differenza. Sotto nessun aspetto».

Sina si limita ad annuire, è passato tanto tempo da quando un qualsiasi aspetto ha avuto qualche importanza per lei. «Non sarà niente, vedrai», ribatte. «Non sono nervosa.»

Maya la osserva per un attimo. «Sì che lo sei», stabilisce. «Ma, come ti ho detto, non è nulla di cui avere paura.»

Vilivo la lascia fuori dall'edificio in muratura giallo spento con una croce rossa sbiadita dipinta sul muro. CENTRO SANITARIO, dice il cartello accanto alla porta, con strisce di ruggine che scendono dalle viti sull'intonaco. Dopo essersi accordati perché lui torni a prenderla dopo un'ora, Sina si affretta a entrare in sala d'attesa. Il dottore delle donne, come lo chiamano lì, riceve alla clinica una volta alla settimana e le sedie lungo le pareti sono piene di donne incinte. Pance tonde e piedi gonfi, facce dilatate dal caldo e dagli ormoni. Come sono giovani! Alcune sono accompagnate da parenti, armeggiano con i telefonini o si rigirano senza sosta sulla sedia mentre madri e zie parlano tra loro e scoppiano in risate incomprensibili. In mezzo a tutta quella fertilità effervescente e dondolante siede una donna canuta dall'aspetto cinese e con la faccia da sfinge. Scarpe da jogging e ginocchia divaricate dentro pantaloni grigi; da sotto il camice a doppiopetto con i lacci sporge una pancia grande quasi quanto quella delle ragazzine incinte.

Sina trova una sedia libera. Nell'angolo non ci sono tavolini con le riviste o boccioni dell'acqua con i bicchieri; c'è solo una grossa bilancia accanto al bancone e un misuratore di pressione sul suo supporto.

«*Madam, please...*»

Sina viene pesata e misurata davanti a tutti ed è tranquilla perché sa che tutte quelle occhiate sfacciate non sono una condanna dei suoi chili, bensì solo un'espressione di interesse generale. Tutti lì hanno qualcosa che sono costretti a condividere. L'infermiera le infila un termometro nell'orecchio e legge la temperatura, poi le indica di nuovo la sedia. Evidentemente potrebbe volerci ancora un po' prima che tocchi a lei.

Con la mente Sina torna ad Armand. "Accidenti a lui!" pensa, guardandosi intorno subito dopo, preoccupata che qualcuno abbia sentito i suoi pensieri. Dove le ha trovate quindici, ventimila corone per il biglietto? "Oh Gesù", si dice d'un tratto, "avrà comprato andata e ritorno, vero?" L'idea che Armand possa venire alle Fiji senza un biglietto di ritorno la fa star male. Non può più aspettare. Quella sera deve dirlo a Kat.

«*Madam Sina, please.*»

Si alza talmente di scatto che le gira la testa e deve restare ferma un attimo prima di poter attraversare la sala ed entrare nello studio del medico.

«Un intervento», dice il dottore delle donne. «È la cosa migliore. Per sicurezza.»

Forse la conversazione con Maya avrebbe dovuto prepararla, tuttavia Sina resta immobile a fissarlo. Intervento?

«Asportare tutto», prosegue il medico. «Anche le ovaie.»

Sorride, ma è un sorriso un po' sciupato. «Il raschiamento evidenzia che potrebbe esserci qualcosa che non va.»

Potrebbe esserci. Sina non coglie tutto il resto. Qualcosa sul fatto che ci sono grosse probabilità che il rischio sia minimo, e in quel caso basterebbe l'operazione. «E poi è a posto», conclude.

Rischio minimo? Sta parlando di tumore o non ne è sicuro? Non ce la fa a domandarglielo, annuisce solamente, a ritmo con la penna che il medico batte sul bordo del tavolo mentre parla.

«In genere alla sua età è meglio rimuovere tutto.»

Lei apre la bocca, risponde qualcosa.

Deve programmare, deve pensare, deve trovare i soldi. Dice che telefonerà quando avrà deciso cosa fare.

26.
KAT

Le altre non sanno che Sina non paga quanto loro tutti i mesi. Il suo sfogo della prima sera... come avrei potuto tradire la sua confidenza? Rivelare che il suo primo pensiero di fronte alla brezza serale e al fruscio delle palme è stato il dubbio se se lo potesse permettere? Evy Forgad versa puntualmente il contributo di Maya sul mio conto in Norvegia. Ingrid paga la sua parte in valuta locale e Lisbeth ha girato a me quelli che chiama «i soldi della BMW», chiedendomi di farle sapere quando saranno finiti. Nessuno ha niente a che fare con quell'istante tra me e Sina all'aeroporto, con la miseria che la rodeva.

E ad Armand non riesce a dire di no, è evidente. Sembrava più costernata che mai quando ha bofonchiato che il figlio «ha voglia di venire a vedere come me la passo. Ci terrebbe a vedere con i propri occhi che sto bene». Santo cielo, ma non si vergogna? Venire a piagnucolare dalla mamma quando la cassa è vuota, a quasi cinquant'anni. Come può essere più difficile per lui che per gli altri, trovarsi un lavoro e cavarsela da solo?

È una pessima idea, punto. Proprio adesso che stiamo iniziando a lavorare sul serio al dolce capanno e sono riuscita a far entrare Mosese nella squadra. Il mio sovrintendente è ancora scettico, ma gli ho assicurato che le sue responsabilità saranno né più né meno le stesse di prima. L'unica differenza sarà che terremo per noi una piccola parte del cacao che solitamente vendiamo. Gli ho descritto il prodotto: cioccolato fondente, il gusto puro delle Fiji, in una confezione semplice e graziosa. Ma Mosese non è un amante del cioccolato. Le fave che controlla mordendole sono fresche e amare: quello è l'unico marchio di qualità che conosce e che gli interessi.

Comunque, non possiamo fare niente riguardo ad Armand. Verrà a Korototoka, e io e Ateca ci siamo accordate con Litia e Mosese perché possa alloggiare da loro. Non ho intenzione di offrirgli una stanza a *Vale nei Kat.*

Ingrid cerca di essere ottimista: «Non resterà a lungo. Si annoierà troppo in compagnia di noi vecchiette, vedrai». Tenta di farmi ridere: «Possiamo inserirlo nei turni delle faccende domestiche. Quando si renderà conto che anche lui dovrà mettersi a preparare da mangiare, leverà le tende in fretta».

Ma io non sono dell'umore giusto per scherzare. «Viene qui per farsi servire, puoi starne certa. Dove potrebbe andare, altrimenti? Non avrà il becco di un quattrino.»

Ingrid annuisce e il suo sorriso scompare. Si guarda intorno come a controllare che non ci sia nessuno nei paraggi. «Hai ragione», concorda. «Ma sono ancora più preoccupata per come saprà gestire la gelosia. Gelosia e dipendenza non sono una bella combinazione.»

Gelosia? Che cosa intende? Sto per chiederglielo, ma mi trattengo quando Maya gira l'angolo e sale in veranda. Lentamente si toglie i sandali e sprofonda in una poltrona. «Sina?» chiede guardandosi intorno. «Non è qui?»

Per lo più credo sia stato un sogno. Come quando guardi le foto dei tempi in cui eri bambina e non sai se davvero ti ricordi il frangente o se ti ricordi solo la foto. Scuoti la testa dicendoti che è impossibile, eri troppo piccola, hai semplicemente guardato l'album così tante volte che credi di ricordare di essere stata lì. Solo l'immagine è reale, il ricordo è illusorio.

Le immagini dell'ultima notte del *balolo* non si trovano su nessun album. Ma mi sono state descritte più e più volte, tanto che i dettagli sono così nitidi e ricchi di contrasto che è come se mi fossi trovata sulla spiaggia quando l'hanno tirato fuori. Come se io stessa fossi stata accovacciata dietro una barca sulla riva e avessi visto tutto quanto nella bianca e fredda luce lunare. È solo l'inconcepibile realtà, cioè che lui non è più nel letto accanto a me al mattino, a dirmi che dev'essere successo. Ma io non c'ero. Non potevo esserci.

Tutti gli anni è uguale: nei giorni che precedono l'arrivo del *balolo* il villaggio è in ebollizione. Un'attesa convulsa e febbrile mentre tutti si preparano. Novembre è *Vula i Balolo Levu*, il mese della grande notte del *balolo*, e in tutte le case ci sono guadini, ceste, secchi e reti da lancio in attesa. L'unica notte dell'anno in cui milioni di *balolo* salgono dai fondali trasformando la superficie dell'acqua in un tappeto sinuoso e serpeggiante di piccoli vermi marini è una festa popolare gastronomica a Korototoka. Il serpentello dei fondali che la luna piena porta in superficie affinché in un'unica notte da favola rilasci uova e sperma in una zuppa gelatinosa è una prelibatezza di cui la gente non è mai sazia.

Non dimenticherò mai il primo anno, le descrizioni dei colori meravigliosi del *balolo*, che possono andare dal rosso al blu, al verde scintillante, al marrone e al giallo. Un po' meno mi aveva entusiasmato la spiegazione di Ateca sul fatto che solo la parte terminale del serpente viene a galla per riprodursi: «Le teste rimangono nelle cavità in fondo al mare». Al racconto esaltato di come la gente si abbuffa di vermi viscidi, la nausea si era impossessata del mio stomaco: «Adoriamo il *balolo*, madam Kat! Lo prendiamo a piene mani, così!».

Con la mano Ateca aveva raccolto una grossa manciata d'aria e se l'era scodellata nella bocca spalancata. «Altrimenti lo facciamo bollire con le erbe, o lo cuociamo in padella. Oppure nel *lovo*.»

Stavo male solo all'idea. Mi vedevo migliaia di lombrichi fosforescenti e gelatinosi nuotare nell'acqua. Niklas, al contrario, ascoltava appassionato mentre Ateca aggiungeva altri dettagli all'immagine. Bisognava essere pronti a scattare, a terra o in canoa, quando il mare di punto in bianco cambiava colore durante la luna piena, trasformandosi in una massa ondeggiante di vermi dei colori dell'arcobaleno. I quali non avevano che poche frenetiche ore per portare a termine il loro ciclo riproduttivo, braccati da retini e secchi da una parte, e da pesci voraci dall'altra. «Non abbiamo molto tempo», spiegava Ateca. «Perché quando si sveglia il sole il *balolo* sprofonda nei fondali e si rimette la sua testa.»

Io ero rabbrividita, ma Niklas aveva chiesto interessato: «Come fate a sapere di preciso quando accadrà?».

Ateca ci aveva guardato paziente, malgrado non sapesse bene quanto dovessero essere accurate le spiegazioni che si dava la pena di fornirci.

«Sappiamo quando è la *vula* – cioè la luna – giusta, mister Niklas. E quando le banane sono mature sull'albero ed è ora di raccogliere il *tivoli*, arriva il *balolo.*»

Avevo annuito. A chi sarebbero servite ulteriori spiegazioni?

Ma l'idea di andare con loro non mi allettava. Se Niklas aveva voglia di stare su una canoa bassa a ondeggiare in una zuppa guizzante di vermi, uova e sperma, che facesse pure.

Se l'era presa? Era deluso dalla mia mancanza d'entusiasmo? Ho cercato di rimediare scendendo con lui alla spiaggia la prima volta, mi sono alzata e l'ho seguito quando hanno bussato alla porta svegliandoci: «Il *balolo*! C'è il *balolo*!». Il mare serpeggiante e sciabordante, l'odore di organismi dei fondali crudi e senza testa. Il caos a riva, gli uomini che si buttavano sulle barche. Salote che correva portando secchi con entrambe le mani, Ateca e Vilivo, Litia con le sue nuore. Il volto di Niklas illuminato dall'emozione quando era salito in barca con Jone. Io ero rimasta a lungo a guardarli, un'ombra che si allontanava sempre più, sballottata in un brulichio vivo di tutti i colori. Un viaggio a cui avevo deciso di non prendere parte, illuminata da una luna che mi aveva seguita alle spalle per tutta la strada verso casa.

Quando lui era tornato dormivo profondamente, non mi ero accorta quando si era sdraiato di fianco a me. Al suo risveglio gli avevo preparato il caffè e gli avevo chiesto come fosse stato. «Hai mangiato *balolo* crudo con Jone e Vilivo?»

Per tutta risposta aveva riso, buttando indietro la frangia con una risata grossa e tonante. «Lo capisci anche tu che se decidi di perderti una notte da favola, dopo non puoi fare domande!»

Da allora non mi ha mai chiesto se ci volessi andare. Quando bussavano con forza alla porta scivolava rapido fuori dal letto, io lo sentivo appena quando rientrava in punta di piedi sul far del giorno.

La notte di novembre di un anno e mezzo fa è ormai ridotta a qualche immagine sfocata e tremolante. Legni portati dalle onde che ballano sull'acqua. Però so che mi sono svegliata, che ho sentito la voce cavernosa di Akuila fuori dalla porta: «Il *balolo*, mister Niklas! Usciamo subito!». So che sono rimasta lì, immobile, nel buio, e ho visto la sua sagoma sulla porta quando è uscito.

L'ho guardato e basta, senza dire niente. È andato da solo.

Che cosa mi resta di quella notte? Brandelli di sogno e bugie e speranza. Cose che ho sentito, storie che non si raccontano più. Ma sono sicura di non essere corsa fino alle barche sulla spiaggia. Di aver pensato a come sarebbe stato laggiù, ma di non esserci stata. So che mi sono immaginata Litia con il secchiello dei biscotti e l'espressione ostile ammorbidita dalla prospettiva di un pranzo delizioso. Ho sentito la voce di Jone che dava ordini ai suoi figli, mi sono raffigurata Vilivo che si precipitava alla spiaggia per rovesciarsi mucchi brulicanti di vermi nella bocca affamata. Ma io non ci sono andata. Non ero lì quando Sai è arrivata di corsa trascinandosi dietro la bambina, la bambina dai ricci color caramello e la pelle dorata. Non c'ero quando Niklas le ha superate, madre e figlia. Quando è corso oltre senza fermarsi, è salito sulla canoa di Akuila e ha cominciato a preparare l'apparecchiatura fotografica. Quando Sai si è messa accanto ad Ateca e alle altre donne, Litia con il secchiello dei biscotti e le figlie di Jone che tenevano in mezzo a loro una rete a maglie fini legata a due canne di bambù, io ero in camera mia, a letto. E quando la canoa di Akuila è rientrata e hanno scaricato secchi e recipienti, pronti a uscire di nuovo in mare, non avevo idea che Niklas fosse rimasto a riva: «Voi andate, io faccio qualche foto qui. Credo di averne avuto abbastanza, di *balolo* crudo». La risata nella sua voce me la immagino soltanto, non l'ho sentita. E quando ha lanciato una rapida occhiata a Sai e alla bambina per poi voltare loro le spalle, io non c'ero.

Resoconti dettagliati mi hanno portato a conoscenza di quello che è successo. Rapporti mal scritti della polizia, la disperazione singhiozzante di Ateca. «Ho parlato con tutti, madam Kat, e nessuno ha visto niente. Tutti credevano che fosse andato a casa, aveva detto ad Akuila che aveva mangiato abbastanza *balolo.* E nessuno ha sentito niente. Avrebbe chiamato se avesse avuto bisogno di aiuto, no? Ma nessuno ha sentito niente. Deve credere che sia stato il cuore, madam Kat. Come dicono le carte della polizia. Il cuore si è fermato, e lui è inciampato ed è rimasto incastrato nelle radici delle mangrovie. Sono lunghe e contorte, madam Kat, e mister Niklas... credono che sia restato con la testa sott'acqua. E quando i figli di Jone l'hanno trovato... Solomone si stava allontanando con la rete da pesca e l'ha visto. Lì, nell'acqua.»

A questo punto della storia di Ateca devo sempre annuire. Proprio in questo punto i ruoli si invertono e diventa compito mio consolare Ateca, assicurarle che non avrebbe potuto fare niente, nessuno avrebbe potuto fare niente.

E io non c'ero. Sono le immagini nella testa, l'album che sfoglio mentre dormo, che mi fanno credere certe cose. Mi fanno rivivere i passi che mi hanno portato alla finestra per vedere la sua schiena con lo zaino nero contenente l'apparecchiatura fotografica sparire verso le barche e la folla che gridava impaziente. I racconti che ho sentito dipingono immagini delle canoe che prendono il largo, di me stessa che mi infilo un paio di pantaloni e una camicia a scacchi e resto seduta, vestita, al buio. Non provo alcuna sensazione riguardo a queste immagini, non ho pensieri in testa. Come se fosse un film, vedo che resto seduta in silenzio, a lungo. Che esco e scendo dalla veranda, mi dirigo verso le urla sulla spiaggia, ma resto nell'ombra, dietro la cintura di erba ispida e di palme da cocco che separano la spiaggia dalle case all'interno. So che è smarrimento, sono frammenti di desideri e paure a proiettare il film dietro i miei occhi, di notte. Io non ero seduta nell'oscurità dietro la barca tirata in secco, non ho visto una figura alta con lo zaino che si addentrava tra le mangrovie e si piegava verso l'acqua con lo sguardo nel mirino. Non sono io ad averlo visto vacillare, agitare le braccia, inciampare. Non l'ho visto mettere avanti le mani, mollare la macchina fotografica prima che il corpo precipitasse con la testa nell'acqua alta mezzo metro con un tonfo morbido, non udibile. Non sono io a essere rimasta lì, immobile, senza emettere un suono. Non sono io. Io non c'ero.

27.
ATECA

C'è una cosa che non capisco, Signore. Il figlio di madam Sina sta per venire a Korototoka, ma perché non starà da lei? C'è tanto spazio a *Vale nei Kat*, ma non è quello che vogliono le signore. Salote ha altri ospiti, così ho detto a madam Kat che Litia e Mosese hanno una stanza in più. Ma poi mi sono pentita, Signore. Madam Kat è alle Fiji da tanto tempo, e tuttavia non capisce che per gli *iTaukei* l'ospitalità è un dovere. Non ha capito che per Mosese era impossibile rifiutare.

Madam Sina non è contenta dell'arrivo di suo figlio. Il suo volto è duro, come le pietre che circondano il perimetro della casa. Madam Sina è vecchia, *sa qase*. Ha dato a suo figlio cibo e soldi per la scuola e vestiti. Adesso è adulto, non deve occuparsi lui di lei? Le ho chiesto se sia malato, ma mi ha risposto di no. E quando le ho domandato se anche nel suo villaggio sia difficile trovare lavoro per i giovani, nelle sue parole c'erano sia risata sia pianto. «Armand non è giovane», mi ha risposto. «Ha quasi cinquant'anni, ma non lo capisce.» Come può essere che non sappia quanti anni ha? Non è andato a scuola?

Forse madam Sina ha vergogna, posso comprenderlo. Io provo vergogna di fronte a madam Kat, Signore, anche se non è colpa di Vilivo! Mister Niklas gli ha pagato la scuola, ma anche se ha un diploma, non riesce a trovare lavoro. Non capisco. Le strade sono brutte, i ponti crollano quando ci sono le piogge, i fondali sono pieni di cetrioli di mare che i cinesi pagano bene, e lo stesso non c'è lavoro?

Ci sono tanti segnali che mi spaventano, Signore. Ho sentito più volte il richiamo del barbagianni. Il suono vuoto e freddo che preannuncia disgrazie. E credo che questa sera ci sarà il temporale, il dio serpente si rigira nella montagna.

Mio Signore, fa' che il figlio di madam Sina capisca quanti anni ha, e che lei sia felice del suo arrivo.

Nel nome di Gesù. *Emeni.*

28.

INGRID

Non sono solo i suoi piedi a vivere una nuova primavera alle Fiji. I pensieri, le spalle, il sorriso: Ingrid sente che tutto è più sciolto e flessibile. C'è equilibrio nel mondo. Non è quello che in fondo ha sempre saputo? Che chi lavora, aspetta e tiene duro, alla fine si riempirà la bocca di cioccolato?

Parte dell'attrezzatura di cui hanno bisogno per il dolce capanno è già arrivata. Lei e Kat l'hanno disimballata il giorno prima: il forno nuovo, la laminatrice per raffinare il cioccolato. Ateca ha offerto l'aiuto di Vilivo per montare tutto quanto, Ingrid spera solo che sia in grado di farlo senza rompere niente. I suoi pensieri vanno per un istante a Johnny: la cosa migliore sarebbe se potesse fare di nuovo un salto lì. "Solo per darci una mano a cominciare", si dice. Senza secondi fini. Una notte non diventa automaticamente tante notti. La felicità non è un ospite che puoi invitare a tornare come se niente fosse.

A volte le sembra impossibile che sia successo. Il letto stretto nella stanza in casa di Salote, la luce che non hanno acceso. La finestra senza tende con la zanzariera. L'odore di sudore, quello di lui, quello di lei. E quando è tornata a casa, l'arrivo della luce, lo stesso uccello che la chiamava di nuovo, chiaro e conciso. I suoi piedi che si alzavano più di prima.

È successo. Ingrid lo sa. Ogni sera Vildrid richiama le immagini nella sua testa. E Kat lo sa. Grazie al cielo Kat lo sa.

Il pensiero di Sina getta un'ombra furtiva sul piatto della colazione. Sina è a malapena riuscita ad assaggiare un pezzettino di libertà, riflette Ingrid. Il suo sguardo scontroso che dice «non mi scocciate» si è ammansito e lei trascorre sempre più tempo in cucina insieme ad Ateca per carpirne i segreti per la preparazione del *roro*: le foglie grosse e spesse della pianta del taro vanno dapprima salate, poi mescolate fino a renderle abbastanza morbide da non provocare prurito e fastidio in gola. È persino capitato che il tentativo di Sina di azzardare una o due frasi in *vosa vaka-Viti* abbia scatenato le ondate di riso di Ateca, e Sina non è proprio nota come una buontempona. E adesso questo. Armand. E le perdite. Che, da qualcosa che Sina sminuiva, sono diventate un sintomo che secondo il medico va preso sul serio. E ancora, pensa Ingrid: il fatto che la sera prima sia riuscita a sedersi con loro per riferire in tutta franchezza quello che le aveva detto il dottore fa parte dell'effetto che il sole delle Fiji ha avuto su Sina e su tutte loro. Le ha scaldate, addolcite, aperte. Per Sina deve finire ancora prima di iniziare?

Ma questa mattina le preoccupazioni non avranno il permesso di prendere il sopravvento. Ingrid si guarda le mani che ripuliscono il grembo dalle briciole: rughe e nocche grosse, le vene simili a vermoni pasciuti. La pelle però è sana e idratata, i pori pieni di quel nettare tropicale che è l'aria del luogo, pensa. Iniezioni di collagene organico in tutte le cellule, senza effetti collaterali e con risultati a lungo termine molto incoraggianti. Ingrid si alza. Nuove esperienze la attendono. È domenica e sta per andare in chiesa. Non perché non possa resistere alla chiamata delle campane, ma perché quello è un ulteriore pezzo che vuole aggiungere al puzzle delle Fiji.

Aveva notato fin dall'inizio che lì la domenica è un giorno sacro come quelli che ricorda dalla sua infanzia: una giornata sommessa, lenta, dove persino il tempo atmosferico, sia che piovesse, sia che splendesse il sole, era più rilassato rispetto agli altri giorni. La differenza, lì, sta nella gioia, pensa Ingrid. L'attesa che risplende negli occhi delle persone dirette in chiesa, la pacifica certezza dell'imminente partecipazione a qualcosa di buono. O era forse presente anche sui visi delle signore sole sparse come gocce nere tra le panche della chiesa di Reitvik, le poche volte che c'era stata? Cresime e qualche matrimonio, l'ultima volta dev'essere stata per il battesimo di Petter dieci anni prima. Era celata anche lì, nei volti bianchi e indefiniti nascosti dietro i libri dei salmi, quella stessa felice convinzione? Raramente ci ha pensato, la chiesa e la religione sono state entità trascurabili nella sua vita.

Ma alle Fiji la situazione è diversa. Lì la chiesa non è soltanto qualcosa da tenere in considerazione, bensì la trama stessa del tessuto, un elemento basilare nella struttura della società. «In combinazione, naturalmente, con il sistema dei capi locali», aveva approfondito Maya quando ne aveva parlato un po' di tempo prima. Anche se ogni tanto perdeva il filo, Ingrid trovava che le delucidazioni di Maya le fossero di maggiore aiuto rispetto alle spiegazioni appena sfiorate di Kat quando si trovava ad affrontare situazioni inaspettate.

«La maggior parte degli *iTaukei*, gli abitanti di etnia fijiana, è metodista, e anche parte della popolazione di indiani delle Fiji appartiene a questa confessione», aveva letto Maya a voce alta da uno degli innumerevoli articoli e libri su tutti gli argomenti possibili con cui riempie la sua camera. Ingrid aveva un po' scarrocciato quando Kat aveva preso la parola per proseguire il discorso sul difficile rapporto tra la chiesa e Bainimarama, autoproclamatosi primo ministro dopo il colpo militare di qualche anno prima; la politica in quel paese è uno scenario complicato, questo l'ha capito. Ha afferrato che il potere è in mano a un golpista, mentre il presidente è un fantoccio; così come il fatto che la chiesa metodista abbia dovuto subire sia la censura sia l'interferenza da parte della politica.

Ma ciò che affascina Ingrid, ed è il motivo per cui questa mattina sta aspettando Ateca in un *sulu jaba* appena stirato, è la processione settimanale sulla strada. Ogni domenica mattina, molto prima che le campane comincino a farsi sentire, le persone defluiscono lentamente dalle loro abitazioni dirette alla casa del Signore. La maggior parte va alla chiesa metodista di padre Iosefa, altri hanno come meta la cappella bianca delle Assemblee di Dio. Una visione variopinta, ma al contempo dimessa e armonica: gli uomini, una volta tanto, non indossano la camicia *bula* dai grossi motivi colorati, ma una bianca a maniche corte e la cravatta sopra un *sulu* scuro e formale che arriva fino alle ginocchia. Le donne procedono nei loro *jaba* più belli, molti di rayon bianco lucente. Capelli ricci umidi, appena lavati, fiori freschi dietro l'orecchio, la Bibbia nella borsa di vimini quadrata, realizzata apposta per quello scopo. I bambini strigliati per bene e con le scarpe; le femmine con le treccine che sparano su tutta la testa, i maschi versioni in miniatura dei padri, con *sulu* scuri e sandali informi. Piatti coperti con carta stagnola vengono portati alti con entrambe le mani, contengono *scones* o torte di manioca o taro bollito che verranno consumati durante il pranzo comunitario alla fine della funzione. Ci sono sorrisi e chiacchiere appassionate, ma nel corteo popolare che la domenica mattina si dirige in chiesa manca la smodata risata di pancia. "Una gioia quieta", pensa Ingrid. Non una processione soggiogata dettata dal timore o dalla costrizione. L'attesa sommessa dell'inizio di un giorno sacro.

Ateca fa cenno dalla strada: «*Ni sa yadra,* madam Ingrid, buongiorno! È pronta?».

Accanto a lei c'è la bambina che chiamano Stella del mare. Tiene un cesto in mano e rivolge un cenno della testa a Ingrid.

«Oggi ho portato con me Maraia», dice Ateca. «Sua sorella è malata e Sai non è potuta uscire.»

Ingrid sorride. «Che bello che vuoi venire in chiesa con noi, Maraia.»

Lo sguardo è dorato di luce, la piccola voce sicura e imperturbabile, un'onda: «Dobbiamo andare, quando qualcuno chiama».

Naturalmente è tutto in fijiano. Ingrid non ci aveva pensato ed è un po' seccata. Ha colto qualche parola qua e là, ma sa che non sarà in grado di capire tutta una lunga predica. Segue l'esempio di Ateca e degli altri e si toglie le scarpe; stare a piedi nudi tra le panche della chiesa sembra essere la regola. Ma quando l'organo, insopportabilmente lento come quello che ricorda a casa, attacca a suonare il primo salmo,

Ingrid smette di pensare alla lingua e al testo. Il coretto che fa frusciare gli spartiti in un angolo oltre la balaustra dell'altare pare squallido a vedersi, ma quando i coristi aprono la bocca e intonano le prime note, lei trasale: dietro, davanti e tutto intorno subentra un'intera orchestra vocale; voci profonde e reboanti, armonie di sottofondo morbidamente perfette. La chiesa gremita canta a più voci, in piedi, un verso sonoro dopo l'altro, e l'organo e il coro diventano comparse che nessuno sente. Ingrid si regge con entrambe le mani alla panca davanti a sé, il canto rintrona per tutta la chiesa fino al soffitto, incontra la luce del sole che si riversa dalle porte laterali aperte. Pulsa e rimbomba attraverso il corpo di Ingrid, avvince la croce di legno sulla parete del coro. Quando l'ultima nota scivola in un lungo «*Emeeeni*», Ingrid guarda Ateca stupefatta.

«Avete l'armonia di... un coro di angeli! Dove avete imparato?»

Ateca alza le spalle. «Le orecchie e la voce sanno quali note vanno insieme. Sono amiche. Una sa cosa serve all'altra. Bisogna solo lasciare che le note salgano alla bocca e scorrano fuori dalle labbra.»

Sorride e mette le mani a riposo nel grembo bianco. Un uomo pesante e lento risale il corridoio e comincia a leggere da un foglio. Ingrid riconosce dei nomi, sono nomi di uomini e di donne, e intorno a sé sente annuire e sospirare. Ateca si allunga verso di lei: «Sta dicendo chi ha bisogno di aiuto, chi è in lutto, chi è malato e chi ha bisogno delle nostre preghiere».

Ingrid annuisce. Forse a casa avrebbe accennato un sorriso, o magari avrebbe sbuffato irritata. Ma lì, con i piedi nudi e la gonna lunga, e il corpo ancora colmo di un canto scrosciante, annuire è l'unica cosa giusta.

«Ora vado a casa», dice piano ad Ateca quando padre Iosefa, dopo aver dato la benedizione, percorre il corridoio per mettersi sulla porta e stringere la mano a tutti i fedeli che escono. La croce d'argento che ha sul petto luccica nella luce bianca.

«Ma adesso c'è il pranzo!»

«Lo so, Ateca, ma ho promesso a Kat di andare a casa ad aiutarla a...»

Non riesce a trovare nessuna scusa per completare la bugia pietosa, ma non importa. Ateca sa bene quanto Ingrid che la messa e il canto sono sufficienti.

Le rivolge un ampio sorriso rasserenante. «Ci vediamo domani.»

Dal salone si sentono le tazze tintinnare, e una voce d'uomo che scoppia in una risata fragorosa.

Per tornare a casa prende la strada secondaria. Invece di passare davanti al *bure* del capovillaggio e poi scendere sulla via principale, Ingrid va dalla parte opposta e attraversa un campo di manioca che la conduce alla spiaggia.

Sa che vuole rimanere alle Fiji. Non c'è nulla dell'ufficio delle Autolinee regionali, con i pannelli divisori grigi e il ronzio della stampante nell'angolo, per cui provi nostalgia. Non le pause pranzo con i posti fissi a tavola né le lunghe storie a puntate della collega sui calcoli renali del suo bassotto. Per il momento l'appartamento è vuoto, ma ha intenzione di chiedere a Kjell di provvedere ad affittarlo a partire dall'autunno. Non che si ritrovi in ristrettezze, i risparmi lì durano a lungo, ma non ha più bisogno della sicurezza di un appartamento vuoto ad aspettarla. Kjell si lamenterà e avrà da ridire, è chiaro, ma l'aiuterà. Suo fratello si renderà conto che è ragionevole avere un introito da un capitale inutilizzato fermo a prendere polvere. Basta che non gli chieda di venderlo. Un bene immobile, l'unico investimento davvero sicuro: lui non la aiuterà ad alienarlo. Si dovrà accontentare di affittarlo.

Vildrid vuole vendere. Vildrid non si guarda indietro, non si aggrappa alle vecchie sicurezze. Vildrid vuole vendere la casa di Furusvingen 11 e riscattare parte dell'azienda di cioccolato. Vuole comprare una quota della barca di Jone, piantare meloni gialli nel campo dietro la *vale* di Kat... perché mai il mercato di Rakiraki non dovrebbe imparare ad accogliere qualcosa di nuovo? Vildrid non ha la pazienza di stare a imparare la laboriosa arte della tessitura delle stuoie, ma vuole ballare su quel supporto morbido e resistente, vuole sedere a gambe incrociate e battere i pugni sul pavimento in un *meke.* Al contrario di Ingrid, Vildrid sa ballare: poiché i suoi grossi piedi sono sempre stati nudi, può pestarli con la giusta forza e un ritmo intuitivo mentre canta e batte le mani insieme ai tamburi. Vildrid ha l'ancheggiamento dentro, la pulsazione roteante del bacino che fa crepitare il tessuto di *masi* sopra il *sulu* quando si dimena in storie antichissime che non si possono comunicare se non con il movimento. Che cosa se ne fa Vildrid di un appartamento in Norvegia? Poco ci manca che si compri un reggiseno fatto con i gusci delle noci di cocco!

Ingrid si ferma sulla curva oltre il campo di manioca che sembra non appartenere a nessuno, dove compare il primo scorcio di mare. Il bianco luccicante e sfolgorante riduce in frantumi il campo visivo, sfavilla dietro le palpebre. Vildrid ride e apre le braccia.

Kat è seduta alla macchina da cucire quando Ingrid arriva a casa. L'ago si fa strada su un tessuto *bula* colorato, fiori rossi e bianchi su uno sfondo arancione. Quando Ingrid compare sulla porta Kat si ferma, stacca la spina e si alza. «Sediamoci un po' fuori. Ti andrebbe di vedere se è rimasto del tè freddo in frigorifero?»

Il pomeriggio scende caldo e pesante su *Vale nei Kat.* Intorno alla caraffa, sul tavolo, c'è una pozza di condensa; Kat chiude gli occhi e sonnecchia. Ma un ritmo pesante e frenetico sta ancora cantando sui fianchi di Ingrid, che lancia la domanda oltre il tavolo: «Sai ballare, Kat?».

Si sente come amareggiata all'idea di non saperlo. Lei e Kat: non sono sempre state amiche del cuore? Eppure, un lontano ricordo del ballo dell'ultimo anno al liceo di Reitvik a metà degli anni Sessanta... non è di quello che parla. Si chiede se Kat sappia... *ballare.*

Una lunga occhiata sarcastica sotto un paio di occhiali da sole fissati in cima alla fronte: «Intendi i balli tradizionali delle Fiji? Il *meke*?».

Ingrid annuisce. Proprio così.

«No, in realtà no. Li ho visti diversi volte, ma sono complicati. È come un racconto, di un fatto storico o qualcosa di simile. Gli stessi passi e movimenti si possono ripetere in molti balli, ma non credo sia una cosa che si impara così, su due piedi.»

Quando dice «impara» alza le mani a disegnare due virgolette in aria.

Ingrid aspetta mentre Kat riflette. «Il *meke* è più che un ballo, è... un modo di tramandare. Un modo di assicurare la sopravvivenza di miti e tradizioni.»

«Come le nostre fiabe popolari», si inserisce la voce di Maya. Compare all'improvviso ai piedi della scala e guarda Kat e Ingrid. Il sudore le imperla la fronte pallida sotto i ricci rossastri, in mano ha il cappello di paglia con cui si fa aria. «Cielo, che caldo!»

«Be', sei anche uscita a passeggiare nell'ora peggiore», commenta Kat alzandosi dalla poltrona all'ombra. «Vieni a bere qualcosa, vado a prenderti un bicchiere.»

Si avvia verso la porta scorrevole di rete, poi si ferma e si gira: «In realtà non è la stessa cosa delle nostre fiabe. Il *meke* ha a che fare con la spiritualità. Un legame con l'altro mondo, in un certo senso, dove si trovano gli antenati».

Ingrid si è accomodata sull'amaca, chiude gli occhi e oscilla da una parte all'altra. Maya resta in silenzio, il rimbombo delle onde che bagnano la spiaggia deserta è l'unica cosa che si sente. Una nota morbida che risuona, si alza e si abbassa. Un boato greve che entra, profondo e vibrante, ed è riaccompagnato fuori da note più leggere, svolazzanti. La melodia circonda Ingrid, l'amaca si allontana beccheggiando nel fragore del canto, un suono che si riversa nel corpo, riempie la testa tanto che il sangue pulsa nelle orecchie.

Vildrid pesta i piedi nudi. Piega la testa dietro i ventagli di foglie intrecciate mentre i ballerini entrano in fila, battono i palmi delle mani a coppa al ritmo dei colpi sordi dei tamburi, *lali ni meke*. Al suo collo pende una collana di foglie di un verde succulento e frangipani rosa, l'aroma le copre il viso come un velo. I fianchi cominciano a roteare, raccolgono le storie da raccontare. Lance sollevate da uomini dai volti dipinti di nero, belle figlie dei capivillaggio pagate con preziosi denti di balena. Canoe condotte con pagaiate ritmiche, dei che infuriano e combattono tanto da far sprofondare intere isole in mare. Ciò che c'era un tempo e non bisogna dimenticare. Quello che tutti sono e nessuno può vedere.

Lo *jaba* della domenica di Ingrid ha dei fiori viola lungo l'orlo. Nella calura silenziosa della veranda oscillano avanti e indietro, grossi e aperti, come un desiderio appena espresso a voce alta.

29.

LISBETH

«È ripugnante», commenta Lisbeth con un brivido mentre si accende una sigaretta. «È da malati, né più né meno! Bisogna essere un vero porco per fare una cosa del genere!»

I titoli compaiono sul giornale quasi quotidianamente, il più delle volte imboscati in fondo a una delle ultime pagine: «Nonno condannato a diciotto mesi per violenza sulla nipote». «Stupra la figlia di dieci anni.» «Bambina violentata, arrestato trentanovenne.»

«È una cosa che non concepisco. È anche vero che succede in tutto il mondo», sospira soffiando fuori il fumo.

«Mmh.» Kat la guarda meditabonda. «Hai ragione. Ma le statistiche nel Pacifico sono peggiori che altrove. Si dice che su scala globale una donna su tre subirà violenza o maltrattamenti nel corso della vita. Nel Pacifico il numero è di tre su cinque.»

«Ma santo cielo, perché?» Lisbeth aggrotta la fronte. «Credevo che la cultura desse importanza a... alla protezione dei propri cari, in un certo senso.»

«Certo.» Kat riflette un po'. «Ma la parola "cultura" può mascherare tante schifezze. È "cultura" il fatto che un uomo possa prendere le donne come gli va, persino le bambine. E sembra non esistano denunce di abusi e aggressioni.»

«Perché no?»

«Perché in genere il colpevole è un familiare. I bambini sono circondati da fratelli maggiori, zii, cugini e nonni che vanno e vengono da casa, sono le persone con cui crescono. Così, se una ragazzina viene violentata da uno zio che conosce da tutta la vita, non è facile andare a riferirlo alla polizia.

La cosa avrebbe ripercussioni sull'intera famiglia, probabilmente sull'intero villaggio. Quindi si preferisce tenere la bocca chiusa.»

«Be', non succede mica solo qua!»

La voce di Sina è di pietra. Lisbeth la guarda con aria interrogativa. Di solito nessuna delle due interviene in quelle che lei, tra sé e sé, chiama le lezioni di *Vale nei Kat*; in genere sono Kat e Ingrid, e a volte Maya, a parlare. Invece adesso tutti gli sguardi sono puntati su Sina: «Non è certo una novità che gli uomini non sappiano tenerlo nei pantaloni. È sempre stato così».

C'è qualcosa di sconosciuto e doloroso sotto quelle parole. Lisbeth la fissa, ma Sina non incrocia il suo sguardo. Un silenzio improvviso cala sulla veranda. Quando Sina si allunga in avanti per prendere le sigarette di Lisbeth, la sedia scricchiola. «E noi ci fidiamo di loro, non è vero? Non credo sia una particolarità delle Fiji.»

Lisbeth si appoggia allo schienale, vede la mano che strappa il fiammifero, leggermente tremante.

«Quello che mi manda in bestia...» ora la voce di Sina è più calma, «è quando dicono che dobbiamo stare attente a come ci vestiamo. A come ci comportiamo. Noi! Come se si dovesse stabilire di chi è la colpa. E inoltre...» un attimo di esitazione, «non sono solo quelle che portano le gonne corte e hanno delle belle tette a subire il sesso.»

Lisbeth si irrigidisce: è a lei che si riferisce Sina? Che cosa strana da dire: subire il sesso... Come una rapina o un intervento chirurgico. Attende che l'amica prosegua.

Ma Sina non aggiunge altro, e lo stupore per la sua uscita si mescola all'amarezza, stilla sopra le loro teste con il fumo grigio di sigaretta.

«Stai parlando di violenza?»

Sina alza le spalle, come se d'un tratto non provasse più interesse. «Chiamala come vuoi.»

«Be', alla maggior parte di noi piace subire il sesso, come dici tu.»

Kat attacca una risata in fondo alla frase. «Quello volontario, intendo.»

Sina fa di nuovo spallucce. È chiaro che non ha intenzione di contribuire ulteriormente alla discussione.

«È una delle cose per cui siamo qui», azzarda di nuovo Lisbeth. «Altrimenti come verrebbero al mondo i bambini?»

«Dio mio, il sesso non è solo fare figli, Lisbeth!»

Lisbeth sussulta e si affretta a borbottare: «No, no, certo...» Ma l'attimo successivo la risata strombettante riempie la veranda e Lisbeth è certa di aver frainteso, Kat non voleva rimproverarla.

«Io non ho figli, ma il sesso l'ho subito, come dice Sina, e ne sono felice. Anche voi, immagino.»

Si guarda intorno con i suoi occhi provocatori, ma la risata rotola giù per le pareti e atterra sul pavimento. Resta a dimenarsi irrequieta sui listelli del pavimento, come palloncini del giorno prima in cui rimane ormai poca aria.

«È come lo stufato di agnello e cavoli.» Il tono di Maya è sobrio. «Non c'è niente di più buono quando te lo servono una volta ogni tanto. Nella stagione giusta. Ma se te lo ritrovi nel piatto ogni singolo giorno, dopo un po' senti di non aver sempre voglia di carne di pecora. Certe volte basta l'odore. Oppure ti senti sazia solo all'idea.»

Lisbeth non è l'unica a sogghignare, e capisce che Kat e Sina si immaginano la stessa scena: uno Steinar nudo con corna ricurve da ariete che gli scendono sulle orecchie. Il naso a punta che vibra, mentre fiuta l'odore di cavolo bollito e pepe nero in grani.

«Chi è che è sazia?»

Ingrid compare da dietro l'angolo, sorride ignara con una grossa ciotola di plastica piena di fagiolini tra le mani. «Guardate che belli, per cena. Chi avete detto che è sazia?» Con i piedi si leva le infradito giù dai gradini.

«Nessuna», dice Kat. La risata le volteggia ancora nella voce. «Spero in ogni modo di non esserci ancora arrivata.» Getta la palla dritta tra le mani di Ingrid: «E tu? Tu hai chiuso con il sesso?».

Ingrid si ferma sullo scalino più in basso. Si gira sgomenta verso il leggero sorriso interrogativo di Kat. Lisbeth si sente dilaniata dalla compassione. Povera Ingrid! Con quel corpo sgraziato e le scarpe grosse. Gli occhi penetranti e i vestiti che gridano aiuto. Povera, povera Ingrid! Come può Kat essere così spietata?

Ma Ingrid non si offende, non raccoglie la ciotola di fagiolini per entrare in casa con la schiena rigida e umiliata. Anzi. Si leva il fazzoletto che ha legato intorno ai capelli e si asciuga la faccia.

«No, perché?» rilancia la palla. «Penso che sto cominciando proprio adesso!» La risata è allegra, è come se fosse rivolta solo a Kat. «O credete che il treno sia ormai passato, per una pallida *kaivalagi*?»

Lisbeth la fissa stupita. È Ingrid, quella?

Sì e no. I folti capelli ritti sono decisamente i suoi, ma vibrano sfrontati fino alla punta, all'improvviso occupano più spazio. Gli occhi castani sono senza trucco come al solito, ma dentro ci abita qualcuno, qualcuno con l'ombretto brillante e il rossetto rosso acceso. I fianchi nel *sulu* sbiadito sono larghi e pesanti, ma Lisbeth vi vede un ritmo profondo e oscillante, una rivendicazione temeraria.

«La fine arriva solo quando si spegne la luce», aggiunge Ingrid prima di prendere i fagiolini e sparire in casa. «E io ho intenzione di aspettare ancora un po'!»

Il colpo della porta a rete che si richiude canta nell'aria per qualche secondo.

«Però!» È Sina a rompere il silenzio. «L'acqua cheta, eh?»

«Ah ah ah», ride Kat. «Ingrid sa come dire le cose!»

Lisbeth si guarda intorno confusa: sta succedendo qualcosa che lei non capisce? Ma non ha ancora fatto in tempo a fissare questo pensiero che di nuovo si sente addosso gli occhi di Kat.

«E tu, Lisbeth? Di figli non ne farai più, quindi hai chiuso?»

Lisbeth spegne la sigaretta e si posa le mani magre in grembo. Si vede le dita forti e sinuose dalle unghie rosse impegnate in una danza calcolata sulla schiena di Harald. Gli piaceva sentirsi graffiare sulle scapole, non troppo forte, senza sangue, solo il tanto che bastava perché lei non se ne stesse lì «come una pastafrolla». «Non c'è niente di peggio», aveva detto Harald una delle prime volte che erano andati a letto. «Una donna che se ne sta lì come un sacco vuoto.» Lei aveva annuito e sorriso e si era premurata di muoversi. Di grattargli con attenzione la pelle lentigginosa della schiena, di fermarsi giusto in tempo quando lui la voltava sulla pancia stringendole con forza entrambe le mani sopra la testa mentre finiva quello che doveva finire. La manata sul sedere, dopo: «Cazzo, se mi piaci!». La gratitudine che lei sentiva. Perché, cazzo, gli piaceva.

«Naturalmente non è solo per fare figli», risponde, e sente il rossore arroventarle la faccia. «Certo che è bello... anche per noi. È... naturale», riesce a dire infine. Mai riuscirà a dire che le piace. È mai successo? Le è mai piaciuto? Che lei piacesse a lui, quello è stato bello. Ma piacere a lei?

All'improvviso se lo sente nel naso. L'odore di sudore del giovane, un pizzicore cupo, acre. Il movimento dei suoi bicipiti quando l'ha aiutata a rimettersi in piedi. Il petto duro e forte contro il quale si è posata... e la vergogna la inonda silenziosa: lui l'ha spinta via! Ma il calore resta dentro di lei, un calore rosso, pulsante, che non ha più provato da chissà quanto tempo. Un desiderio sanguigno, sempre più grande, che le fa contorcere le mani in grembo, tanto che devono costringersi alla calma. "E se l'avessi detto? *Ti voglio, posso averti?*"

Una settimana più tardi lo rivede. Lisbeth e Ingrid sono andate a Rakiraki con il pick-up, con Vilivo al volante. Ingrid aveva insistito per guidare, ma Kat era scettica: «C'è un traffico terribile adesso che è il periodo di raccolta della canna da zucchero, gli autisti dei camion guidano come pazzi per arrivare a mettersi in coda al mulino di Ba». E aveva ragione: Vilivo si era ritrovato dietro carichi torreggianti di canne pencolanti, e ciononostante venivano sorpassati da altri camion con carichi ancora più alti e più vacillanti. Le nuove guarnizioni della pompa dell'acqua capricciosa adesso sono sistemate sul sedile posteriore, insieme a un sacco del riso di importazione che piace tanto a Kat e al tessuto per i nuovi copricuscini del divano di rattan.

Lisbeth è stremata dal caldo e quando si avvicinano a Korototoka sta sonnecchiando appoggiata al finestrino. Tutt'a un tratto Vilivo inchioda e lei viene sbalzata in avanti prima che la cintura la trattenga.

«Scusi, ma'am, devo parlare un attimo con il mio amico... Salesi, là, sul campo da rugby. Un attimo solo.»

Lisbeth guarda dietro, Ingrid dorme come un sasso sul sedile posteriore. Si gira di nuovo in avanti e segue Vilivo con lo sguardo mentre corricchia verso il prato segnato dal continuo calpestio. Sembra un momento di pausa, i ragazzi sono in gran parte seduti all'ombra, alcuni sono intenti a lanciarsi dei semplici passaggi. Spalle larghe, pantaloncini neri. Mani grosse sulla palla ovale. Baccano, pugni e spintoni per gioco. Uno di loro si butta all'indietro sull'erba e apre le braccia. Adesso Lisbeth vede che ci sono anche delle ragazze. Braccia scure e magre, capelli raccolti in acconciature tirate, imbarazzo dietro le risate di scherno che arrivano a ondate. Pantaloncini di jeans tagliati, gambe incrociate, bottiglie di plastica contenenti una bibita gialla. Vilivo si avvicina ai giovani, nel punto in cui un ragazzo sta spingendo una ragazza a terra per scherzo. Lei strilla e scalcia, le gambe lunghe danzano nel gioco d'ombre sotto l'albero. Il ragazzo si piega e l'afferra per le caviglie, fingendo di portarla via dal gruppo, lei strilla esasperata e fa per colpirlo con la bottiglia, proprio nel momento in cui Vilivo li raggiunge e il ragazzo lascia andare l'amica che si dimena. Si alza e si volta verso Vilivo, saluta il compagno con un gran sorriso. Lisbeth si sente avvampare come se una cascata di sangue le attraversasse il corpo. Vorrebbe sprofondare nel sedile, scomparire dietro gli occhiali da sole. È lui. Le braccia lisce con i goffi tatuaggi blu. Gli occhi colmi di sentita preoccupazione: «Sta bene, ma'am?». Le scarpe che ha ai piedi sono nuove di zecca. Nere, con disegni color verde erba sui lati.

I due amici hanno finito di parlare. Il suo scippatore batte il cinque sulla mano di Vilivo e si volta di nuovo verso la ragazza. Strappa un pugno d'erba e glielo lancia addosso, poi le dà uno spintone sul braccio. Lei urla e spara una sfilza scoppiettante di vocali che si mescolano gioiosamente alla risata di lui.

30.
KAT

È proprio come me l'ero immaginato. Un incrocio tra un cowboy frusto e un pietoso affarista mancato: sono troppo cattiva? Con la giacca di pelle sul braccio, la camicia dalla tonalità pastello chiazzata di sudore sulla schiena e un bottone di troppo aperto sul petto. La pancia sporge sopra la cintura dalla grossa fibbia appariscente.

Quando Armand Guttormsen abbraccia sua madre, però, sembra farlo con gioia. Svetta sopra la figura rotondetta di Sina e la stringe forte a sé. Io mi tengo distante fino a quando la scena di ricongiungimento è conclusa, e la sua stretta di mano, forte e lunga, mi stupisce. «Così questa è la proprietaria della piantagione», dice calorosamente a voce alta. «Grazie per essere venuta a prendermi.»

Avevo forse scelta? La sua cordialità sorridente mi rende difficile essere spiccia come intendevo fare, e le parole che escono dalla mia bocca sono: «Ci mancherebbe». Il suo sorriso si allarga ancora di più: è chiaro che lo pensa anche lui.

Sonnecchia per gran parte del tragitto. Un giorno e mezzo di viaggio si fa sentire, e lui purtroppo soffre di dolori alla schiena. Da diversi anni, spiega mentre si contorce sul sedile. «E in aereo non c'è tanto spazio per allungarsi. Con i soldi per viaggiare in prima classe sarebbe un'altra cosa, ma...»

Sina guarda imbarazzata da un'altra parte, come se il povero Armand dovesse viaggiare in classe turistica per colpa sua. Mi sento pungere dall'indignazione: «Non sono in molti a poterselo permettere. Ma non è comunque male riuscire a comprarsi il biglietto. Quanto hai pagato adesso dalla Norvegia?».

Invece di rispondere, Armand si volta verso la madre seduta dietro. «A proposito, non ho preso granché per la tua macchina, era più arrugginita di quanto credessi.»

A questo punto abbassa la voce, ma lo sento lo stesso: «Quando il mio socio avrà avviato per bene il business della Lituania, riavrai i tuoi soldi. Con gli interessi, te lo prometto».

Vedo nello specchietto che lo sguardo di Sina è distante, scivola dal figlio al paesaggio fuori dal finestrino. Lui si gira di nuovo in avanti. «Chiudo gli occhi per qualche minuto, se non è un problema. Non avete niente da bere? Dell'acqua, o qualcosa? Se devo dirla tutta, una cavolo di birra ci starebbe proprio bene.»

Quando arriviamo a casa, Lisbeth e Ingrid hanno preparato il pranzo. Sorridono ai complimenti di Armand e Lisbeth continua a riempirgli il piatto. Si è messa più ombretto del solito e una collana di grosse pietre vistose. Ridacchia quando lui le strizza l'occhio con fare da seduttore: Lisbeth non può farci niente se è Lisbeth. Ma che anche Ingrid rida delle sue battute insulse... Sento che devo prendere una boccata d'aria e mi invento una commissione in paese. «Sto via un'oretta», dico ad Armand. «Quanto torno posso accompagnarti da Mosese e Litia, così potrai vedere il tuo alloggio.»

«Non c'è fretta», risponde senza guardarmi. «Qui sto benissimo.»

Si allunga verso la porta e dà una pacca sulla mano di Sina appoggiata sul tavolo. Dice forte, in tono gioviale: «È bello vedere che te la passi bene qui, mamma».

Salote è seduta fuori da casa sua, sul gradino più alto. Quando mi avvicino mi fa un cenno con la mano: «*Bula*, madam Kat! Le serve qualcosa?».

Si alza con la chiave del lucchetto pronta.

Scuoto la testa e rispondo che avevo solo voglia di fare due passi. «Oggi sono stata troppo tempo in macchina, Salote.»

La proprietaria del negozio è ben informata come al solito: «Già. È andata all'aeroporto».

«Proprio così. È arrivato il figlio di Sina.»

«Sì. Il *big bosso* dall'Australia.»

Provo a spiegarle: «Il figlio di Sina non viene dall'Australia, ma dal mio stesso paese. La Norvegia. In Europa».

Salote annuisce, non c'è problema. A Korototoka straniero significa automaticamente australiano: è comunque molto, molto lontano.

«E Armand non è un capo. Per lo meno, non che io sappia.»

Adesso Salote sembra più scettica. «Ma si occupa d'affari? È quello che dice Ateca, che si occupa d'affari, come me.» Indica fiera la porta con il lucchetto. «Madam Sina le ha detto che si occupa di affari di diverso tipo. Internazionali.»

Dice quest'ultima cosa con orgoglio, come se lei stessa si occupasse di import-export in grande stile dal bancone davanti alle mensole polverose su cui sono posati pacchetti di biscotti e scatole di fiammiferi.

Oh, Signore! Se è questo che Ateca è andata in giro a raccontare, non ho idea di cosa Mosese e Litia si aspettino dal loro nuovo inquilino. Armand Guttormsen è qui soltanto da mezza giornata e mi ha già fatto venire il mal di testa più volte. Ma questo non è un argomento di cui posso discutere con Salote, e mi sforzo di sorridere.

«Sina è orgogliosa di suo figlio», mi affretto a dire. «Tutte le madri lo sono.»

Ci sediamo sulla scala.

«Ateca dice che è sano, anche se c'è del bianco nei suoi capelli.»

Concordiamo sul fatto che è bello che la gente sia sana. Vuole sapere dov'è sua moglie e quanti figli ha. Le rispondo che Armand non è sposato e non ha figli.

«Perché no?»

Di nuovo mi domando che cosa abbia detto Ateca. Le spiego che ci sono molti *kaivalagi* che non si sposano e non fanno figli. Che lasciano la casa dei genitori e vanno a vivere da soli e lavorano. Salote attacca a ridere tanto da mancarle il fiato e mi tocca darle dei colpi sulla schiena. «Che senso ha?» chiede quando le torna il respiro.

La sera festeggiamo l'arrivo di Armand con un bicchiere di vino. Ingrid serve fagiolini e zucca del nostro orto e persino Lisbeth pare gradire il pollo, sebbene nuoti in un intingolo denso che stilla grasso. Le due bottiglie che avevo in credenza spariscono in un batter d'occhio e devo scuotere la testa quando Armand propone un altro bicchiere: «Un brindisi per mamma, direi, che è stata così fortunata da trovare questo simpatico pollaio. E senza galli a disturbarvi!».

Ride così compiaciuto della sua battuta che mi sente a malapena quando mi scuso dicendo che no, purtroppo le riserve di vino della casa delle donne sono esaurite.

«Bah», dice lui allungandosi appagato all'indietro sulla sedia. «Quindi vi occupate di cacao?»

Annuisco, sento che il mio sorriso è un po' stanco. Ci occupiamo di cacao.

«E ci si fanno soldi? Voglio dire, è questo il grande business, qui?»

Sono troppo spossata per lasciarmi provocare, non affronterò comunque mai una conversazione seria con Armand Guttormsen sull'aspetto economico della piantagione.

«Ce la caviamo», mi limito a rispondere.

Sopra le sopracciglia chiare, quasi rosa, gli si apre una profonda ruga. «Penso solamente a mamma», dice. «Vorrei essere sicuro che non corra rischi.»

Devo trattenermi perché le imprecazioni non raggiungano la mia lingua. Che cosa diavolo sta dicendo? Che adesso la responsabilità economica di Sina è mia? E vuole assicurarsi che sia degna di questo incarico? Il mio sguardo salta a Sina, che fissa irremovibile il tavolo rigirandosi un cucchiaino tra le dita. La mia stanchezza è scomparsa, apro la bocca cercando le parole.

Ma posso fare a meno di parlare. Tra tutte, è proprio Ingrid che all'improvviso mette a parte il figlio di Sina della nostra idea commerciale.

«Vogliamo iniziare a produrre cioccolato», dice. «Con una ricetta tutta nostra. Il sapore delle Fiji. Puro e genuino. Frammenti di felicità.»

La sua voce quando lo dice... Sento di poterla capire, e al contempo mi si stringe il cuore. Finalmente Ingrid sa cos'è la felicità. Quella dolce, fondente, quella di cui ci si prende il diritto di godere.

Armand non chiede altro. Il suo sguardo vaga tra Ingrid e me. Pensa, considera, calcola.

Maya sbadiglia già da un po', adesso si alza da tavola e se ne va. Sina spinge subito indietro la sua sedia e la segue. Armand guarda stupito sua madre: «Vai già a letto, mamma?».

Faccio per suggerire che forse sarebbe una buona idea ritirarci tutti quanti, quando Lisbeth mi precede. «Maya è stanca», si affretta a spiegare. «Non ci vede tanto bene al buio, e Sina è così gentile da aiutarla se si sente un po' malferma. Soprattutto se ha bevuto un po'», dice ad Armand sorridendo. Lo sguardo che gli rivolge non lascia dubbi sul fatto che la cosa non la riguardi: lei può bere un goccio ogni volta che le va, senza per quello iniziare a barcollare. Tutt'a un tratto si alza: «Posso accompagnarti da Mosese», si offre con fare mellifluo. Si sistema la camicetta verde sopra i pantaloni e si passa una mano sui capelli. «Così posso fumarmi una sigaretta mentre torno a casa.»

Armand spinge il piatto al centro del tavolo. «Come si può rifiutare una simile proposta?» risponde, sorridendole di rimando. «Ne offri una anche a me?» Poi mi lancia un'occhiata veloce: «Grazie per la deliziosa cenetta. Puoi dare la buonanotte a mamma anche da parte mia? Ci vediamo domani».

Sparisce oltre la porta insieme a Lisbeth.

La testa mi pulsa intontita, i due bicchieri di vino non fanno che girarvi dentro e sento che dovrei andare a letto. Ma Ingrid è ancora lì, e so che pensa quello che penso io. Mi giro verso di lei talmente di colpo che la sedia gratta sul pavimento. «Che roba!»

Ingrid alza gli occhi al cielo. «È incredibile quanto sia spudorato. Ma lo sapevamo già. Forse non avrei dovuto dirgli del cioccolato. Non so perché l'ho fatto.»

Mi stringo nelle spalle. Non ha importanza. L'avidità del figlio di Sina è comunque evidente.

Ingrid fa un sospiro di piombo. Appoggia entrambi i gomiti sul tavolo.

«In realtà credo che sia una benedizione non avere figli», dice. «Il timore per tutto quello che può accadere, la preoccupazione per il loro futuro...»

Capisco cosa intende e finisco il suo pensiero: «...la delusione per quel che ne è di loro».

Restiamo in silenzio per un po'. Sarà per il vino, o sarà per Armand, ma non so perché lo dico: «Io avrei preferito una femmina».

Una ciocca bionda come il caramello, una mano piccola e sottile che stringe la mia.

Ingrid non risponde, chiude gli occhi così a lungo che mi domando se si sia addormentata.

«Chissà», dice infine. «In quel caso ci si può illudere di capire come sono fatte. Non lo so.» Aspetta a lungo prima di proseguire. «Tu non hai conosciuto Simon e Petter, i nipoti di Kjell. Non abbiamo nulla in comune, assolutamente nulla. Vivono in un mondo di cui io non so niente. Ma quando sono da me è bello. Facile. Non si aspettano niente se non buon cibo, e io non mi illudo di poterli capire. Non ci sono drammi, speranze da realizzare. È semplicemente... piacevole.»

Sono esausta dopo questa giornata, la testa è lenta, e non capisco dove Ingrid voglia andare a parare. «E questo, secondo te, perché sono maschi?» Mi sorprende l'aggressività della mia voce: «Senza sentimenti... senza speranze e sogni... sì, chiamali drammi, se vuoi... senza quelli non c'è *vicinanza*!».

Un'ombra cala sui placidi occhi castani di Ingrid, e lei scuote decisa la testa.

«Non è vero. Io amo quei ragazzi. Sono sempre stata parte della loro vita. Di quante persone si può dire lo stesso? Amore e responsabilità: sono due cose che vanno di pari passo.»

La notte non mi concede riposo. Ho uno di quei sogni insopportabili in cui una parte di me sa che sto dormendo e che quella non è realtà, ma non è in grado di strappare dall'incubo l'altra parte di me, quella terrorizzata. Sono distesa sulla spiaggia con le gambe verso l'acqua, arriva la marea e io non riesco a spostarmi. Gambe e braccia sono paralizzate, non posso parlare, non riesco a chiamare aiuto. L'acqua sale lungo il corpo, è calda e piacevole, morbide carezze. Tuttavia il terrore mi dilania, l'unica cosa che riesco a muovere sono gli occhi, che ruotano da una parte e dall'altra nella speranza di trovare salvezza. Le alghe si incollano alle gambe, dei granchietti bianchi escono da alcune buche nella sabbia e mi schizzano sul corpo. Ora fuori dall'acqua mi resta solo la faccia, inspiro disperata dal naso. Un'onda porta una grossa stella marina blu scintillante che mi si attacca al collo, come per consolarmi. Non voglio consolazione, voglio respirare, alzarmi, essere libera! Torco le pupille verso l'animale marino pulsante, dico con lo sguardo: "Vattene! Lasciami in pace!". Qualcosa di morbido danza contro il mio mento, fluttua con l'acqua e le onde sopra la mia faccia, mi affoga in riccioli bruni dorati. La Stella del mare mi guarda con occhi mesti e mi riempie la bocca di pianto.

31.
ATECA

Signore,
so che in cielo vivremo nella gloria e nella ricchezza. Non importa se in questa vita abbiamo tanto o poco. Mostrami l'umiltà e insegnami ad apprezzare quello che ho.

Però è così difficile essere poveri, Signore! Tu sai come vorrei dare a Vilivo quello che desidera. Lui insiste sempre per avere cose inutili, e non è colpa sua se non ha lavoro. E adesso gli è capitata questa opportunità, di giocare a rugby per il Korototoka in trasferta contro il Nausori questo sabato! Ma non può giocare come si deve nel campionato se non ha le scarpe, Signore! Non mi ha nemmeno chiesto le più costose: «Solo ottantanove dollari, *Na*, e sono proprio belle! Nere, con dei disegni verdi. Come quelle che ha Salesi». Ma ottantanove dollari sono quasi una settimana di paga, Signore. E mister Armand si è offerto di pagarle! Non è colpa mia se ha sentito quando ne parlavo con madam Kat. «Posso essere io lo sponsor?» ha chiesto. «Per ringraziare Ateca di avermi trovato un alloggio così eccellente.» Il suo sorriso riempiva l'aria, grande e tondo come un uovo appena cotto nel tegamino. Ho visto che a madam Kat non ha fatto piacere, la sua bocca era scontenta. Ma mister Armand continuava a insistere, così alla fine ho accettato. Dopo non ho potuto trattenere una risata, come grossi rigurgiti che mi uscivano dalla bocca. Mister Armand si è spaventato e ha lasciato subito la cucina.

Non credo che la cosa sia piaciuta nemmeno a madam Sina. Mi è sembrata dispiaciuta questo pomeriggio, come se avesse ricevuto delle cattive notizie. Perdonami se non avrei dovuto accettare i soldi, Signore. Ma non erano per me! E ho pensato che mister Armand deve averne più che a sufficienza, di denaro.

Questa sera l'ho detto, a Vilivo, che non possiamo più accettare niente da mister Armand. Lui l'ha capito, anche se si è limitato a infilarsi i soldi in tasca senza dire una parola. Ti prego, aiutalo, Signore. Fa' che trovi un lavoro, di modo che possa provvedere a sé stesso, diventare adulto e metter su famiglia.

Nel nome di Gesù. *Emeni.*

32.

MAYA

La striscia di sabbia su cui cammina si restringe a ogni passo. L'erba alta divora la spiaggia da sopra, le case con le pareti di paglia intrecciata diventano sempre più piccole e scompaiono dietro Maya. Quando sente l'odore acre di un cumulo di alghe, noci di cocco verdi mezzo marce e scarti di cibo, arriccia il naso e si ferma.

È immobile su una spiaggia. Maya si guarda le dita dei piedi. I listini dei sandali di gomma nera sono punteggiati di sabbia. Si ferma e se li leva. Solleva la lunga gonna a fiori che si è legata in vita ed entra cauta nell'acqua. Si arresta per un istante e lascia che il calore della schiuma bianca delle onde le avvolga i piedi, poi avanza ancora di un paio di passi. Ora deve tirare ancora più su la gonna. Si guarda le ginocchia, la pelle è corrugata sulle rotule rotonde. Alza di nuovo lo sguardo sull'acqua: fare il bagno? No. Si gira e torna sulla spiaggia. Lascia che le dita dei piedi sentano l'appoggio stabile e tuttavia morbido. Il lieve solletichio sotto le piante le scorre su per le gambe. Porta l'attenzione dentro di sé, sente i granelli di sabbia risalirle il corpo, seguire il sangue, insinuarsi tra le cellule. Maya vede un disegno dietro le palpebre, una tavola ingiallita che ha abbassato tante volte davanti alla lavagna. Il corpo umano privato della pelle, muscoli rossi, tendini rosa. La rete sanguigna, lo scheletro. I granelli di sabbia le risalgono per il corpo, passano danzando oltre il lungo quadricipite, scivolano dolcemente verso l'anca. Resta immobile e si chiude a ogni rumore il più a lungo possibile.

«Maya! Mayaaa!»

La donna che viene a cercarla ha i capelli biondo-grigi, radi e in disordine. Grida, agita le braccia e sembra accaldata. Quando raggiunge Maya, si ferma un attimo per riprendersi prima di parlare.

«Ti sei allontanata tanto! Ti ricordi che dovevamo pranzare presto per andare a Rakiraki questo pomeriggio? Adesso le altre sono partite senza di noi.»

Maya la guarda con occhi vacui. Pranzare? Non ricorda se abbia pranzato. Lei vuole solo restare lì, con la sabbia e il sole che le spumeggiano per il corpo. Apre la bocca, ma le parole giuste non arrivano. Ci prova, sente che il cervello passa e ripassa a cercarle, ma niente. La confusione la mette in agitazione, i granelli di sabbia le cricchiano nelle orecchie, lei guarda la donna bionda, la supplica con lo sguardo: «Aiutami!».

«Vieni», dice la donna. I suoi occhi sono miti e Maya sente l'onda torbida che se ne va, riporta la testa sopra l'acqua.

Sina le prende la mano e la volta lentamente. «Aspetta», dice Maya. Si china e raccoglie i sandali, poi si incamminano di nuovo lungo la riva dove tutte le impronte sono state cancellate.

Perché Kat le chiede aiuto? Maya guarda l'amica con sospetto. È sera a *Vale nei Kat*, e Maya preferirebbe starsene ad ascoltare il piacevole rumore delle onde. Con gli occhi segue il fumo della sigaretta dell'uomo. Ancora una volta: chi è? È seduto molto vicino alla donna più magra, che ride forte di qualcosa che lui dice.

«Avrai insegnato lavori manuali, di quando in quando?» chiede Kat con fare persuasivo, mentre la spinge con cautela per un braccio, cercando di farla alzare dalla sedia. Maya lo ritrae irritata. «Norvegese», dice con veemenza. «Norvegese e storia.»

«Va bene.» Kat sorride. «Ma non puoi venire lo stesso a dare un'occhiata? Ho cucito un vestito. È pronto, ma pensavo di mettere un nastro sul collo, a mo' di bordo, e non ci riesco bene. Non mi hai detto che quando tua figlia era piccola le hai confezionato diversi capi?»

Sua figlia. Evy. Maya sente i suoi capelli biondi tra le dita, sottili e lisci, a stento riusciva a raccoglierli in una coda di cavallo. L'abito natalizio che le aveva cucito con un tessuto a scacchi, verde e rosso, il colletto lucido verde scuro. I nastri sui fianchi da allacciare dietro in un grosso fiocco. Maya alza le mani davanti a sé, fa nuovamente il nodo. Sorride a Kat e si alza, passa davanti all'uomo con la sigaretta.

La macchina da cucire è sul tavolo nell'angolo, Maya sa di sapere a cosa serve. Contempla la stoffa arancione con i grossi fiori, il rotolo di nastro bianco posato accanto. Si accomoda sulla sedia, sente lo sguardo di Kat come un fastidio al collo. Le sue mani srotolano una lunga striscia di nastro, lo appoggia sopra la stoffa, sta bene. Il bianco sul rosso e l'arancione, i colori la colmano di attesa, qualcosa sta per succedere. Si gira e guarda Kat con aria interrogativa. L'amica le fa un cenno incoraggiante. «Sai cucirlo?» le chiede.

Cucirlo? Il nastro è nelle mani di Maya, un animale serpeggiante e indesiderato. Non sa che cosa farne. Non sa perché è lì. Perché Kat sta dietro di lei a dirle cose che non capisce?

«No!» risponde Maya e si alza spingendo indietro la sedia fragorosamente. Attraversa di fretta il soggiorno, non guarda nessuno mente si precipita giù dalle scale e fuori dal cancello. Non può stare lì! Il nastro che si torce, Kat che fa domande. Non lo sa!

La strada è piena di buche e senza illuminazione, tuttavia i suoi piedi corrono. Li guarda: perché non indossa le scarpe? E dov'è Steinar, perché non è lì ad aiutarla? Deve andare a casa, non sa cosa ci fa in quella strada buia. Dov'è Steinar? La paura la dilania. Perché corre su per la salita? È già stata lì?

Dopo un po' deve fermarsi, le gambe non vogliono più correre. Deve riposare, e si guarda intorno alla ricerca di un posto adatto. Accanto a lei nota un sentiero che porta a una casa, fuori dalla porta c'è una sedia verde. Può sedersi lì. Maya si siede, si sfrega i piedi per togliere la sabbia e lo sporco. Ha le gambe insozzate.

«Va tutto bene, madam Maya? Posso aiutarla?»

L'uomo che è uscito sa come si chiama. L'ha già visto, ma nulla è sicuro. C'è qualcosa che non si vuole fissare per bene nella sua testa, tutto è allentato, in movimento.

Lui la guarda per un po'. «Aspetti, madam Maya», dice. «Vado a chiamare Ateca.»

Quando se ne va, Maya vede che le sue gambe sono arcuate, come se avesse camminato a lungo. Si alza e prosegue su per la salita. È buio e nella grossa casa in cima alla collina non ci sono luci alle finestre. Un lungo legno è posto di traverso sul tetto di paglia che sovrasta pesante le pareti intrecciate. Maya va dritta verso la porticina laterale. Non è chiusa a chiave, la socchiude ed entra. Si siede sul pavimento. Non c'è nessuno in casa. Accanto alla parete c'è una grossa ciotola di legno, decorata con conchiglie lucide. Sulla parete vede motivi circolari e quadrati neri e marroni. Perché quella casa è piena di armi? Sul pavimento ci sono oggetti acuminati e pericolosi, asce e sfilze di lance dalle punte aguzze. Maya si alza, non può stare lì! Raggiunge a tentoni la porta ed esce. Le fanno male le gambe.

«Madam Maya!»

La figura accanto a lei è bassa, ma le mani sono grandi, le dita forti e calde. Le tengono i polsi, stringendole entrambe le braccia in una presa salda. «Madam Maya! Non dovrebbe essere a casa a quest'ora? È buio, potrebbe inciampare. La accompagno a casa.»

Maya non sente niente, non pensa niente, si lascia semplicemente condurre attraverso l'oscurità. Avverte i sassi sulla strada tagliarle le piante dei piedi, creando un ritmo irregolare, ma non fastidioso, che le attraversa il corpo. Va a casa. La donna dai corti capelli ricci la conduce a casa.

33.
SINA

Sina lo sente appena sotto la clavicola. Qualcosa ai muscoli, che si stavano sciogliendo, distendendo e ammorbidendo. Il collo stava diventando meno teso, la mandibola più rilassata. Ora si sono incordati di nuovo. Si sono contratti scavando di un ulteriore millimetro i solchi tra la bocca e il mento. I tendini del collo sono più tirati, le spalle rigide come prima di trasferirsi lì. Le Fiji la stavano riempiendo di *bula*, ora sta scomparendo tutto, sta colando via.

Anche lei era stata fuori a cercare Maya, quella sera che Ateca l'aveva riportata a casa. Quando l'amica era uscita dopo l'episodio della macchina da cucire, inizialmente Kat aveva suggerito di lasciarla stare. «Forse le ho fatto troppa pressione», aveva detto. «Ha solo bisogno di stare un po' da sola.»

Stare un po' da sola? Sulle prime Sina era stata lievemente incerta sul da farsi; provava ancora lo stesso rispetto di un tempo per tutto quello che Kat diceva e faceva. Ma il volto di Maya sulla spiaggia quel pomeriggio... c'era davvero qualcosa che non andava. Non può più mentire a sé stessa. Non può continuare a dirsi che Maya è un po' distratta, un po' più smemorata e confusa del solito. C'è dell'altro.

Così si era alzata, aveva fatto la voce grossa con Kat e premuto il pulsante di allarme. «Potrebbe smarrirsi. O, nel peggiore dei casi, affogare. Dobbiamo andare a cercarla.»

Si era sentita addosso lo sguardo di scherno di Armand, ma l'aveva spazzato via come fosse un po' di terra sulla manica. Si era alzata e si era messa in marcia per cercare Maya. Invano: sia la strada che portava al negozio di Salote sia quella che scendeva al porto erano deserte. Il terrore aveva conficcato i suoi artigli dentro Sina, e il pensiero del volto vuoto e inabitato di Maya l'avevano portata oltre, al piazzale dietro la discarica e giù fino alla spiaggia. Aveva corso e chiamato, chiamato e corso per tutto il ritorno, aveva salito i gradini rumorosamente e strappato la porta: «È tornata?». Solo quando aveva visto Maya sul divano vicino a Kat aveva sentito in bocca il sapore nauseante di sangue. Non era il momento di chiedere dove l'avessero trovata, gli occhi di Maya erano torbidi e distanti e tutto ciò a cui Sina riusciva a pensare era di renderli di nuovo azzurri e attenti. Così, senza aspettare un segnale di Kat, si era semplicemente seduta all'altra estremità del divano prendendo la mano fredda di Maya. Aveva accarezzato le dita rigide e restie finché si erano rilassate e le palpebre avevano cominciato ad abbassarsi. Fino a quando Ateca si era avvicinata piano chiedendo se dovesse aiutarla a metterla a letto.

Solo quando si era alzata dal divano, Sina aveva notato Lisbeth e Armand seduti a tavola. Per un istante aveva pensato a quanto sembrassero fuori posto. Inutili e inutilizzabili, due bambole agghindate per il tè. Due fatti per ricevere, sempre.

È dalla prima sera che aspetta che suo figlio cominci a parlarne. Il lampo apparso nei suoi occhi quando Ingrid ha accennato al cioccolato era quello di un tempo, che lei ben conosceva: aveva sentito il ronzio della calcolatrice nella sua testa. Armand ha avuto tutto il tempo di guardarsi intorno, ha ispezionato il dolce capanno, rivolto domande casuali a Lisbeth e a lei stessa. Cos'hanno intenzione di fare, di esportare? Ah sì, davvero, in Norvegia? Interessante. Allora è importante avere un apparato che funzioni anche all'altro capo, no?

«Ce l'abbiamo», risponde Lisbeth. «Mia figlia se ne intende di analisi di mercato, si occupa di strategie di marketing.»

Quelle parole sembrano naturali nella sua bocca, Sina deve ammetterlo. Non è poi così strano, Lisbeth le utilizza con Ingrid e Kat quasi tutti i giorni. Ma Armand non si lascia impressionare.

«Bene, perfetto», commenta, e Sina riconosce il sorriso

che rivolge a Lisbeth. Eccome se lo riconosce. «Qualcuno che si occupi del marketing ci vuole, naturalmente. Ma quello di cui avete bisogno è una persona che comprenda davvero come funzionano gli affari. Qualcuno che sia sul pezzo quando la situazione vacilla e che sappia prendere decisioni importanti senza esitare. Uno che non è nato ieri.»

Sina si tappa le orecchie. Pensa che comunque non è Lisbeth a decidere. È il Cacao di Kat, il Cioccolato di Kat.

Forse si è lasciata prendere troppo poco dalla collera, forse è lì che ha sbagliato. Ha provato disperazione, sì. Si è vergognata. Si è sentita devastata e rassegnata, anche. Ma di collera ne ha avuta troppo poca. Perché in realtà Sina sa bene che cosa vuole. Vuole che Armand se ne vada. È un pensiero ardito, ma pensarlo, e lasciare che si trasformi in parole dentro la sua testa, la fa sentire bene. Vuole che se ne vada dalle Fiji e dalla sua vita. Vuole che gli occhi di Maya tornino limpidi e che i loro passi ritrovino il ritmo comune che avevano preso laggiù. E se i passi di Maya si fanno incerti, o impauriti e spaventati, i piedi di Sina troveranno la strada per entrambe.

Decide di andare a Rakiraki da sola quel pomeriggio. Vilivo non si vede in giro: di solito fa da autista per loro, ma ovviamente non c'è sempre. Per la maggior parte del tempo è a correre sul campo da rugby; tutti i giorni ha incollate ai piedi le scarpe nere e verdi che crede che abbia pagato Armand.

Sina non ha quasi mai guidato il pick-up prima d'ora, con stizza pensa che Kat non sembri ritenerla in grado di assumersi una tale responsabilità. Quanto può essere difficile, con delle norme stradali così ridicole? Passa avanti dove puoi, e sappi che gli autobus e i taxi possono fare qualsiasi cosa. La guida a sinistra ormai comincia a sembrarle naturale e la strada è sempre dritta, è impossibile perdersi. Sina ha delle commissioni da sbrigare a Rakiraki, più di una, e preferisce occuparsene per conto suo.

Vorrebbe dire a Kat che prende il furgone, ma la sua stanza è vuota. Dentro tutto è in ordine come al solito: la zanzariera sopra il letto è annodata in una coccarda, sul comodino ci sono un libro e un bicchiere d'acqua. Il computer è su un tavolino accanto alla finestra. È acceso, una figura geometrica nei colori dell'arcobaleno rotola per lo schermo. Di solito sta sulla scrivania in soggiorno, evidentemente Kat doveva fare qualcosa in privato. Sina segue un impulso dettato dalla curiosità e tocca il mouse. Il gioco di colori rotolante scompare e la casella di posta di Kat riempie lo schermo. Sina si protende in avanti. L'e-mail più recente è di evyforgad@gmail.com. La apre senza esitare.

Cara Kat,

ti ringrazio per i continui aggiornamenti. Non ti nascondo che sono preoccupata, e allo stesso tempo ammiro immensamente il modo in cui tu e le altre affrontate il decorso della malattia di mamma. Eravamo tutti consapevoli del fatto che non sarebbe stato semplice. Il medico ha messo in chiaro fin da subito, fin dalla prima volta in cui ha spiegato che si poteva trattare di Alzheimer precoce, che non esiste cura e che la malattia si sarebbe sviluppata in un solo senso. Io e Branko ne abbiamo parlato molto: siete state eccezionali ad assumervi questa responsabilità.

È stato spaventoso leggere di quando è corsa via nel buio. Grazie al cielo l'avete ritrovata prima che le succedesse qualcosa. Non so cos'altro dire, se non ripetere quello che ho già detto tante volte: se in qualsiasi momento doveste non essere più certe di voler avere questa responsabilità, vengo a prendere mamma immediatamente. Avete già fatto molto di più di quanto ci si potrebbe aspettare da delle amiche, per quanto affezionate. E come ho già detto: devi riferire alle altre signore quanto vi sono grata per tutto quello che fate per lei. Quando sono partite per il paradiso, non credo proprio che si siano immaginate che questo comportava anche dover fare da infermiere a una persona affetta da demenza grave. E tutto diventa ancora più difficile quando è impossibile sapere fino a che punto lei stessa si renda conto di quello che succede.

Qui a Trondheim è tutto nella norma. Ho molto da fare al lavoro, e spesso sento di passare troppo poco tempo con mia figlia. Ma immagino sia così per tutti.

Il cuore le martella in petto. Sina deve sedersi per riuscire a respirare meglio. *Alzheimer precoce. Assumervi questa responsabilità. Tutto quello che fate per lei.*

Maya è malata. Il medico in Norvegia ha fatto una diagnosi prima che partisse per le Fiji. E Kat l'ha sempre saputo. Ha condiviso il segreto con la figlia di Maya senza dire nulla a loro. Mentre Evy supponeva che lo sapessero; e ha creduto che si fossero imbarcate in un progetto comune, una specie di capolinea tropicale per sua madre. Di punto in bianco Sina monta su tutte le furie: chi diamine pensa di essere, Kat? Crede di avere il diritto di amministrare le loro vite solo perché ha abbastanza denaro per invitarle lì? Di poter disporre a piacimento di menzogna e verità?

Sina siede sul letto rifatto alla perfezione con le mani intrecciate in grembo. Lo sguardo le cade sulla macchina da cucire nell'angolo, circondata da ritagli di stoffa, rocchetti di filo e forbici. Accanto c'è un vestito piegato con una fantasia di grossi fiori colorati. Bianco, rosso e arancione. L'abito da bambina che ha mandato in panico Maya.

Sina non si è mai illusa di sapere un granché della straordinaria vita di Kat. Qualche rara lettera, un paio di brevi incontri, brandelli di cose che ha sentito. Quarant'anni non creano solo segreti, pensa. Creano anche modi di gestirli. Rinnegare o abbellire. Tacere e respingere. Spiegare a sé stessi perché le cose sono andate come sono andate.

La rabbia si sgasa, come una bibita lasciata al sole. Essere amica di Maya non è un fardello, è una gratifica. Kat ha tenuto la bocca chiusa non per ingannarle, bensì per risparmiarle. Certi segreti è meglio che restino dove sono. Lei non dirà niente.

Sina chiude la casella di posta. Prende la chiave del pick-up nel cassetto della cucina, esce e mette in moto. Kat non è in casa, non c'è nessuno a cui chiedere il permesso.

Aveva dimenticato quanta libertà dia contemplare il mondo da un parabrezza. Sina guida lentamente tra le case disposte ai lati della strada dissestata che attraversa il villaggio. Salote è sulle scale del negozio con la scopa, un uomo sonnecchia con la testa ciondolante sotto una vela di plastica davanti a una fila di piramidi di piccole arance. Fuori dalla casa di Mosese ci sono sua moglie, con la grattugia per il cocco tra le ginocchia, e un bambino che le agita un ventaglio davanti alla faccia. Sina allunga il collo nel tentativo di scorgere Armand oltre la porta, ma senza particolari speranze: non crede che trascorra altro tempo con la famiglia che lo ospita se non le ore in cui dorme lì. Oggi non si è ancora fatto vivo alla Casa delle Donne, e Sina immagina che nessuno ne abbia sentito la mancanza. Percepisce la rabbia nei suoi confronti come una stretta alle tempie, ora calda e furiosa, ora simile a una disperazione che gira e rigira come una macina. Pensa quello che nessuno osa pensare riguardo al proprio figlio: che non ne sente la mancanza. Armand non è desiderato.

E invece lei sì che l'aveva desiderato, eccome! Sina si piega in avanti, le dita si stringono sul volante. Dopo tutti questi anni l'immagine della madre seduta sul bordo del letto in cameretta è ancora nitida: il pianto e gli improperi, le accuse, i rimproveri. La supplica a Sina di ragionare, di abortire. A ogni uscita della madre, lei era sempre più sicura del fatto suo: voleva il bambino. Ce l'avrebbe fatta da sola.

Sina tiene lo sguardo immobile sulla strada, una rapida sterzata per evitare una gallina chiocciante fa finire la ruota anteriore destra in una buca e lei sbatte il ginocchio contro il cruscotto: diamine! Lascia il volante con una mano e si massaggia il ginocchio. Era davvero Armand quello che aveva desiderato? Un bebè, la responsabilità di una persona a cui mostrare la via, a cui dare consigli? Sina strappa un lembo di pelle graffiato.

Non era preparata a dover fare da guida a qualcuno nell'arte della vita. Le parole della madre erano stoccate: «E il bambino, Sina? Credi che sarà semplice per il bambino, con tutte le chiacchiere e i pettegolezzi?». Lei si era tappata le orecchie. Aveva pensato che alla madre interessasse solo la propria vergogna. Però poi l'ha visto, l'ha capito, naturalmente: lividi inspiegati, libri strappati. La giacca che lei gli aveva comprato in svendita e che lui tutt'a un tratto non voleva più mettere. Le gite a cui non veniva invitato. Non ne avevano parlato, lei non sapeva come aiutarlo. Aveva pensato che tenere la bocca chiusa e lo sguardo fisso davanti a sé fosse l'unica cosa che aiutasse a superare il tutto. L'ha pensato anche lui? Li ha aiutati davvero?

Sina svolta sulla strada asfaltata che porta a Rakiraki e trova le parole per la tristezza che ha preso il posto della rabbia e del dolore al ginocchio. Voleva solo avere qualcosa che fosse suo. Qualcosa che nessun altro aveva.

Non aveva immaginato che Lisbeth sarebbe andata in suo soccorso. Dopo che si era fatta passare lo shock iniziale («Che cosa hai *fatto*, Sina?» E poi, ipocrita: «Non so che cos'hai in testa, se non vuoi abortire!»), era stato come se dovesse prendere il sopravvento anche in quello. Offrendole il lavoro in magazzino, le briciole dell'opulenta tavola sua e di Harald: «La cosa più importante è che tu *abbia* qualcosa, no?».

Sina preme ancora di più sull'acceleratore. Sente la voce della madre tirarle l'altro braccio: «Non riesco a credere che Høie voglia prenderti, così come sei messa! Puoi essere contenta che Lisbeth sia tua amica, pensa a tutto quello che sta facendo per te!».

Non rientrava nei programmi di Sina che qualcuno facesse qualcosa per lei. In realtà non ne aveva, di programmi. A parte non pensare mai più ai minuti passati dietro la porta del bagno dei maschi in palestra, quando il ballo di fine anno era terminato e non erano rimasti che gli addetti alle pulizie. «È bello, Sina? Ti piace, eh?» La voce grumosa del ragazzo dell'altra sezione, la puzza di alcol che gli usciva dalla bocca. La sua mano stretta intorno a un seno, la testa di lei che aveva sbattuto contro la parete quando lui le si era spinto dentro. «Ti piace, eh?» La cautela con cui aveva socchiuso la porta quando aveva finito, lo sguardo che scandagliava il corridoio. Il lunedì successivo nel cortile della scuola, quando lei l'aveva salutato e lui non si era nemmeno girato.

Era scritto da sempre che Lisbeth e Harald Høie sarebbero stati una coppia. Il principe avrà la principessa, è così e basta. E naturalmente a Sina serviva un lavoro. Denaro. Ma non le serviva la commiserazione di Lisbeth. Non aveva bisogno della sua compassione misericordiosa mescolata a un sollievo tanto malcelato perché lei ormai era giunta in porto. Al sicuro nel castello con il suo re.

Ma Sina gliel'aveva detto chiaro e tondo, e sa che l'amica non l'ha mai dimenticato. *Sono io che ho qualcosa, Lisbeth. Non tu.*

Sina non sa con esattezza perché non abbia mai lasciato il negozio. Il lavoro non era nulla di entusiasmante, avrebbe potuto di certo trovare qualcosa di più interessante altrove, anche solo con il suo diploma. Ma aveva continuato ad andarci, non era un mestiere impegnativo e le dava la sicurezza di un posto fisso. Se la sono cavata, lei e Armand. Non sono mai stati un peso per nessuno, no.

Sina ha terminato di fare compere. Bagnodoccia, lievito per dolci e fecola di patate, succo di mela per Maya e un sacco del riso speciale di Kat. Carta igienica morbida, zucchero bianco per le torte. Gironzola per Rakiraki tergiversando, rimandando la sua ultima commissione. Si ferma fuori dal cinema a guardare i manifesti con audaci donne di Bollywood e actionmen in nero. Si attarda fuori dalla porta aperta di Hot Bread Kitchen, ma resiste alla tentazione di quei profumi. L'aroma è comunque meglio del sapore, quelle torte dalla glassa dura color turchese non sanno d'altro che di zucchero e vanillina.

Si fa forza e dirige i suoi passi verso la traversa a sinistra. L'insegna dell'agenzia di viaggi Dream Travels è usurata e pende storta, l'aria condizionata è tale che quando Sina apre la porta è come sbattere contro un muro di ghiaccio. La ragazza indiana alla scrivania è avviluppata in uno scialle e le rivolge un cenno stanco del capo per invitarla ad accomodarsi sulla sedia di fronte a sé. Continua a battere sulla tastiera, il ticchettio delle unghie lunghe sui tasti fa venire a Sina la pelle d'oca. Termina finalmente di scrivere.

«Come posso aiutarla?»

Sina inspira a fondo. «Vorrei vedere quanto costa un biglietto da Nadi a Oslo, in Norvegia. Sola andata.»

Infila il foglio con i prezzi nella tasca con la cerniera della borsa. Diverse alternative per diverse tratte, diversi prezzi per diverse date. Ma tutti vanno in una sola direzione. Via da lì.

Sina scaccia il pensiero dei soldi e ringrazia per l'aiuto.

34.
ATECA

I miei sogni sono così infelici, Signore. È perché madam Sina è tanto triste?

Ho sognato che mi trovavo in un *bure* sulla spiaggia con Vilivo in braccio. Era piccolo, un bambino paffuto dagli occhi saggi. Madam Sina era sdraiata accanto a me, era giovane e la sua pancia tonda. Doveva partorire suo figlio, ma quando è arrivato era un serpente. Madam Sina si è spaventata, però io sapevo che il piccolo era vittima di un maleficio. Proprio come il bambino della figlia del capovillaggio di Rewa, che era stregato ancora prima di nascere e che non sarebbe potuto diventare uomo se non fosse stato amato da una donna che non fosse sua madre. L'ho detto a madam Sina, ma lei non ha voluto ascoltarmi. Si è alzata e se n'è andata lungo la spiaggia, e io le sono corsa dietro con Vilivo tra le braccia. Il serpente è rimasto dov'era, neonato, senza muoversi.

Più tardi, nel sogno, madam Sina camminava lungo la spiaggia al fianco di madam Maya. Io ero dietro di loro, un po' distante, l'aria era ferma e densa. Guardavo le impronte sulla spiaggia davanti a me e a un tratto ho visto che erano solo i piedi di madam Sina a lasciare tracce. I solchi lasciati da madam Maya scomparivano non appena lei sollevava i piedi da terra. Un aereo ha disegnato un ampio arco nel cielo sopra di me, la sua pancia bianca riluceva tanto da farmi male agli occhi. Mi sono piegata su mio figlio e ho stretto a me la sua testa.

Signore, tu sai di cosa abbiamo bisogno. Concedimi sogni buoni, concedi a madam Sina pensieri luminosi. E dona un lavoro a Vilivo, di modo che possa provvedere a sé stesso, diventare adulto e metter su famiglia.

Nel nome di Gesù. *Emeni.*

35.
INGRID

Non lo sopporta! Quel fascino affettato, la condiscendenza, gli sguardi che rivolge ad Ateca e Lisbeth... *Lisbeth*!

Ingrid scuote la testa. È mai possibile? Sina le fa pena: come deve sentirsi in imbarazzo per il comportamento di quel cretino di mezza età... sì, di mezza età! Lisbeth è amica di sua madre!

È felice che i tentativi di flirt di Armand non siano diretti a lei. Non sarebbe in grado di mantenere il controllo se lui le indirizzasse uno di quei sorrisi viscidi che rivolge a Lisbeth. Un osso che lei arraffa come fosse un cane affamato, pensa Ingrid con un misto di commiserazione e disprezzo, mentre accende le candele antizanzare sfregando il fiammifero con forza.

Vildrid compare sempre più spesso durante le ore serali in veranda. È come se ci fosse più posto per lei nel *sulu* a fiori, come se avesse spazio per muoversi sulla spiaggia, dove il vento vive tra le foglie delle palme e dona aria e volume alla sua voce. Spesso e volentieri Ingrid si ritira nell'angolino in ombra vicino all'amaca e lascia che sia Vildrid a prendere parte alle discussioni, se si fanno davvero interessanti. Quella sera raggiungono nuove vette quando, fra tutte, è Maya ad abboccare all'amo di Armand.

«Be', siete messe bene, qui. Devo dire che non sapevo esattamente cosa pensare quando mamma mi ha detto che sarebbe andata a vivere in una comune femminista all'altro capo del mondo.»

Lisbeth ride, come a un segnale, e si premura di mostrare

ad Armand il lato migliore del suo sorriso, quello che non rivela la capsula di colore diverso: «Ma come, *femminista*!».

Però è Maya a cadere nella rete. «Con chi credevi che Sina avrebbe condiviso la casa, quindi? E risparmiaci i discorsi sulle arpie che odiano gli uomini, ti prego.»

Maya ha avuto una buona giornata. La sua voce è ferma, lo sguardo senza ombre, le mani riposano calme in grembo, due uccelli nel nido.

Armand si rigira sulla sedia, ma la voce è ancora arzilla: «Ah, non si sa mai, da voi donne ci si può aspettare di tutto, o no?».

Ingrid lancia un'occhiata a Maya: davvero ha la forza di stare ad ascoltare quelle fesserie? Comunque sia, lei non ce la fa proprio a intervenire.

Vildrid invece sì. «Che cosa ci si può aspettare, eh, Armand? Che pensiamo che le donne debbano avere gli stessi diritti e le stesse opportunità degli uomini?»

«Sì, certo, ma non è di questo che si tratta...»

«Invece è proprio di questo che si tratta! Né più né meno! Non è affatto difficile!»

Il tono di Vildrid fa sussultare Ingrid.

Anche Kat trasale, e Ingrid non sa dire se nella sua voce ci sia approvazione o scherno: «Be', ma sentitela! Alla tua età ancora a rivendicare i tuoi diritti, Ingrid!».

Vildrid apre la bocca, ma Lisbeth la precede; le parole le escono furtive tra le labbra color Coral Pink. «Be', non che io sia proprio una *femminista*, ma è chiaro che dobbiamo avere diritti e opportunità.»

«E allora sei femminista!» esplode Vildrid. «Perché hai paura di dirlo?»

Lisbeth si appresta a una frettolosa ritirata. «Paura? Io non ho paura, non è quello...»

«E che cos'è, allora?»

Kat sventola pigra la mano, come se chiedesse la parola.

«Avanti, Lisbeth, è naturale che tu abbia paura! Tutte hanno paura di venire bollate come arpie.»

«Davvero c'è chi la pensa ancora così? Cazzo, non ci posso credere!»

Tutte le teste si girano verso Ingrid. L'imprecazione batte forte contro i timpani. Ingrid resta seduta, ma Vildrid si è alzata: «Questa mancanza di coraggio mi fa incazzare! Davanti a chi ci dobbiamo scusare? Perché devi essere considerata un'arpia, se credi nelle pari opportunità?».

La voce di Maya è ancora pacata: «Non è proprio così. Ma alle orecchie di molti la parola "femminista" ha un che di rigido e rabbioso. Di poco femminile, cioè».

Ingrid si accorge che Maya si pente immediatamente delle parole che ha usato. Ma non fa in tempo a correggersi, che Vildrid è subito lì: «Che cosa stai dicendo? "Femminismo" e "femminile": la radice è la stessa! Tu che per tanti anni sei stata responsabile dell'educazione di giovani ragazze, non posso credere che non abbia insegnato loro che cosa significhi "femminilità"!».

Le palpebre di Maya sbattono atterrite dietro gli occhiali, le mani si sollevano come uccelli allarmati dal nido. «Io...»

Armand ha guardato per tutto il tempo prima una, poi l'altra, la discussione a cui ha inavvertitamente dato il via pare divertirlo. Adesso alza la mano, come un giudice che chieda silenzio in aula: «Signore, signore! Calmatevi, vi prego, non fa bene alla vostra pressione!».

Vildrid fa per rispondere per le rime, ma questa volta Armand è più veloce: «Diciamo che quella piccola differenza non può che essere un bene?».

Quella piccola differenza! Ingrid non crede alle proprie orecchie. Ma Armand sente solo la propria magnificenza: «Vi posso assicurare che nessuno apprezza l'essere femminile più di me. Che cosa saremmo noi uomini, infatti, senza di voi? Non c'è dubbio che avete qualcosa che noi non abbiamo. Lo ammiriamo, di fatto non potremmo vivere senza. Ma questo non significa che siamo per forza uguali».

Ingrid sente la stanchezza colarle pesante e collosa sulla fronte. Non ce la fa, non ce la fa a stare a sentire quelle idiozie. Lancia un'occhiata a Kat: non possiamo metterlo alla porta e farla finita? Ma Armand continua imperterrito e, com'è venuta, la stanchezza se ne va: sta sentendo quello che sta sentendo?

«Questa storia degli affari, per esempio. Non è certo un segreto che io abbia una certa esperienza a riguardo, forse più di... be', sì, più di voi, ecco.»

Fa un cenno con la testa a Kat. «Con tutto il rispetto per quello che fai, però non sarà forse il tuo amministratore a gestire il grosso?»

Kat aggrotta le sopracciglia, la bocca si allarga in un sorriso incredulo. «Mosese? Lui bada alla piantagione, non ha niente a che fare con l'impresa.»

Ingrid rivede per un istante il vecchio sovrintendente spostarsi a disagio da un piede all'altro davanti allo schermo del computer quando lei ha cercato di mostrargli un sito Internet: non sa nemmeno se sappia leggere! Si sente avvampare per l'imbarazzo al ricordo della propria ingenuità, ma il pensiero svanisce in fretta, perché Armand non demorde.

«Sì, certo, non ho dubbi che tu sia una brava dirigente.» Il sorriso che sfodera dev'essere pensato per apparire disarmante. «Però, se avete pensato di muovervi a livello *internazionale...*» Le parole restano sospese nell'aria. «...allora sarebbe meglio avere dall'altra parte qualcuno sicuro del fatto suo, non è vero? Qualcuno che sappia parlare di soldi, no? In effetti si dà fortuitamente il caso che abbia del tempo a disposizione nei prossimi mesi. La mia rete di contatti è estesa, per così dire, e potrei assumermi il compito di indagare un po'.»

Gli occhi di Kat si sono assottigliati. «Indagare su cosa?»

Armand allarga le braccia: «Aperture di nicchia. Possibilità di profitto. Come si prospetta il mercato, insomma».

«Abbiamo tutto sotto controllo.» La voce di Kat è dura, le parole concise. «La figlia di Lisbeth è una professionista in questo campo.»

Con la coda dell'occhio Ingrid vede che Lisbeth si agita sulla sedia, il suo corpo non è più rivolto verso Armand, il collo si allunga.

Armand azzarda una risata, preparandosi a un nuovo attacco: «Care signore, sto solo cercando di aiutarvi...».

Sina è rimasta in silenzio per tutto il tempo. Ora spegne la sigaretta con un movimento brusco.

«Mi sembra abbastanza chiaro, Armand. A *Vale nei Kat* ci aiutiamo da sole.»

L'incredulità sul volto di lui quando guarda la madre... Ingrid trattiene il fiato. Lo sguardo di Armand si incupisce, le mascelle masticano aria e mortificazione. In un attimo di delirio Ingrid crede che voglia colpire sua madre e fa per alzarsi dalla sedia per pararsi davanti a Sina.

Ma da Armand non viene altro. Le sue mani tremano appena quando prende una sigaretta dal pacchetto e la accende. Il silenzio sulla veranda è rotto solo da un grasso geco sulla parete sopra lo stipite della porta: *toc-toc-toc*!

Vildrid si batte le mani sulla bocca per trattenere una risata entusiasta.

L'aria nella piantagione è verde e umida. Ingrid cammina dietro Mosese, cercando a fatica di tenere il suo passo deciso e dondolante mentre scaccia placida gli insetti che le ronzano intorno alla testa. Il volto di Mosese è insondabile, quando si ferma per far scorrere le dita su un guscio giallo tendente al rosso e lo stacca dal tronco con un colpo rapido del coltello. Lo taglia in due per il lungo e solleva la parte superiore rivelando così i semi grassi e lucidi, perfettamente intrecciati l'uno all'altro nel sonno che verrà presto interrotto. Ingrid non ha bisogno di fare domande, è stata lì con lui talmente tante volte che riconosce un frutto perfetto appena lo vede. Sorride a Mosese e lascia che Vildrid infili le dita nella morbida polpa bianca che circonda le fave. Estrae una di quelle perle rossicce e la sfrega tra l'indice e il pollice. Inspira nei polmoni l'odore agrodolce e penetrante.

«Hai abbastanza gente per il raccolto?»

Mosese risponde come fa il più delle volte, alzando la testa e rovesciandola appena all'indietro, una specie di cenno d'assenso al contrario. Ingrid ci ha messo un po' per capire che quel movimento all'indietro significava sì, o comunque non no. Per Mosese potrebbe anche voler dire che non ritiene che la domanda meriti una risposta. Ingrid si tranquillizza pensando che l'uomo si occupa della piantagione da diversi anni. Lo direbbe, se la mancanza di uomini fosse un problema. Mosese ha una famiglia numerosa, Ingrid presume che si presenteranno tutti quanti.

Ci riprova: «Sarà un buon raccolto?».

Un nuovo cenno all'indietro.

Ingrid si arrende. Mostrare interesse è una cosa, tormentare Mosese con domande insistenti è un'altra. Però Ingrid sa che alla Cacao di Kat serve un buon raccolto: ha visto i conti e sa che presto dovrà entrare qualcosa per contrastare tutte le uscite. Soprattutto adesso che sono in una fase di investimenti, con la ristrutturazione del locale produzione, dei macchinari e dell'impianto di raffreddamento. Pur cominciando con poco, si parla comunque di spese considerevoli. La preoccupazione le si deposita sullo stomaco come un peso: è stata una sua idea, quella. Le altre erano tutte stuzzicate al pensiero, ma è stata lei a insistere. E se poi non dovesse funzionare?

Be', cosa fa? chiede subito Vildrid. È stata Kat a invitarci qui perché corressimo qualche rischio insieme. È per questo che siamo venute! Il cioccolato che si spezza allegro e allettante fra le dita. Il piacere che si scioglie sulla lingua. Avanti!

Ingrid si lascia convincere. Con il frutto maturo in mano, immagina i semi marroni lucenti che si sciolgono e si trasformano nel prodotto di cui hanno parlato: puro cioccolato fondente, vero burro di cacao, magari un pizzico di cocco. Sente la voce di Lisbeth: «Dev'essere un prodotto esclusivo, ma non eccentrico. Dobbiamo concentrarci sulla salute, "un quadratino che ti fa bene". Pubblicizzarlo puntando sui flavonoidi del cacao, che mantengono le arterie sane e migliorano la circolazione».

«Un quadratino che ti fa bene.» «Frammenti di felicità.» Ingrid è sicura che il contributo di Lisbeth abbia stupito le altre tanto quanto lei. E non solo per l'entusiasmo: Lisbeth si è anche documentata, e in effetti sembra essere portata per queste cose. È possibile che abbia imparato tutto dal corso di marketing della figlia? Forse in qualche modo sta portando avanti quello che è sempre stata brava a fare: consolidare e sottolineare i pregi. Mettere in risalto e mostrare il lato migliore.

Ingrid vorrebbe tanto crederci. Sente quasi male alla pancia tanto è il desiderio che il Cioccolato di Kat diventi realtà e possa far arrivare dei profumati e squisiti pezzettini di felicità al di là degli oceani. Minuscoli bocconi di amore tropicale da una spiaggia in paradiso.

Ma è un rischio. Farlo costa, e devono mantenere un equilibrio tra le entrate e le uscite. Ingrid sa quanto paga alla cassa comune ogni mese, e un rapido calcolo dimostra che anche se le altre contribuissero con la stessa cifra, questo non basterebbe a coprire i grossi investimenti, oltre alle spese per la casa e ai costi d'esercizio. Più Mosese e Ateca e Akuila. E Vilivo. E Armand. Sbuffa tra sé e sé. Kat non ha accennato a chi paghi per il vitto e l'alloggio di quel parassita, ma Ingrid conosce la risposta.

Forse Kat ha un fondo privato, un flusso di denaro che scorre al di fuori del business del cacao? Che Niklas le abbia lasciato una montagna di soldi? Ingrid scuote leggermente la testa, se lo vede: alto, bello. Un gran sorriso e grandi idee. È andata a trovarli in diversi luoghi, e la voce di Niklas risuona in sottofondo in tutti i ricordi, entusiasta, intensa, i problemi c'erano per essere risolti. Tutti vedevano che adorava Kat... Ingrid aggrotta la fronte: no, adorare non è la parola giusta. La coinvolgeva. Contava su di lei. Sì, contava su di lei, al cento per cento. Nella buona e nella cattiva sorte. Niklas e Kat erano una squadra come non ne aveva mai viste. In completa sintonia. "Apertura totale", pensa Ingrid. "Nessun segreto."

Sì, decide, è decisamente possibile. Può benissimo essere che Niklas abbia lasciato qualcosa.

Ma Kat non vuole parlare di soldi.

«Non vi avrei chiesto di venire qui se fossi stata sull'orlo del fallimento», dice in tono disinvolto qualche giorno più tardi, quando Ingrid le parla a quattr'occhi. Declina la proposta di rivedere ancora una volta i conti e il bilancio: «Il raccolto sarà come al solito, andrà bene. È così tutti gli anni, il bilancio subisce necessariamente delle grosse oscillazioni da una stagione all'altra. Non siamo alle Autolinee regionali, sai!». Ride e dà un leggero spintone al braccio di Ingrid. «Non ti devi preoccupare così. Non eri tu che volevi fare il cioccolato? Allora dobbiamo osare un po'!»

Ingrid non aveva affatto avuto intenzione di chiederglielo, eppure le scappa di bocca: «Niklas ha provveduto alla tua sicurezza economica? Prima di...».

Qualcosa si irrigidisce intorno alla bocca di Kat e Ingrid si pente all'istante: «Scusa, lo so che...».

«Che non aveva programmato di annegare?»

Ingrid sente i muscoli del collo contrarsi, cerca mesta le parole da dire: «Kat, sai che non intendevo...».

Ma lo sguardo dell'amica è distante. Il respiro sotto la camicia bianca è tranquillo e regolare quando si alza dal gradino su cui è seduta. «Vieni», è tutto quello che dice.

Il tramonto è a solo pochi minuti da loro, la marea è bassa e Kat aumenta l'andatura sulla spiaggia. I suoi piedi fanno saltare piccoli sbuffi di sabbia a ogni passo e lei non parla mentre si avvicinano a una fila di barche che riposano silenziose sulla riva. Una volta lì, gira le spalle all'acqua e risale verso la cintura di foglie di palma, alghe, bottiglie di plastica e pezzi di corda che rivela il punto in cui arriva la marea. Ingrid la segue di qualche passo e la vede fermarsi sotto una palma, all'ombra dello scafo di una delle barche più grosse. Si volta di nuovo e si sofferma a guardare la striscia di alghe e legni portati a riva dalle onde, o forse il mare. Il tramonto si raccoglie in un fascio arancione di raggi e nel giro di pochi minuti il giorno svanisce, risucchiato in un tripudio rosa e viola.

Kat è ancora sotto l'albero, adesso fa cenno a Ingrid. «Guarda», dice indicando l'acqua, che ormai non è che una linea scura ondeggiante là fuori.

Ingrid sforza gli occhi, vede una barca sulla battigia, un animale scuro e immobile. «Che cosa devo guardare?» chiede. «È diventato buio così in fretta.»

Kat non risponde. Resta ferma ancora un istante prima di chinarsi e levarsi un sandalo. Lo scuote per togliere della sporcizia e lo infila di nuovo. «Se restiamo qui ancora, le zanzare ci divorano.»

Dopo cena ha voglia di restare da sola. Ingrid chiude la porta della sua stanza e trova l'interruttore sulla parete. Un movimento sul bordo dello specchio la fa sussultare, lo strappo fulmineo di un'ombra che diventa tutt'uno con la cornice dello specchio quando lei si avvicina. Il geco è immobile; fissi occhi neri di perla. La lucertolina verdastra ha un aspetto gommoso e repellente, senza traccia di alcunché di adorabile. All'improvviso Ingrid viene sopraffatta dalla compassione per quel rettile per nulla grazioso che resta immobile nel tentativo di rendersi invisibile. «Poveretto», dice piano avvicinando con attenzione l'indice. Il corpo scabro non si sposta, l'unghia di Ingrid è a pochi millimetri dal toccarlo quando quello sobbalza. Emette un grido gracidante e scompare dietro il cassonetto della tenda. Sotto lo specchio è rimasta una coda verdastra, si contorce e attorciglia come un serpente appena uscito dall'uovo. Ingrid balza all'indietro, ma Vildrid si piega in avanti e prende la coda che si dimena sul palmo della mano.

36.
LISBETH

È ridicolo, naturalmente, e lei sa che le altre ridono. Forse ne parlano tra loro, o forse no. Lisbeth si nasconde la testa fra le mani. Armand ha vent'anni meno di lei, santo cielo! Un pelandrone buono a nulla, non l'hanno detto centinaia di volte lei e Harald? Povera Sina, con un figlio così... inetto. Aveva persino domandato al marito se non potesse dare un'occasione al ragazzo in negozio, ma lui si era sempre impuntato: «Abbiamo aiutato Sina perché era tua amica. Non che attiri gli sguardi dietro il bancone, però il suo lavoro lo fa. Ma quello smidollato di suo figlio non lo prendo!».

In effetti non pensa più tanto a Harald. Ha smesso di credere che lui voglia tentare di riportarla a casa. Quelle poche notizie che ha avuto da lui e su di lui le sono state recapitate da Amanda: «Papà si sente tradito!» recriminavano le prime e-mail. «Papà se la cava», è diventato poi. Nemmeno una parola riguardo a separazione o formalità; lui sembra far finta di niente. Lisbeth è stupita di quanto poco male faccia. E lei e Amanda hanno altro di cui parlare, ora. Argomenti nuovi, in un modo nuovo.

Comunque questa faccenda di Armand è imbarazzante. Non che sia successo nulla di... indecoroso, per carità! Ma cosa deve fare? Quando lui le si siede accanto la sera, o le strizza l'occhio dopo un commento caustico di Ingrid, come se loro due in segreto ridessero delle altre. Le chiama «le pazze» quando non ci sono, e quando alle dieci di sera Maya chiede se manchi molto all'ora di cena, lui alza gli occhi al cielo facendo in modo che solo Lisbeth lo noti.

Si è sentita in imbarazzo qualche giorno prima, quando

Ateca è entrata in camera sua senza bussare: «Mi scusi, madam Lisbeth, credevo fosse uscita...». Si è ritirata subito, ma non prima che il suo sguardo registrasse Lisbeth davanti allo specchio, nel completo intimo che quasi non ricordava di aver portato: pizzo nero setoso, reggiseno push-up. A che cosa pensava? Aveva ributtato subito la biancheria nel cassetto dicendosi che aveva soltanto voluto provarla, lo sa il cielo quanti chili ha messo su lì alle Fiji, voleva vedere se le andasse ancora bene.

Nemmeno Armand è un adone, anzi. La pancia che si intravede tra gli ultimi bottoni della camicia, con quei ciuffi di pelo rossicci che Lisbeth avrebbe preferito non scorgere... Quindi perché lei prende il rossetto per darsi una ripassata prima di cena? Perché si rassetta i capelli ogni volta che sente «ehilà, ragazze!» fuori dalla porta? Non lo sa con certezza. Ma c'è qualcosa nello sguardo di lui quando scivola su di lei, qualcosa di cui Lisbeth sente la mancanza. Ogni mattina lui arriva, passa il tempo bevendo il loro caffè, usando la loro connessione Internet, dondolandosi sulla loro amaca e commentando la loro fortuna: «Vivete in paradiso, ragazze, spero che lo sappiate!». Come se fosse stato mandato da un comitato di controllo dell'Istituto di previdenza nazionale per accertarsi che non se la spassino troppo.

Le altre la trovano stupida, lo sa bene. Ma non può essere diversa, non è nel suo *stile* respingere un uomo! Lisbeth si alza dal bordo del letto. "Armand non è un *uomo*, adesso smettila!" È il figlio di Sina. Ed è questo che rende la cosa così insopportabilmente disdicevole. La distanza, l'ombra di avversione negli occhi di Sina che smuove l'insicurezza nel petto di Lisbeth. Avversione e... disprezzo?

Non è l'ardore nello stomaco che la spinge a rispondere alle strizzatine d'occhio di Armand o a ridere delle sue battute. Né un desiderio in nessun altro punto, non è quello. È solo lo sconforto per l'ineluttabilità del passare degli anni. Il giovane assalitore che le ha portato via i soldi. L'odore di sudore e ingordigia, la sensazione della sua pelle sotto i polpastrelli. Salesi: adesso sa come si chiama. Sa che l'unica cosa che mai li unirà è un paio di scarpe nere con le strisce verdi.

«Dove vai, Ateca?» La voce di Kat dal soggiorno.

«Pensavo di vedere che cosa ha preso Jone questa mattina, madam Kat. Se ha qualche bello snapper magari posso portarvene uno.»

Lisbeth si alza d'impulso. «Vengo con te, Ateca», si affretta a dire. «Così mi mostri come scegliere i pesci migliori.»

Ateca la guarda forse in modo un po' strano? A Lisbeth pare di scorgere un riflesso della biancheria nera di pizzo nell'angolo dei suoi occhi, ma è una cosa che devono superare. Kat le rivolge un cenno di assenso, e Lisbeth va a prendere il cappello di paglia bianco. Il nastro rosso lungo la tesa si abbina alla sua gonna in quel martedì mattina.

È come se le stesse aspettando. Armand scivola fuori dall'ombra lungo una delle baracche nella parte alta del molo. «Ehi, signore!» Senza domandare si aggrega alle due donne, sta loro appresso quando si avvicinano alla barca di Jone e ai suoi figli che districano l'attrezzatura. Dev'essere stata una buona mattinata sul reef: pesci pappagallo blu e sgombri dai riflessi argentei, un'enorme cernia in una vasca d'acqua. Ateca palpa il pesce con mani esperte, controlla che gli occhi siano brillanti e le branchie color arancione vivo. Infine si decide per due pesci di media grandezza e alza lo sguardo su Lisbeth: «Magari possiamo preparare la *kokoda*. Mister Armand l'ha mai assaggiata?».

La cucina delle Fiji in generale non entusiasma Lisbeth, ma quel piatto di pesce crudo marinato nel latte di cocco e nel lime, insaporito con peperoncino e cipolla, l'ha conquistata. «Ma richiede molto lavoro, no, Ateca? Non ci vuole tempo?»

Ateca sorride. «Madam Ingrid può grattugiare le noci di cocco. Ha dei piedi molto belli. E madam Sina può aiutarmi a tagliare il pesce.»

«Posso aiutare anch'io», si affretta ad aggiungere Lisbeth. Ce la può fare a tagliare la cipolla e il peperoncino, Ateca non deve credere che sia del tutto incapace!

«Sembrerebbe invitante.» Armand rivolge ad Ateca il suo

sorriso più ampio. «Devi permettermi di imparare come si prepara questa specialità. Uno scapolo tutto solo in cucina finisce per consumare troppe scatolette e cibi pronti, sai.»

Ateca lancia un'occhiata veloce a Lisbeth, che tutt'a un tratto non può fare a meno di gongolare: l'appello di Armand alla compassione di Ateca casca nel vuoto. Probabilmente lei non riesce proprio a immaginare che *bosso* Armand debba stare in cucina a prepararsi da mangiare da solo, senza nemmeno una donna accanto.

«In ogni modo, posso rabboccare i bicchieri», prosegue facendo un passo verso di lei. «E apparecchiare insieme a Maya. Aiutarla a contare fino a sei.»

Lisbeth non riesce a credere che le stia facendo l'occhiolino. Una veloce risatina di scherno ad accompagnare il guizzo della palpebra. Qualcosa si lacera nella testa di Lisbeth, un piccolo scoppio, una foratura. La faccia rossastra di Armand si fa indistinta davanti a lei, la voce trema, ma non per il pianto.

«Ovvio che puoi aiutare», dice. «Ma lascia stare Maya.»

Per fortuna lui non entra quando tornano a casa con il pesce. Ateca va dritta in cucina, e Lisbeth si ferma quando scorge Maya che, immobile sulla soglia della propria camera, si sorregge allo stipite. Indossa cappello e camicia da notte, e gli occhi sono colmi di paura. Lisbeth capisce subito. La luce pomeridiana dice a Maya che è ora di fare la passeggiata sulla spiaggia, ma lei non riesce a trovare la strada e Sina non è lì.

Però c'è Maraia. Tutt'a un tratto la Stella del mare è accanto a loro e scioglie le dita contratte di Maya dallo stipite. «Vieni, *Nau*», le dice riaccompagnandola in camera. Lisbeth si ritira e quando loro ricompaiono è seduta su una poltrona di vimini in veranda. Maya con il suo vecchio vestito blu e Maraia in un abito *bula* che Lisbeth non aveva mai visto. I colori sono allegri, bianco e rosso su sfondo arancione. Quando Maraia mette la sua mano in quella di Maya, Lisbeth nota che vi entra come una chiave nella serratura.

«Sushi», dice Armand schioccando soddisfatto le labbra dopo il terzo piatto. «Anche a casa, nella terra delle polpette, la gente ha iniziato a capire quali prelibatezze il resto del mondo ha da offrire. È ovvio che noi che abbiamo viaggiato abbiamo mangiato ben altro che pizza surgelata e polpettone di pesce, e sappiamo apprezzare i piatti un po' più sofisticati, ma questo...» guarda le commensali con un grasso sorriso, «...questo non l'hanno assaggiato in molti, in Norvegia.»

Lisbeth lo guarda stanca. Non ha la forza di correggerlo, di sottolineare che la *kokoda* non è sushi. Che importanza ha, se lo dice? Armand ne saprà comunque di più. Ma Maya sta avendo una buona serata e inspira: «In effetti la *kokoda* non è sushi, è pesce cotto nel succo di lime. Il *ceviche*, che si mangia in America centrale e meridionale, viene preparato nello stesso modo. È un processo chimico in cui l'acido citrico denatura le proteine della carne del pesce così che le molecole cambiano struttura e...».

«Lo so, naturalmente!»

L'interruzione non è bonaria ma rude, e Maya appare confusa. Si sposta un po' più in avanti sulla sedia e prosegue: «In realtà è molto interessante. Non ricordo con esattezza da dove derivi questo metodo; l'ho letto, ma...».

«No, non è semplice ricordare tutto, eh, Maya? Ma questa sera almeno ricordi dove abiti e con chi sei, ed è molto bello. Che ne dite di un brindisi, ragazze?»

Armand alza il bicchiere e si guarda intorno con un ghigno che ammicca a tutte loro. Un altro scoppio nella testa di Lisbeth, la sensazione di qualcosa che si sfascia. Maya ha la bocca aperta, il rossore le si diffonde piano sul viso. Sina afferra il bordo del tavolo, Ingrid fa per alzarsi dalla sedia: «Be', sai cosa...».

Ma è Kat a prendere la parola. Kat che con calma depone cucchiaio e forchetta e guarda Armand dritto in faccia. «Si dice che il pesce e gli ospiti puzzino dopo tre giorni. Adesso sono passate tre settimane, Armand, e la puzza è diventata molto forte. Non so quanto tu abbia pensato di rimanere alle Fiji, ma comunque sia questa è l'ultima sera nella mia *vale*. Vedrai tua madre altrove.»

Come se fosse lì per incontrare sua madre, fa in tempo a pensare Lisbeth, e il suo sguardo va automaticamente alla sedia in fondo al tavolo. Sina ha la stessa espressione di sempre; le mascelle contratte, inesorabili linee di rabbia strette a pinza intorno alla bocca. Adesso si alza, spinge forte la sedia all'indietro e scompare fuori dalla stanza. Torna con la borsa in mano, e Lisbeth si domanda per un istante se sia andata a prendere passaporto e portafogli per lasciare anche lei la casa. Invece Sina si avvicina ad Armand, estrae dalla borsetta una busta azzurra e la scaglia sul tavolo davanti al figlio. Ed è Maya che guarda, non Armand, quando le labbra sottili si aprono: «Qui c'è il tuo biglietto. Parti da Nadi sabato».

37.

ATECA

Signore,

so che i figli sono il dono più grande che ci fai, ma loro ci danno anche le preoccupazioni più grosse. Tu hai creato tutte le madri, Signore, quindi capisci sia me sia madam Sina. Il suo ragazzo è adulto, ma lei è ugualmente inquieta per lui. Però è stato solo questa sera che ho capito che ha davvero paura, Signore. Come ho paura io quando Vilivo si attarda troppo davanti alla coppa del *grog* e torna a casa a notte fonda barcollando. È la stessa paura che ho visto sulla faccia di madam Sina mentre stavamo andando da Mosese e Litia. Ha detto che voleva ringraziarli per aver ospitato mister Armand, ma ho capito che quello che temeva di più era che non si fosse comportato bene. Malgrado sia un uomo adulto con il bianco nei capelli.

Mi addolora che non abbiamo preparato l'*itatau.* Mister Armand parte tra due giorni, quindi non c'è tempo per una festa d'addio con il *lovo.* Ma avrei dovuto pensare all'*itatau*! Ho cercato di spiegare a madam Sina che è una nostra tradizione, un ringraziamento per il tempo condiviso. L'ospite ringrazia per essere stato accolto con il cuore e chiede scusa se si è comportato male. Mister Armand si è trovato bene da Mosese e Litia. Acqua calda per fare la doccia e biscotti dall'Australia da mangiare con il tè al mattino. L'usanza vuole che l'ospite ringrazi e il padrone di casa gli auguri di viaggiare sicuro e di tornare a trovarlo. Ho detto a madam Sina che non c'è bisogno di fare chissà che, se non comprare un po' di *yaqona* per poter bere il *kava.* Ma lei si è agitata, credeva che mister Armand avesse fatto qualcosa di male. «Possiamo pagare di più», ha detto. Pagare di più! È una *kaivalagi*, non conosce le nostre usanze. Come può sapere che altri soldi sarebbero un'offesa?

Madam Sina è quella che conosco di meno, Signore. Ma capisco che ha il cuore preoccupato come me. «Non deve temere», le ho detto. «Vilivo può prendere la *yaqona*. Organizzeremo l'*itatau*, madam Sina. Non deve temere.»

E hai visto che cosa è successo, Signore. Lo spasmo intorno ai suoi occhi, come un battito di palpebre d'uccello, e una goccia le è colata dal naso alle labbra. «Grazie», ha detto. Stavo cercando un fazzoletto e non ho visto il suo volto quando ha aggiunto: «Ma lui non tornerà».

Allevia le preoccupazioni di madam Sina per suo figlio, Signore. E allevia le mie preoccupazioni per Vilivo. Fa' che trovi lavoro, di modo che possa provvedere a sé stesso, diventare adulto e metter su famiglia.

Nel nome di Gesù. *Emeni.*

38.
KAT

L'intenzione è sempre stata quella di utilizzare le prime fave pronte. Naturalmente sarebbe stato meglio se Johnny fosse stato qui mentre azzardavamo i primi passi, ma non ne ha avuto modo. Le figlie e le nuore di Jone rimuovono la buccia dalle fave essiccate; le loro chiacchiere e risate mentre sgusciano e spiluccano sedute all'ombra cullano come una musica di sottofondo fatta di emozione.

Abbiamo raccolto, abbiamo fatto fermentare ed essiccare. Cabosse gialle, rosso dorate e marroni si sono separate dai tronchi, fave e polpa sono rimaste a crogiolare avvolte in foglie di banano fino a che il sole ne ha evocato l'alcol e l'aceto. Mosese sa esattamente quando le foglie vanno aperte; estrae una fava di cacao viola intenso e la tiene tra le mani per esaminarla con attenzione prima di mostrarla a me: «Guardi, madam Kat. Adesso è del colore giusto».

Abbiamo lasciato essiccare le fave sulle stuoie in cortile, le abbiamo rivoltate con cautela, non troppo in fretta, non troppo piano. Maya si è assunta la responsabilità del forno e della tostatura: «Nessuna di noi è esperta», ha fatto notare a ragione, «ma io perlomeno ero brava a preparare le torte, una volta, e ho intenzione di stringere amicizia con questo forno!». L'apparecchio pare della stessa idea, e noi continuiamo a seguire il manuale che ci guida attraverso la macinazione e il riscaldamento, fino a ritrovarci con la massa di cacao in una grossa ciotola di acciaio. Grassa, fluida, forte e amara: la *nostra* massa di cacao! Ci guardiamo sorridendo, Ingrid allarga le sue lunghe braccia e ci stringe una a una.

Facciamo un errore dopo l'altro. Non riusciamo a spremere il burro di cacao nel modo giusto. Proviamo e sbagliamo con diverse miscele di massa di cacao, grasso e zucchero. Aggiungiamo persino del latte dopo il decimo o dodicesimo tentativo venuto troppo amaro, nonostante le proteste di Lisbeth: «No, dev'essere cioccolato fondente, e nulla più! Non possiamo vendere come "un quadratino che ti fa bene" il cioccolato al latte».

Raffiniamo e trituriamo senza riuscire a rendere il cioccolato abbastanza liscio. L'impianto di raffreddamento fa i capricci e non vuole mantenere bassa la temperatura nel dolce capanno.

Ma nessuna di noi si arrende. Ingrid è la prima ad arrivare al mattino, Sina e Maya lavorano insieme e trovano un metodo di tiro a due che funziona. Lisbeth passa diverso tempo al telefono e su Internet, ma ha polvere di cacao sui capelli e macchie sui vestiti tanto quanto noi. Ci ha comprato dei grembiuli, lunghi grembiuli verdi con due lacci che fanno tutto il giro e si annodano sulla pancia. Anche Ateca ne ha avuto uno, e quando lo indossa ride così tanto che si deve sedere.

Il concaggio è la sfida più impegnativa. Quando il cioccolato caldo viene versato sulle lastre di pietra raffreddate e il temperaggio comincia, trattengo il respiro e maledico gli occhiali appannati. Avanti e indietro, avanti e indietro, un procedimento eterno avviluppato in un dolce aroma che dà le vertigini, fino a quando la massa cambia consistenza e un occhio allenato riesce a vedere che la temperatura è inferiore a trentaquattro gradi. Ma non i nostri. Noi ci alziamo gli occhiali sulla fronte, strizziamo gli occhi e traffichiamo con il termometro, preleviamo e misuriamo e sporchiamo.

Un giorno, però, ci siamo. Il cioccolato è soffice come il velluto e tiene la temperatura giusta, scivola negli stampi docile e arrendevole. Lastre di cioccolato lisce e lucenti, spesse otto millimetri, rilucono scure e invitanti: mordici, assaggiaci, deglutiscici! Facci sciogliere nella tua bocca!

Lo schiocco carico di promesse quando rompo un frammento di felicità, come fosse musica, sinfonia al cioccolato n. 1. Lo tengo sulla lingua e aspetto più che posso prima di mandarlo giù. Il sapore divino delle fave bruno-violacee mi riempie la bocca, straripa, inonda la gola. Chiudo gli occhi e penso a Niklas. L'avrebbe desiderato per me.

Alla fine Sina ha deciso di seguire il consiglio del dottore delle donne. Pensavo che magari sarebbe tornata a casa per l'operazione, ma quando gliel'ho chiesto, lei ha scosso la testa con aria abbattuta: «Per quale motivo? Credi che Armand correrà a prendersi cura di me? Per sedersi sul bordo del letto a leggere un libro alla sua madre malata?».

Avrei sorriso se non fosse stata una cosa tanto amara e straziante. «No, non credo che sia da lui», ho detto.

Quello che volevo fare era consolare e infondere coraggio. Far sentire Sina sicura del fatto che ci prendevamo cura di lei. Ma prima che trovassi le parole, lei aveva riattaccato con la sua ansia del denaro: «Voglio farlo qui. Mi sono informata sui costi, e l'assicurazione copre quasi tutto. E se ci dovessero essere degli extra, posso...».

«Non pensare ai soldi, Sina!»

Quante volte gliel'ho detto da quando è alle Fiji? La sua preoccupazione costante e cinerea per il denaro mi spezza il cuore. Mi imbarazza, ma soprattutto mi rattrista. Nemmeno io sono ricca sfondata, ma avere un fratello che sa come muoversi con il denaro aiuta: Karsten ha fatto fruttare l'eredità ricavata dalla vendita della casa in Norvegia, e anche dopo gli investimenti per il cioccolato mi rimane un bel gruzzolo. E Sina, che ha lavorato tutta la vita, che non si è mai concessa niente e ha sempre dato tutto quello che aveva a quella sanguisuga ormai quasi cinquantenne, non dovrà preoccuparsi di potersi permettere o meno l'intervento per asportare l'utero.

Siamo sedute sul muretto del cimitero e lei mi ha raccontato di nuovo tutta la storia. Dei dolori e degli esami, del dottore che sostiene che va rimosso.

«Dice che forse c'è qualcosa che non è del tutto a posto.» Mi guarda, i suoi occhi non rivelano niente. Ma le parole sono ferme: «*Forse.* Dice che probabilmente non è un cancro.

E Maya ha tolto tutto molti anni fa, mi ha spiegato che è una cosa tranquilla».

Aspetto, arriva dell'altro.

«È solo...»

Gli occhi di Sina hanno delle venuzze rosse sul bianco, le ciglia sono corte e chiare. D'un tratto penso che non l'ho mai vista piangere.

«Credevo che adesso... quaggiù...»

Le poso un braccio intorno alle spalle. Sina tende il collo, ma io la stringo più forte, e con un movimento riluttante la sua testa ricade sulla mia spalla. Quaggiù Sina doveva finalmente riuscire a respirare. Adesso doveva toccare a lei sotterrare i piedi nella sabbia calda e riempirsi la bocca di latte di cocco. Gliel'avevo promesso.

«Lo so», dico, e la stringo più forte a me. Guardo la pelle bianca del cranio che risalta attraverso le ciocche biondo-grigie.

La sua spalla si contrae sotto il mio braccio, la testa si solleva. «Io amo mio figlio», mormora fissandomi dritto negli occhi. Il suo sguardo è duro e lucido. «È stata una scelta mia. Sono stata io a decidere che sarebbe cresciuto in un bilocale in Rugdeveien, senza un padre e con gli sci di seconda mano. Nessuno gliel'ha mai chiesto, devi ricordartelo.»

So che è vero. E so anche che questo è un paesaggio nel quale non ci possiamo incontrare.

«Lo so», ripeto.

Telefono. Organizzo. Cerco informazioni sul chirurgo e pago la caparra per la stanza singola. Se tutto va secondo i piani, Sina verrà operata di lunedì e sarà dimessa dopo qualche giorno, ammesso che gli esami vadano bene. L'accompagnerò solo io a Suva, sebbene Maya sia rimasta palesemente ferita da questa decisione. Il perché lo saprà di certo, ma non ce l'ho fatta a discuterne. Adesso è di me che Sina ha più bisogno.

I viaggi che portano Maya lontano da noi seguono tappe irregolari. Le domande ripetute, le parole che svaniscono dalla sua mente, lo sconcerto nei suoi occhi quando cerca il pettine e non ne ricorda il nome: «Non trovo il coso per i capelli!».

Ma non è sempre così. Ci sono dei periodi, di quando in quando, in cui non si nota che qualcosa non va. Con un vecchio atlante tra le mani, Maya parla a Maraia degli oceani. Ricorda date e titoli dei libri e le vaccinazioni che la figlia ha fatto da piccola. E il giorno dopo perde il filo, parla lenta e incerta e non riesce a terminare le frasi. Non si tratta solo di smemoratezza e confusione; l'hanno visto e capito tutte. Ne hanno preso atto e comprendono che parlarne apertamente non porterebbe a nulla di buono. Prendiamo le giornate di Maya come vengono. Finché va.

So che cosa ci aspetta. Ho letto di come questi pazienti pian piano diventino incapaci di svolgere anche le azioni più semplici. Si mostrano apatici e perdono interesse per le cose che prima apprezzavano. Senza una ragione si comportano in maniera ostile quando la paura e la paranoia riversano la loro oscurità nell'animo e nei pensieri.

Ma noi non ci siamo ancora arrivate. Maya per ora ricorda più di quanto dimentichi. Non abbiamo ancora bisogno di prendere una decisione definitiva. Non è semplice con Evy, le mie e-mail sono sempre più evasive; la figlia di Maya non è stupida, sono certa che abbia capito che la situazione è peggiorata. Ma per il momento ce la facciamo. Riusciamo ancora a prenderci cura le une delle altre. Un gioco delle sedie in cui un giorno è Maya, un giorno è Sina a trovarsi senza nulla su cui sedersi.

Grazie al cielo c'è Ingrid. Ingrid difende la fortezza a Korototoka, non ho bisogno di preoccuparmi. La sedia di plastica nell'atrio del Suva Private Hospital mi graffia la schiena, hanno detto che l'operazione in sé sarebbe durata circa un'ora e mezzo, più il tempo per il risveglio. Ormai sono passate oltre cinque ore da quando ho salutato Sina all'accettazione, e una fredda dottoressa indiana (avrà avuto venticinque anni al massimo, non un giorno di più: come possono essere tutti così giovani?) dalle labbra rosso acceso mi ha assicurato che era un intervento di pura routine, «potrà fare visita a sua sorella questa sera, sarà senz'altro abbastanza sveglia da poterle parlare».

Che qualcosa sia andato storto? La receptionist del turno di sera parla al telefono, un custode siede sprofondato su una sedia accanto alla porta con gli occhi socchiusi. Non mi sono portata niente da leggere, il cartello sulla parete ormai lo so a memoria. *In caso di evacuazione seguire le istruzioni del personale.* Se Ingrid fosse stata qui, avrebbe riso insieme a me.

Devo chiedere ancora una volta di Sina? «Sua sorella sta ancora dormendo, madam», è la risposta che mi hanno dato già tre volte. «Le faremo sapere appena si sveglia.»

Devo essermi appisolata, e mi sveglio quando un'infermiera dalla divisa verde mi scuote piano il braccio. «Madam, adesso può entrare.»

La stanza è al buio, le tende sono chiuse e nella camera si insinua solo la luce proveniente dalla porta accostata del bagno.

«Come stai, Sina? Hai dolori?»

La testa sul cuscino si muove piano da una parte all'altra.

«Non tanto. Ho un po' di nausea.»

La voce è cricchiante, fragile.

«Adesso comunque è finita. Dicono che è andato tutto come previsto.»

Sina annuisce a malapena. Ha gli occhi chiusi e non so dire se si sia riaddormentata. Le prendo la mano. Il palmo bianco è morbido, mi sembra una cosa intima, come accarezzarle la pancia.

«Dormi bene», le dico. «Torno domani.»

Ho molti amici a Suva. Australiani che hanno piantato le tende nell'arcipelago una volta per tutte, gente di diverse ONG con cui io e Niklas abbiamo lavorato in passato. Alcuni estremamente capaci, alcuni sognatori e alcolizzati. Certi non hanno nulla a cui tornare, per altri ci sono fin troppe cose ad aspettarli.

Questa notte starò da Deb e Steve. Sui loro passaporti c'è scritto Nuova Zelanda, ma potrebbero venire da qualsiasi luogo: rientrano nella grande categoria «ho gettato l'ancora e sono rimasto». Hanno fatto il giro del mondo in barca, hanno visto e viaggiato, hanno fatto immersioni e vissuto, e sono finiti qui, alla periferia della capitale delle Fiji, dove la loro *Vale ni Cegu*, «Il *buen retiro*», offre buon cibo, morbidi letti e notti tranquille. Di regola alloggio qui quando vengo in città. *Vale ni Cegu* si definisce un «alloggio familiare», e offre proprio la sensazione di essere a casa, in un posto dove si può andare tranquillamente in cucina a sbirciare nel frigorifero se lo stomaco pensa che manchi ancora troppo all'ora di cena. Adesso, per fortuna, io e i miei ospiti abbiamo anche smesso di battibeccare amichevolmente sul fatto se io debba pagare o no. «Ci paghi già abbastanza con i tuoi racconti del *bush*», dice Steve mentre porta una bottiglia e tre bicchieri all'area piastrellata a bordo piscina. La luna è piccola e nuova, e il cielo sopra Suva scintilla limpido e profondo.

«Adesso devi raccontarmi tutto», mi incoraggia sedendosi. «Come vanno i vostri progetti riguardo al cioccolato? È stato utile parlare con Johnny?»

«Johnny era esattamente la persona di cui avevamo bisogno», rispondo. «Grazie mille per averci messo in contatto. È stato più importante di quanto tu possa immaginare.»

«Bene!»

Steve riempie i bicchieri. «Adesso possiamo brindare al Cioccolato di Kat?»

«Spero di sì», dico pensando al sorriso di Lisbeth, alla faccia di Ingrid quando mi si è gettata al collo: «Ce l'abbiamo fatta!». «Non è ancora tutto a posto, ma almeno abbiamo trovato il nostro aroma. Ed è buono!»

Brindiamo al Cioccolato di Kat, e spiego che vogliamo puntare sul mercato salutistico. «E poi non ci resta che trovare una bella confezione. Qualcosa di veramente elegante e al contempo delicato.»

Entrambi annuiscono. Che elegante e delicato sia.

«E le signore norvegesi sono soddisfatte?» chiede Steve. «Sono riuscite a mollare gli ormeggi e a lasciarsi alle spalle la neve e la tristezza?»

Tristezza? Lo guardo stupita. «Perché credi che siano giù di morale?»

Steve si stringe nelle spalle. «Lo davo per scontato. Non hai detto che hanno sempre vissuto tutte quante al freddo alle porte del Polo Nord? Io posso dirti che la tratta fra l'Irlanda del Nord e le isole scozzesi non la percorrerò mai più. Mare grigio, cielo grigio, orizzonte grigio e, accidenti, che freddo!»

Gli sorrido e mi rendo contro che questa non è una cosa che posso raccontare a Deb e a Steve. Non è il tempo uggioso quello che Sina, Ingrid e le altre hanno lasciato. Forse anche, ma preferisco pensare che più che abbandonare, abbiano voluto *trovare* qualcosa: il *sulu* morbido sui fianchi a cui è concesso essere larghi. Un fiore profumato di frangipani dietro l'orecchio. Risate immotivate. La libertà che viene con la distanza.

«Se la passano bene», dico in tono disinvolto e bevo un sorso di vino. «Adesso aspettiamo solo di rimettere in piedi Sina, e poi torniamo al *bush*, come lo chiami tu.»

«Ma *capiscono*?» domanda Deb protendendosi in avanti. «Voglio dire... Loro non hanno vissuto come noi e...»

E cosa? Intende dire che non hanno vissuto il rovescio della medaglia? Che non c'erano tutte le volte in cui non sapevamo dove avremmo preso i soldi per pagare i salari? Che non sono state a letto con la malaria senza conoscere una lingua in cui chiedere aiuto? O che non si sono abituate alla ripartizione iniqua: cioè che noi abbiamo, mentre la maggior parte delle persone intorno a noi non ha? O forse parla della vulnerabilità? Dell'imprevedibilità insita nell'aggrapparsi a un'esistenza che non comprenderai mai al cento per cento?

«Stanno imparando», rispondo. «Lo capiscono che qui non ci sono solo cocktail da sorseggiare all'ombra e cibo che casca dagli alberi.»

Deb aggrotta la fronte e alza le spalle.

«Però quasi. La gente può grosso modo riempirsi la pancia con quello che trova in giardino.»

Scuoto la testa, d'un tratto sento la stanchezza avvolgersi intorno alla mia fronte come fosse fil di ferro. «Veramente non era a quello che pensavo. Pensavo a...»

È difficile trovare le parole.

«Pensavo a come molte persone credono che viviamo. Senza fare altro che bere vino e guardare il mare.»

Allargo la mano a indicare i bicchieri sul tavolo, la buganvillea che pende rosa e pesante dal muro.

«Proprio così!»

Deb annuisce. «Capiscono che non è sempre solo emozionante e... *eccezionale*? Che anche per noi è soprattutto quotidianità?»

Lo capiscono? Devo pensarci. Mi vedo Ingrid con la grattugia per il cocco tra le mani. Sina che raccoglie la manioca per la cena insieme ad Ateca. Annuisco decisa.

«Sì, lo capiscono. Ma la libertà che abbiamo... la scelta che abbiamo fatto, anche quella ha un prezzo, non è vero? Noi abbiamo pagato.»

«Che cosa vuoi dire?» Deb raccoglie le gambe magre sotto di sé sulla poltrona.

«Con...» cerco la parola, «...con l'appartenenza.»

Deb pare quasi divertita: «Oh, avanti, non uscirtene con la storia della mancanza di radici! Hai sempre detto che definire le radici da un punto di vista geografico è limitante e privo di prospettive. Che le radici sono i valori che uno ha, a cui uno si aggrappa in ultima analisi».

Steve arriva dietro di lei con in mano una giacca leggera che le posa sulle spalle. Lei gli rivolge un'occhiata rapida, un piccolo sorriso, e io sento la nostalgia come un crampo allo stomaco. Deb ha qualcuno. Appartiene a qualcuno.

Che cos'è che sto cercando di dire? Che paghiamo con una sorta di squilibrio. Libertà e sicurezza, sicurezza e libertà: ecco di cosa si tratta, sempre. Rinunciamo alle cornici che ci delimitano: famiglia, rapporti di vicinato, amicizie di una vita. Sacrifichiamo parte di una cosa per averne più dell'altra. Di quella eccezionale.

«Non sono pentita», spiego a Deb. «Ma tutto ha un prezzo, no?»

«Mmh. Quello che non ci si può procurare, intendi. Quello che ci porta la vita.»

Deb lo vede. Vede il buco lasciato da Niklas, vede che adesso non ho niente. Una famiglia, un partner, dei figli: è tanto banale?

«Però hai le tue amiche», dice, e la voce è morbida di consolazione. «La vostra piccola comunità. È un filo che ti collega al passato. Avete una lunga storia comune, questo crea appartenenza.»

Steve è rientrato in casa e io e Deb restiamo un po' senza dire niente. Penso a Sina, la sua mano pallida e molle sopra la coperta. Maya, il nodo allo stomaco: per quanto ancora ce la possiamo fare? La storia che crea appartenenza. L'appartenenza che crea responsabilità.

Vuoto il bicchiere e mi alzo. È ora di andare a dormire. Voglio recarmi in ospedale domattina presto per vedere come sta Sina.

39.

INGRID

È una persona con i piedi per terra, non si può dire altro. Ingrid Hagen si attiene ai fatti e non è portata per la superstizione e le astruserie. Se non puoi credere che una cosa è vera, allora in genere non lo è.

Ma qualcosa si schiude alle Fiji. La clorofilla che fa esplodere le foglie di verde, la luce che costringe gli occhi ad aprirsi. Vildrid che sempre più spesso prende la parola o accenna un passo di danza.

È Ateca la prima a parlarne, quando Mosese non si vede da tre giorni. Anche Ingrid è un po' perplessa: di solito il sovrintendente è l'affidabilità in persona.

«Faccio un salto da lui mentre torno a casa questa sera, madam Ingrid», dice. «Forse è malato.»

Quando Ateca si avvia verso la porta con la borsetta sotto braccio, di punto in bianco Ingrid decide: «Vengo con te. Se Mosese non sta bene, magari posso essere d'aiuto in qualche modo». Lancia una rapida occhiata a Lisbeth e Maya, che sonnecchiano sulle poltrone in veranda dopo cena: «Ve la cavate senza di me?».

Ateca la guarda con una espressione indefinibile in volto, prima di annuire lievemente e aprire la porta. Risalgono svelte la strada. Una volta arrivate davanti alla casupola con due sedie di plastica sopra i gradini, Ateca grida «*Bula!*» e la nuora di Mosese fa loro cenno di entrare. Ingrid vede con stupore che Mosese è seduto al tavolo davanti al televisorino in fondo alla stanza. Il volume è al massimo: la ripresa mostra il primo ministro in una sala riunioni con un *salusalu* al collo mentre ascolta un discorso. Ingrid e Ateca salutano Litia e si fermano dietro la sedia di Mosese, che non accenna a voltarsi. Ingrid viene risucchiata dalle immagini tremolanti dell'apparecchio. La ghirlanda onorifica fatta di foglie di banano essiccate e fiori freschi sembra pungere il collo del primo ministro, che si gratta con aria impaziente.

Infine Mosese si gira verso di loro: «*Bula*». È solo quando accenna ad alzarsi dalla sedia che Ingrid vede la benda sulla sua gamba. Una grossa fasciatura proprio sotto il ginocchio, intrisa di siero rosa. Ingrid sente una stretta allo stomaco, qualcosa in quelle fasce bianco sporco la fa star male.

«Mosese, cosa ti è successo alla gamba?»

Non riesce a trattenere l'esclamazione. Un rapido movimento di Ateca le fa intendere che deve avere in qualche modo mancato di rispetto, ma lei non ha tempo di andare a fondo della questione.

Mosese si lascia ricadere sulla sedia, è evidente che non riesce a stare in piedi senza un appoggio. Farfuglia qualcosa e distoglie lo sguardo. Litia si avvicina e si rivolge solo ad Ateca: «Si è scottato».

«Scottato! E con che cosa?»

Litia guarda il marito per spronarlo a parlare, ma lui tiene lo sguardo incollato allo schermo.

«Con il *lovo.*»

Litia lo dice quasi sbuffando, e Ingrid è sgomenta. Se c'è una cosa che Mosese deve aver fatto mille volte, è il *lovo.*

«Avevamo preparato da mangiare e lui doveva aprire per controllare se le pietre fossero abbastanza calde. Non ha fatto attenzione e ha aperto troppo in fretta...» Litia scuote la testa e guarda il marito con aria di rimprovero. «Un legno rovente è schizzato fuori e gli si è conficcato nella gamba.»

«*Isa!*» Ateca batte le mani in un impeto di compassione.

«Ti fa male?» Ingrid sente subito quanto sia stupida la sua domanda. Mosese non si sarebbe assentato dal lavoro se fosse stato in grado di camminare.

Litia tiene lo sguardo su Ateca mentre parla: «Non vuole rimarginarsi e continua a spurgare».

«Hai provato con il *domele*?»

Litia la guarda offesa, come se il succo delle foglie di basilico pestate non fosse la prima cosa a cui ha pensato. «Naturalmente. E ho messo subito le foglie di *tavola* sulla ferita. Ma non funziona.»

Dalla sedia Mosese emette un fievole gemito e Ateca gli si inginocchia davanti. «Posso vedere la ferita?»

Lui si china e scioglie il bendaggio zuppo. Ingrid rabbrividisce. L'ustione è molto infiammata, con croste verdognole. Un liquido lucido trasuda dalla sottile membrana che non riesce a nascondere le vene sottostanti.

«Devi...»

«... trovare qualcuno di Beqa, sì!» La voce di Litia è secca quando interrompe Ateca. «Lo sappiamo. Ma è difficile andare da qualsiasi parte quando uno non riesce a camminare.»

Ingrid non capisce: Beqa? L'isoletta al largo di Suva è a cinque o sei ore di viaggio da lì, bisogna prendere la barca per arrivarci: perché mai ci devono andare? Sta per chiederlo, ma Ateca la anticipa: «Una donna di Beqa ha sposato un uomo di un villaggio non lontano da qui. Il problema è portarci Mosese se non riesce nemmeno a reggersi in piedi».

«Posso portarlo io con il pick-up.»

Ingrid lo dice senza nemmeno rifletterci. «Vado a prendere la chiave.»

Si avvia verso la porta, senza ascoltare il principio di protesta di Ateca, senza fare caso allo sguardo diffidente di Litia. Cosa c'entri Beqa non riesce proprio a capirlo, ma il pick-up può comunque guidarlo per aiutare Mosese. Corre giù per la strada con negli occhi l'immagine della ferita suppurante.

La nausea se n'è andata quando si trova di nuovo davanti alla casa di Mosese. Vildrid non ha mai guidato il pick-up prima, ma quando è al volante ha il controllo della situazione. Di qualunque cosa si tratti, lei è pronta!

I figli sorreggono Mosese fino al furgone, dove lo sistemano sul sedile posteriore con la gamba distesa mentre Ingrid, Litia e Ateca si stringono nei posti davanti. Uno dei figli insiste per andare con loro e monta sul cassone, coprendosi la testa con una giacca per ripararsi dalla polvere.

Ingrid guarda Ateca, sembra che debba per forza chiedere per ottenere una delucidazione. «Che cos'è questa storia di Beqa? Stiamo andando da un guaritore?»

Si sente addosso lo sguardo di Litia: "Cosa crede di sapere questa *kaivalagi*?" Ma non le interessa, si limita a mettere in marcia il pick-up cercando di evitare le buche più profonde.

«Le persone di Beqa dominano il fuoco», spiega Ateca mettendosi comoda.

Ingrid le lancia una rapida occhiata «Dominano il fuoco? E come?»

Ateca non risponde subito, è chiaro che sta cercando le parole giuste.

«Le persone di Beqa, madam Ingrid...»

«Di Navakeisese», si intromette Litia. Tiene lo sguardo fisso fuori dal finestrino. «I Sawau.»

«La gente del clan Sawau», si corregge subito Ateca. «Loro possono togliere il dolore. Dalla ferita. Possono impedire al fuoco di bruciare il corpo.»

Ingrid si gira a fissarla e Ateca indica veloce la strada: «Madam Ingrid, attenta a...».

Vildrid si sente un formicolio in corpo. Fermare il fuoco. Dei e spiriti e grandi poteri.

«Che cosa intendi, Ateca?»

Nell'abitacolo buio prende forma il racconto. Di come molto, molto tempo prima un guerriero Sawau aveva infilato le mani sotto una pietra in una cascata spumeggiante. Di come aveva creduto che fosse un'anguilla quella che si era ritrovato in mano, ma aveva scoperto che era uno spiritello. Lo spirito lo aveva supplicato di risparmiarlo e gli aveva offerto doni di ogni tipo perché lo lasciasse libero, ma il guerriero aveva rifiutato, fino a che quello gli aveva offerto il potere sul fuoco.

Ingrid distoglie lo sguardo dalla strada e scruta di nuovo Ateca: «Che cosa significa?».

«Lo spirito ha scavato una buca che ha riempito con pietre arroventate», prosegue Ateca. «Poi ci ha camminato sopra senza bruciarsi e ha invitato il guerriero a seguirlo. Quello ha obbedito, e nemmeno lui si è bruciato. Non aveva un solo segno sotto i piedi.»

«E perciò...?»
Vildrid stringe forte il volante.
«Perciò la gente di Beqa domina il fuoco. Possono camminare su pietre incandescenti senza bruciarsi e possono aiutare la gente che si è scottata.»
«Possono aiutare Mosese? E come?»
Ateca scuote la testa. «Vedrà quando arriviamo.»

Appena il pick-up si ferma davanti alla casa, la donna socchiude l'uscio. "Dev'essere abituata a ricevere visite improvvise la sera tardi", pensa Ingrid. Il figlio di Mosese salta giù dal cassone e la saluta cortese. «Veniamo da Korototoka, mio padre ha bisogno di aiuto.»
La donna si limita ad annuire e spalanca la porta quando accompagnano dentro Mosese. Suo marito mormora un saluto sommesso ed esce dalla stanza. La donna si siede su uno sgabello e prende in grembo la gamba di Mosese. Senza fare domande rimuove la benda dall'ustione che continua a spurgare e vi passa lentamente sopra la mano, avanti e indietro. Le sue labbra si muovono, ma è impossibile sentire cosa dice. L'unica cosa che si ode è il fruscio di un animale che corre sul tetto, e il grido acuto di un geco in un angolo.
Restano così a lungo. La mano che pian piano fa uscire il fuoco e il dolore dalla gamba di Mosese scorre avanti e indietro nella penombra. Ateca è seduta contro la parete e sembra dormire, a Litia si chiudono le palpebre. Solo Ingrid è perfettamente sveglia. Il suo sguardo segue la mano che va e viene, il fumo della lampada a paraffina le riempie pesante la bocca. Davanti alla finestra aperta passano le voci del figlio di Mosese e del marito della donna.
Dopo quelle che paiono diverse ore, la donna di Beqa si alza dalla sedia. Mosese giace supino sul pavimento con il braccio sopra la faccia. Ingrid si protende in avanti per vedere la ferita. È rosa tenue e appare interamente ricoperta da una pellicola secca e placida.
C'è silenzio nel pick-up mentre tornano a Korototoka. Mosese dorme per tutto il tragitto.

40.
ATECA

Caro Signore,

ti prego, fa' che madam Sina guarisca completamente. Lei e madam Kat sono via da cinque giorni. Adesso madam Sina deve solo riposare un po' a Suva, e poi tornano. Ti ringrazio perché gli esami che le ha fatto il dottore vanno bene. E perché la donna di Beqa ieri ha aiutato Mosese con la sua gamba. Tu conosci i nostri nomi e provvedi ai nostri bisogni.

Madam Maya non sta bene, Signore. È inquieta e spaventata perché madam Sina non c'è. Ma le visite di Maraia l'aiutano. Oggi hanno fatto il gioco del mare. Madam Maya teneva un cuscino tra le braccia mentre con la testa seguiva il ritmo di una canzone che sentiva nella sua mente. Maraia era seduta sul pavimento, circondata da conchiglie rosa lucide che di solito stanno sul davanzale.

Le signore di questa casa sono come una catena di conchiglie: vengono dalla stessa spiaggia, ma sono tutte un po' diverse l'una dall'altra. Ognuna si preoccupa per quella accanto: madam Lisbeth per madam Sina, madam Sina per madam Maya, madam Ingrid per madam Kat, e madam Kat per tutte quante.

Anch'io mi preoccupo per tutte quante. Come posso farne a meno, quando l'aria di *Vale nei Kat* è greve come la tempesta? Come se la casa contenesse troppo.

Quando madam Kat tornerà, le cose saranno più facili per tutti. Caro Signore, tieni la tua mano su tutte loro fino al suo ritorno.

Nel nome di Gesù. *Emeni.*

41.
MAYA

Si domanda quando verrà Evy. È passato tanto tempo da quando sua figlia è stata lì, non è vero? «Devi venire a trovarci, mamma», dice sempre. Ma Maya non ce la fa ad affrontare quel lungo viaggio noioso in treno fino a Trondheim, oltre le montagne, nello scompartimento sovraffollato dove l'impianto di riscaldamento non funziona mai a dovere. È meglio che sia Evy ad andare da lei. Forse non ha tempo. Ma adesso è da tanto che non va lì, vero?

Maya spinge la porta della sua camera e si ferma, immobile. C'è qualcosa che non va, non riconosce quel posto. Sono i suoi occhi. Posa le mani sopra le palpebre, le toglie di nuovo. Ancora uguale. Lotta per liberare le parole nel cervello, le parole che le devono dire cosa c'è che non va. Ci sono, lei lo sa, appena fuori portata di mano. Senza le parole lei non sa di cosa ha paura, però è quello che sente: una paura fredda e dissennata.

Buio. Sì. I suoi piedi si rifiutano di entrare nel precipizio nero, lo stomaco si contorce, lei non vuole cadere! Con entrambe le mani si regge allo stipite, davanti a lei c'è il vuoto, le vertigini le scuotono il corpo. Non può spostare le gambe, non sa che cos'è. Con un grido lascia la presa e cade all'indietro in corridoio.

Ingrid si alza di scatto dalla sedia sotto la finestra: «Maya, che cos'è successo? Ti sei fatta male?».

Svelta strappa la coperta che ha appeso davanti ai vetri per non fare entrare il sole che si riflette sullo schermo del computer. «Hai aperto la porta sbagliata? Ti aiuto io.»

Da: kat@connect.com.fj
A: evyforgad@gmail.com
Oggetto: Maya

Cara Evy,
di certo ti domanderai perché tua madre non scrive. Mi rincresce dovertelo dire, ma non credo che tu possa aspettarti altre lettere o e-mail da lei se la situazione non cambia. E temo che non sia molto probabile che accada. Maya ha delle giornate buone e altre meno buone, ma a essere sincera devo dirti che passa sempre più tempo in un mondo tutto suo. A parte alcuni giorni veramente difficili, però – e credo che capitino quando per alcuni momenti comprende che la distanza tra quella che era un tempo e quella che è ora è enorme e insormontabile –, pare comunque passarsela bene, è tranquilla e mite. Mi sembra brutto usare questa parola, e non lo faccio con condiscendenza: pur con quel suo essere introverso lontano anni luce dall'amica attiva ed energica che conoscevo, Maya è una persona che fa piacere avere vicino.

Ti ho già detto che dal punto di vista medico non abbiamo molto da offrire qui al nostro villaggio. Le uniche medicine che Maya ha sono quelle che le hai lasciato tu, e non ci sono medici specializzati nell'Alzheimer. Vediamo che la perdita di memoria e i sogni occupano sempre più spazio dentro di lei a ogni mese che passa, e il mezzo che abbiamo a disposizione per affrontare questa cosa è l'amore che noi tutte nutriamo nei suoi confronti. Non sempre ricorda come ci chiamiamo, ma la maggior parte delle volte si fida di noi e sa che le vogliamo bene. I giorni in cui piange perché ci sono grossi buchi neri intorno a lei e dentro di lei, una di noi le tiene la mano oppure la portiamo a sentire il rumore del mare.

Spesso viene a trovarci una bambina di nome Maraia. Maya è sempre contenta di vederla e ogni tanto vanno a fare una passeggiata insieme. Altrimenti sta soprattutto con Sina. Per me, che le conosco fin dai tempi della scuola, è bello vedere che i vecchi legami sono ancora saldi, sebbene ai tempi stessero più con altre persone, se non ricordo male. In ogni modo sono felice che la mia idea alla base della piccola comunità regge, quando si viene al sodo. Tutti hanno bisogno di qualcuno, e qui possiamo essere «qualcuno» le une per le altre.

Capisco che potresti preoccuparti leggendo quanto ti scrivo. Non voglio nasconderti che la demenza di Maya sta peggiorando, ma al contempo voglio rassicurarti sul fatto che facciamo del nostro meglio per prenderci cura di lei. Credo che per lo più viva bene la quotidianità, ed è soprattutto questo che desidero dirti. Dal punto di vista fisico è in forma, anche se vedendola ti accorgeresti senz'altro che ha perso peso. Non sempre ha voglia o si ricorda di mangiare.

Sai che sei sempre la benvenuta qui. Maya chiede di te, di quando in quando, ma non in panico o disperata; l'intenzione di questa e-mail non è farti preoccupare o procurarti sensi di colpa. Se tu volessi che tornasse a casa noi lo capiremmo e troveremmo una soluzione. Ma ci tengo a sottolineare che Maya non è un peso per noi, nemmeno nella realtà in cui vive ora e che noi non possiamo condividere con lei. E se la sua strada dovesse terminare qui a Korototoka, siamo pronte a tenerla per mano anche per l'ultimo tratto.

Cari saluti a te e alla tua famiglia,
Kat

42.
SINA

Si sente ancora a pezzi. La ferita le fa male, cammina piegata in avanti come un albero di prugne troppo mature in autunno e si muove a passi piccoli e lenti. E le altre non sembrano preoccuparsi troppo. Certo, Ateca inizia sempre la giornata domandandole come sta, e forse anche le occhiate ansiose di Lisbeth esprimono una specie di premura. Kat l'ha riportata a casa, e con ciò deve considerare concluso il suo compito: non appena hanno messo piede dentro, Ingrid l'ha tirata da parte con una storia su Mosese che era stato male, e adesso loro due erano sul retro a lavorare alla preparazione e al confezionamento del cacao. E la figlia di Lisbeth vuole sapere per quando può aspettare la prima consegna di cioccolato in Norvegia. Sina capisce, naturalmente: è di questo che devono vivere, ed è chiaro che Kat deve tornare al lavoro. Tra una cosa e l'altra questa faccenda dell'ospedale le ha portato via due settimane del suo tempo, pensa depressa. Per non parlare di quanto deve esserle costato.

«La cosa più importante è che non abbiano trovato nulla che non andasse», la rincuora Kat, accantonando qualsiasi discorso sui soldi. «Ce ne occuperemo più avanti, quando manderanno il conto.»

Sina sa che è una bugia, ha visto con i suoi occhi Kat che tirava fuori la tessera lucida del bancomat e parlava a voce bassa con il tizio al bancone, mentre lei era impegnata a compilare i moduli. Ma che cosa può fare?

Sina fa gli ultimi due passi trascinandosi sul pavimento di legno grezzo e sprofonda nella poltrona di vimini in fondo alla veranda. Non può nemmeno andare a passeggio con Maya, dato che il medico le ha ordinato di stare a riposo per almeno tre settimane.

«Come va? Ti fa male?»

Lisbeth l'ha seguita fuori e si siede sul bordo del primo gradino con il pacchetto di sigarette in mano. La voce esile e tesa gratta nelle orecchie di Sina, le dà prurito. Il sedere stretto di Lisbeth sembra pronto a saltar su e filarsela in qualsiasi momento; Sina sente montare l'irritazione.

Scava a fondo dentro di sé: è invidia, quella che prova? Perché Lisbeth tutt'a un tratto ha avuto un ruolo da star nell'avventura affaristica di *Vale nei Kat*? Perché lei ha contatti e conoscenze, mentre Sina non sarà mai altro che forza lavoro non qualificata? Oppure è solo fastidio perché Lisbeth si trova tanto chiaramente a disagio vicino a lei?

«Mi dai una sigaretta.»

Non è una domanda, somiglia più a una breve comunicazione tra coniugi che si sono girati intorno per cinquant'anni. Perché non riesce a fare a meno di trattarla con tanta asprezza?

Lisbeth le lancia il pacchetto con una tale foga che manca il tavolo e le sigarette rotolano sul pavimento. «Scusa...» salta su e comincia a raccoglierle. Ne dà una a Sina e cerca a tentoni l'accendino. Sina si allunga in avanti per prenderlo e sente una fitta alla ferita: «Ahi!».

Lisbeth indietreggia di scatto e di punto in bianco Sina si sente gli occhi pieni di lacrime, dannazione! Non può comportarsi normalmente, senza saltare di qua e di là come un'oca?

«Siediti!» le intima con voce brutale. « Che casino che fai, Gesù santo!»

«Non faccio casino, volevo solo...»

«Sì, sì...»

Fumano in silenzio per un po'. Ateca arriva da dietro casa con una cesta di vestiti in mano e Lisbeth balza in piedi: «Posso piegarti la biancheria!».

Ma Ateca scuote la testa e dice che può farlo lei. «Va bene

così, madam Lisbeth. È meglio se tiene compagnia a madam Sina.»

La mano di Lisbeth trema quando si risiede e prende la sigaretta dal posacenere. “Ha paura di me”, pensa Sina tutto d’un tratto. Il pensiero la travolge come una frana: “Lisbeth ha paura quando le parlo!”.

Il pianto è lì, un nodo che sta per esplodere in gola. L’intervento, i farmaci. Il dolore alla ferita. È così stanca. Vuole solo liberarsi di tutto quanto.

Dà una boccata vigorosa alla sigaretta.

«È Harald il padre di Armand», dice.

È come se l’avesse sognato. Il volto bianco, irrigidito di Lisbeth quando si è alzata, ha sceso i gradini e se n’è andata per strada. Maraia, comparsa all’improvviso sotto la veranda, che la guardava in silenzio e poi si è girata e ha seguito Lisbeth. Ingrid e Kat che l’hanno aiutata a entrare e a mettersi a letto: «Sina, tesoro, devi stare più tranquilla! Non capisci che devi riposare? Sei esausta!». Le lacrime che scorrevano senza sosta. Per Armand e la sua vita disgraziata. Per Lisbeth e sé stessa. Per tutto.

Sina giace a pancia in su e respira con la bocca. Deve aver dormito, tra le palpebre tremolanti intravede che la stanza è in penombra. Deve fare pipì, ma non ce la fa ad alzarsi.

Ateca socchiude la porta. Ha una scodella in mano: «Deve mangiare qualcosa, madam Sina. Le ho portato un po’ di minestra».

Lascia che Ateca l’aiuti a mettersi a sedere sul letto, cerca di non dare importanza alla vescica piena. Lisbeth è tornata? Ha parlato con le altre? Lei dovrà farlo. Il tradimento, suo e di Harald, è troppo grande per essere contenuto nel corpo sottile di Lisbeth.

«Mangi un po’ di minestra», ripete Ateca tenendole davanti la ciotola. «Deve recuperare le forze, madam Sina.»

Le forze. È completamente vuota. Il sangue scorre denso e lento nelle vene, come un’infiammazione. Spinge via la ciotola. «Devo andare in bagno», mormora.

Ateca si ferma vicino alla porta quando lei si siede. Si gira dall'altra parte a sistemare il sapone sul bordo del lavandino mentre Sina fa la pipì, a lungo. Quando deve tirare su le mutande il suo sguardo si ferma sulla pancia. L'ampia striscia bianca di pelle, simile a un filoncino di pane non cotto posato di traverso sulle cosce. La medicazione floscia in verticale. Si rialza e si lascia aiutare da Ateca per tornare in camera.

La porta è aperta e dentro c'è Maya, seduta in poltrona, sopra la pila di vestiti. Ateca aiuta Sina a tornare a letto, porta via la scodella con la minestra e si chiude la porta alle spalle. Sina si appoggia alla parete e rivolge un sorriso stanco a Maya. In realtà vorrebbe dormire. Ma gli occhi di Maya sono incollati al suo viso, sorpresi e pazienti allo stesso tempo. Le sue dita giocano con una lunga fascia bianca.

«Il vestito», dice Maya. «L'ho cucito io.»

Sina riconosce il nastro. «Kat», la corregge automaticamente. «È stata Kat a cucire il vestito per Maraia, ti ricordi?»

«L'ho cucito io», ripete Maya a voce più alta. Lascia andare il nastro e annoda il fiocco nel vuoto. «Verde e rosso.»

Sina non aggiunge altro, mentre fuori gli insetti accompagnano con il loro ronzio i minuti che se ne vanno. Si lascia andare dolcemente all'indietro nel letto e chiude gli occhi. "Siamo sempre state così indaffarate", pensa. "C'erano così tante cose che contavano. E l'unica che rimane è il colore di un vestito."

Quando riapre gli occhi, la porta è scostata e due sagome nere risaltano in controluce. Le spalle sottili di Lisbeth e la chioma riccia di Maraia. Sina fa per aprire la bocca, quando la voce di Kat risuona in corridoio: «Eccoti qui, Lisbeth. E Maraia, cosa ci fa qui così tardi? Tua madre sarà in pensiero».

La grande calma nella piccola voce: «L'ho solo aiutata a ritrovare casa».

Tutti gli altri sentimenti si sono riuniti in quell'unico sentimento. Sina non sapeva che fosse quello il dolore: un mal di denti tenace, grigiastro. Che non si allevia mai, ma se ne sta lì come fosse una montagna di lavoro pesante. È diventato il dolore di tutte. Non solo suo e di Lisbeth, ma anche di Maya, persino di Ingrid. E di Kat. Niente esiste o è sentito prima che passi attraverso Kat. Un setaccio attraverso cui devono filtrare tutte loro.

«Armand lo sa?» è l'unica cosa che le ha chiesto.

Sina ha scosso la testa. «Nessuno», ha risposto. «Non l'ha mai saputo nessuno.»

«Nemmeno Harald?»

Sina è rimasta in silenzio. Non è certa che Harald lo sappia. Anche lui è capace di contare i giorni e i mesi. Ma tra di loro non ne è mai stata fatta parola. E al fatto che la ditta ora dovrebbe chiamarsi Materiali edili Høie e figlio, non ci pensa mai. Proprio mai.

Lisbeth non ha fatto neanche una domanda. Non a Sina. È questa la cosa peggiore nel torbido film al ralenti nel quale trascorrono le giornate. Lei ha fatto quella rivelazione a Lisbeth, e tutto è mutato senza che nulla cambiasse. Non aveva avuto intenzione di dire niente; non sapeva nemmeno che quella frase mai detta si trovasse ancora da qualche parte in fondo alla lingua. A cosa sarebbe servito dirlo? Ormai tutto è *prima*, tutto si trova sulla strada dietro di lei ed è stato consumato e pagato.

«Perché l'hai detto adesso?»

Sina non ha le forze nemmeno per essere seccata per il fatto che sia Ingrid a chiederglielo. Non ce la fa a cercare le parole che possano spiegare la sofferenza che deriva dall'avere il potere. Che l'unica cosa che possa attenuare il dolore di chi ha il sopravvento è deporre le armi.

Si stringe nelle spalle e guarda Maya sulla sedia a capotavola. Nei suoi occhi blu non c'è alcuna traccia del passato.

43.

LISBETH

Non ce la fa proprio a pensare. Lisbeth lo sa benissimo che quanto a intelligenza non ha mai potuto competere con Maya, o se è per quello nemmeno con Ingrid. Non se n'è mai preoccupata, ha sempre avuto altro da farsi invidiare. Ma ormai nulla conta più, di tutto quello, e lei non sa cosa fare. Si sente sperduta quando lo specchio risponde cieco al suo sguardo, senza dirle come potranno migliorare le cose. E la sua testa è vuota. Sina, Harald, Armand; non sa da dove iniziare. In quale punto della buccia spessa di quella palla pulsante che è la sua testa conficcare un'unghia aguzza per cominciare a stracciare tutto quanto, pezzo dopo pezzo.

La cosa peggiore è Sina. Il fatto che lei stessa abbia insistito perché potesse lavorare al negozio. Che sia stata lei, Lisbeth, a provvedere affinché Sina e suo figlio avessero un tetto sopra la testa e cibo in tavola per tutti quegli anni.

La cosa peggiore è Harald. Immaginarsi lui e Sina, gobba e senza tette. I suoi commenti su Armand: «Quello smidollato di suo figlio non lo prendo!».

La cosa peggiore è Armand. Che lei si sia messa in ghingheri con la camicetta di seta verde. Gli ammiccamenti di lui sopra il tavolo. Un'onda incandescente le serra la gola: lei davanti allo specchio con la biancheria di pizzo.

Lisbeth non ha mai avuto bisogno di Dio. Non ha mai avuto bisogno di nulla che non si potesse sistemare con la pochette del trucco o contare dentro il portafogli. Con un sorriso di sufficienza ha osservato il fervore con cui Ingrid scandagliava tutti gli aspetti della vita di villaggio a Korototoka, compreso quello religioso. Il canto dei salmi o un caffè nei locali della parrocchia dopo la funzione non hanno mai fatto per Lisbeth Høie.

Per Lisbeth Karlsen molte cose sono diverse. Una delle conseguenze più strane dopo che Sina ha sganciato la bomba è stato che tra sé e sé ha immediatamente cambiato cognome. Ha ripreso quello da nubile, è tornata quella che era prima di Harald. Deve allontanarsi dal nome di lui. È possibile diventare chi si era una volta?

Lisbeth Karlsen recupera anche la preghiera serale. Non sa se abbia mai avuto una fede in Dio, né la cosa le interessa in particolar modo nemmeno ora. Ma quando è a letto, la sera, giunge le mani e pronuncia dentro di sé le parole che la madre leggeva sempre con lei e suo fratello prima di dormire, una preghiera affinché «dal dolore, dal peccato e dal pericolo il tuo angelo mi protegga». È un po' tardi per il dolore e il peccato. Ma forse può comunque superare la notte senza pericoli. Lisbeth Karlsen è libera di ricevere, come può esserlo solo chi ha perso tutto.

Ora comprende l'ostilità. L'avversione nella voce di Sina, il bagliore di qualcosa che assomigliava al disprezzo. O forse no? È *lei*, Lisbeth, che è stata tradita; se c'è qualcuno che ha il diritto di essere amareggiato, quella è lei. Un'indignazione amara e verde le sgorga in gola: e lei che provava pena per Sina!... Le girava intorno in punta di piedi per non farle pesare la sua miseria. La sua piccola vita disgraziata. E poi è stata proprio Sina a usare toni aspri contro di lei. Con quello che ha sulla coscienza!

Ma la faccia di Harald è sempre lì. La sua voce sprezzante quando parlava di Sina: «Non che attiri gli sguardi dietro il bancone». La sberla sul sedere, il regalo per i cinquant'anni: «Che inchiappettata». Il complimento, quanto di più romantico si poteva aspettare: «Cazzo, se mi piaci».

È in piedi davanti allo specchio. Gli occhi senza mascara sono asciutti, la ricrescita lungo la scriminatura centrale uno sberleffo grigio. Cazzo, se mi piaci. Le è sempre bastato. E Sina non ha avuto nemmeno quello. Solo qualche gene di Harald in un figlio che le vuole bene come a un bancomat che non basta mai.

Un'esplosione enorme la travolge. Una bolla le scoppia in testa: la Materiali edili Høie, che ha sempre permesso loro di vivere. A lei stessa, a Joachim e ad Amanda. A Sina e Armand. Harald è la terza generazione. La quarta generazione: Amanda e Joachim, che non vogliono succedergli. E Armand! È questo che vuole Sina? Che Armand diventi parte del gioco nel futuro della ditta? Il primogenito di Harald Høie. L'eredità paterna: è questo che Sina sta cercando? Un caos le turbina per la testa: test del DNA, diritto di successione e quote ereditarie. Se l'incredibile è vero, spazza via la sicurezza da sotto i piedi di Amanda e Joachim. Quell'unica frase di Sina ribalta tutto. A lui l'ha detto? Armand sa chi è suo padre? Il suo sorriso tondo e grasso: «Vivete in paradiso, ragazze. E senza galli a disturbarvi!».

Deve parlare con Sina. Deve chiederle se sono questi i suoi piani. Se quello che lei e Harald hanno fatto quasi cinquant'anni prima (non ce la fa a immaginarselo, non ce la fa!) riuscirà a rovinare il futuro dei suoi figli.

All'improvviso sente la mancanza di Joachim. Come ha potuto lasciare che scomparisse dalla sua vita? Che il disprezzo di Harald («Eccole, tutte le sue ambizioni!») la mettesse in panchina? Quel suo figlio tranquillo, premuroso. Ha lasciato che sparisse, dentro un'altra vita e una famiglia che lei non conosce. Le sue bambine, Viva e Sara: si ricordano chi è lei?

Il piccolo trolley ha un aspetto stupido accanto ai suoi piedi. Color argento, con un'elegante maniglia da tirare su e giù, si intona perfettamente ai pantaloni leggeri di lino e alle unghie appena laccate. Ingrid le ha dato un passaggio fino alla stazione degli autobus di Rakiraki, Lisbeth ha insistito per prendere da sola la corriera per Denarau. La bolla di lusso, la terra dei sogni Denarau, con i resort allineati lungo le spiagge bianche sempre rastrellate. L'isola artificiale al largo di Nadi, a solo un quarto d'ora dall'aeroporto dove i turisti australiani si riversano ogni settimana a riempire le stanze di hotel pronte, con i letti rifatti, le coperte dai motivi *masi* e fiori gialli posati come decorazione sul bordo del lavandino. Prati rifiniti a mano, piscine con le piastrelle tirate a lustro e asciugamani a strisce in prestito, spa che offrono massaggi con le pietre, massaggi ai piedi, massaggi al latte di cocco. La cappella nuziale con addobbi in chiffon e vista sul mare, campi da golf, torce e cerimonia del *kava* tutti i pomeriggi alle cinque.

Lisbeth ha bisogno di stare da sola. Lo capiscono tutte, non ci sono domande. Era stata Kat a proporglielo, quando lei era stata più di una settimana senza parlare a nessuno: «Perché non ti prendi qualche giorno per te, Lisbeth? Vai a Denarau e ti spaparanzi su una sdraio. Vai alla spa, in palestra, guardi il tramonto dal bar».

Lei si era limitata ad annuire. Non aveva nemmeno chiesto quanto costasse. E adesso sale a bordo della corriera per Nadi e Denarau, con tre giorni al Royal Davui Plaza davanti a sé. Senza pensare. Senza piangere. Senza fare niente di niente.

Quando entra in camera l'abbraccia l'aria fredda e secca del condizionatore. La valigia è già sullo sgabello accanto alla parete e lei si gira verso il giovane che ha infilato la chiave elettronica nel supporto a muro: «*Vinaka vakalevu*, grazie mille!». Lui la osserva per mezzo secondo e lei fa appena in tempo a chiedersi se stia aspettando la mancia (ma Kat non ha detto che lì non si usa?), quando lui fa un inchino frettoloso e si richiude la porta alle spalle. Lisbeth si abbandona sul letto, fissa lo sguardo sulle veneziane di bambù davanti alla portafinestra che dà sul balcone. Attraverso il vetro sente il baccano proveniente dalla piscina, un brusio stridulo e fluttuante di voci su un sottofondo musicale. Lo sguardo gira per la stanza: la ciotola di frutta avvolta nella carta trasparente sul tavolo. La tartaruga intagliata nel legno appesa alla parete sopra il minibar. "Ad Armand sarebbe piaciuto", pensa all'improvviso. Il ronzio freddo e monotono del lusso. Gli inchini cortesi di uomini più giovani e più belli dai gradini inferiori.

Armand. Ci riflette bene. Che sapore si sente in bocca? Nausea? Imbarazzo? Rabbia? Pensa con distacco che c'è qualcosa che non va nei giunti dentro di lei. Dovrebbe sentire qualcosa, pensare ad Armand dovrebbe scatenare una reazione, ma lei non prova niente. Un vago fastidio, ma nulla che pizzichi, o punga, o la soffochi. Va oltre, si mette alla prova: Sina. Che cosa prova per Sina?

È come se avesse lasciato tutto fuori dalla porta della stanza 206. Sina e Armand, il tradimento (lo dice a voce alta: «Lei mi ha TRADITO!», ma non succede niente): è rimasto tutto fuori, lontano come gli schiamazzi dei bambini nella piscina con l'acqua bassa. Lo sguardo incolore dell'amica, il vuoto nella sua voce quando gliel'ha detto. Come se le parole non avessero alcun significato. Lisbeth solleva la mano che tiene in grembo, la sposta lentamente in su e la posa sul cuore. Passa le dita sottili avanti e indietro sulla camicetta di lino. Ma non sente niente. Nulla che si frantumi dentro di lei. Nessuna lacrima furiosa che preme per uscire.

Si alza. Apre la bottiglia gelata di vino bianco che trova nel minibar e comincia a disfare i bagagli.

Non è affatto difficile andare a cena da sola. Sa di presentarsi bene. L'abito bianco che non ha mai messo da quando è arrivata alle Fiji fruscia leggero intorno alle sue gambe e il grande monile che ha al collo le dà un'aria emancipata e da artista. Si siede a un tavolo vuoto per quattro e fa appena in tempo a ordinare da bere che una coppia arriva a tenerle compagnia: sono un po' più giovani di lei e le chiedono se i posti siano liberi. Sono di Sidney, le spiegano Alan e Donna. È la terza volta che vanno a Denarau, la prima al Royal Davui. «E costa così poco in bassa stagione!»

Alan le sorride e un vecchio riflesso si attiva in Lisbeth: non ha visto qualcosa di speciale nei suoi occhi? Un piccolo luccichio che non vuole far vedere alla moglie, ed è per questo che gira leggermente la testa?

Ma Donna non vede niente. Ha già appeso la borsetta allo schienale della sedia ed è diretta al buffet, una lunga tavolata da cui il cibo disposto su due piani si riversa verso gli ospiti. Pesce grigliato con un'invitante crosticina. Pasta fumante, polpette di carne in un ustionante sugo rosso. Una infinità di gamberi. Costolette d'agnello accompagnate da asparagi luccicanti di burro. *Chicken curry, beef rendang,* tutta una gamma di odorosi piatti indiani. Una zona grill dove cuochi dagli alti cappelli tagliano i pezzi che desideri: «Roast beef, ma'am? Del maiale?».

La donna in abito bianco si gode il giro della tavolata insieme ai suoi nuovi amici. Lei non li conosce, loro non conoscono lei, non sono mai stati a Reitvik, non hanno mai comprato nulla alla Materiali edili Høie. Non sanno quanti figli abbia Harald Høie. Quando le domandano se sia in vacanza da sola, lei si limita ad annuire, senza fornire ulteriori informazioni. «Lasciate che vi offra un bicchiere di champagne, signore», propone Alan galante, e Donna e Lisbeth accettano con un sorriso. E quando le coppe del dessert sono vuote, Lisbeth (che si è accontentata di una piccola porzione di macedonia, con kiwi e frutto della passione) si alza e sorride. «Mi conviene stare tranquilla la prima sera», dice in tono disinvolto, poi ringrazia per la piacevole compagnia. «Buon proseguimento di serata!»

L'abito si gonfia un po' di più sulle gambe mentre si dirige verso l'uscita, Lisbeth si sente addosso lo sguardo di Alan. Segue il lastricato che gira intorno alla piscina fino al vialetto che conduce all'edificio principale dell'hotel. Dietro di sé avverte il suono delle onde che risalgono pazienti sulla spiaggia. All'improvviso si ritrova a pensare che non è affatto grave. "Io sono solo me stessa", pensa Lisbeth Karlsen. "E va benissimo. Posso cenare con persone simpatiche che incontro in un hotel. Posso essere felice di coricarmi da sola."

L'indomani mattina Lisbeth si sveglia presto. Si gode il silenzio nella stanza, il tenue bagliore che penetra dalle veneziane e le dice che il sole ha iniziato la sua marcia quotidiana. Apre la porta scorrevole del balcone e si ferma accanto alla ringhiera, crogiolandosi nello spesso accappatoio di lusso. Sotto di lei il Royal Davui Plaza si risveglia; il lavoro di coloro che non si vedono si compie nelle placide ore del primo mattino. Un uomo nell'uniforme beige del resort impila asciugamani nuovi nella scansia vicino alla piscina, una donna in là con gli anni spinge lungo il vialetto un carrello con spazzolone, scopa e secchio. I giardinieri spostano gli irrigatori sui prati, il momento migliore per dare l'acqua è il mattino presto. Indossano morbidi cappelli di stoffa dello stesso colore dell'uniforme; si muovono là sotto come piccole formiche operaie, tagliano un rametto fuori posto qua, sistemano qualche sassolino nelle aiuole là. Due di loro stanno lavorando insieme, inginocchiati, in parte nascosti dall'ombra di un grosso cespuglio. Uno ride di qualcosa che dice l'altro e gli dà uno spintone sulla spalla. Lisbeth lo osserva, vede i muscoli che si muovono sotto la camicia di cotone. Quello si leva il cappello e si asciuga il sudore dalla fronte. Quando gira la testa e il sole lo colpisce in viso, Lisbeth trattiene il fiato: è lui! Lui, lo scippatore, l'amico di Vilivo! Il giovane che lei, con il suo coltello in mano, ha desiderato tanto da star male. Quello inginocchiato sul prato sotto di lei è Salesi delle scarpe da rugby. Le ronza la testa, la sigaretta le cade di mano e finisce sul pavimento del balcone. A questo punto anche l'altro giardiniere esce dall'ombra e Salesi si alza. Raccolgono le proprie cose e si avviano verso una porta laterale dell'hotel. Lisbeth si ritira frettolosamente in camera, sente pulsare in gola. Richiude con impeto la porta del balcone e resta immobile a respirare. Poi pesta la mano sullo stipite: «Dannazione!».

La sua voce è roca e irriconoscibile, e lei si guarda intorno preoccupata che qualcuno l'abbia sentita. Perché impreca? È una bella notizia che l'amico di Vilivo abbia trovato lavoro! Un giovane disoccupato in meno a Korototoka. Uno in meno che butta via il suo tempo seduto sotto un albero con le mani in mano in attesa che accada qualcosa.

Lascia cadere l'accappatoio sul pavimento ed entra nella doccia.

A colazione incontra ancora la coppia della sera prima.

«Ci siamo già assicurati due sdraio accanto alla piscina», rivela Donna con un sorriso soddisfatto. «Sai qual è il trucco?

Devi lasciare un asciugamano diverso da quelli che distribuiscono giù.»

«Come?» Lisbeth la guarda sorpresa.

«Sì. Così la gente capisce che è occupato, no? Ci siamo portati dei teli da casa apposta per questo», spiega trascinando Lisbeth alla finestra. «Vedi?»

Infatti, su due sdraio nel palco d'onore sul lato più lungo della vasca sono stesi un asciugamano color giallo limone e uno rosso scuro, fianco a fianco.

Lisbeth annuisce, piena d'ammirazione per l'intraprendenza della sua nuova amica.

«Saremmo più che felici se volessi metterti vicino a noi... Hai portato qualcosa che puoi andare a lasciare giù?»

«Ti ringrazio», si affretta a dire Lisbeth, «ma pensavo di andare a vedere la spa, dopo. Magari prenoto un trattamento per oggi.»

Terminata la colazione, escono comunque insieme dalla sala da pranzo. Attraversano l'ariosa reception che si apre su una vista luccicante del mare; il rumore dell'acqua che scorre in una fontana con grosse brocche di terracotta, l'odore di caffè e frangipani. Scendono a pianterreno, dove Donna deve prendere a destra per la piscina, Lisbeth a sinistra in direzione del cartello con la scritta intagliata: HEAVENLY BLISS SPA. Mentre alza la mano in segno di saluto, nel vano scala alle sue spalle si apre una porta. Un uomo con l'uniforme dell'hotel si affianca loro, con un sorriso cordiale e il «*bula!*» di routine pronto sulle labbra, quando di colpo si ferma a bocca aperta. Gli occhi di Salesi sono limpidi e i tratti morbidi e giovani come quella sera. E la riconosce. La consapevolezza gli scorre sul viso come una tenda che viene scostata, e lui farfuglia confuso: «Ma'am? *Bula*... ma'am!».

Il sangue le affluisce impetuoso alla pelle e le si deposita come un ventaglio caldo sul collo. Lisbeth si sente addosso lo sguardo di Donna e sa che il suo affanno e il suo rossore sono visibili. Strappa lo sguardo dal giardiniere e si affretta a rispondere con un «*bula*» pronunciato al vento. Donna aggrotta confusa le sopracciglia ("Ha capito che ci conosciamo") e guarda prima una, poi l'altro, senza dire niente. E prima ancora che Lisbeth riesca a pensare una sola cosa da dire, l'attimo è passato. Salesi si ritira, le rivolge un'occhiata incerta prima di voltarle le spalle e allontanarsi lungo il vialetto strascicando i sandali di gomma da due soldi appiattiti dall'uso. Sotto il bordo delle maniche si vedono dei tratti arcuati bluastri, simili ad animali che cerchino una via d'uscita.

«Ci vediamo senz'altro più tardi», dice Lisbeth congedando con un cenno del capo lo sguardo interrogativo di Donna. Non sa di cosa sia il sapore che ha in bocca. Qualcosa di imbarazzato. Mescolato alla visione fugace della schiena curva che si affretta a girare l'angolo in fondo al vialetto, diventa una massa stopposa di delusione e vergogna.

L'ha notato al suo arrivo. Il cartello con la scritta FREE WI-FI alla reception e gli orari di apertura di un business center. I pensieri di Lisbeth sciabordano lenti avanti e indietro sotto le mani esperte della massaggiatrice. Su, lungo le tempie, poi in rotta stabile e tranquilla all'indietro, sul cranio; resta senza fiato quando raggiungono il punto che le duole sulla nuca. Basta una piccola pressione e lampi blu e rossi le scintillano dietro gli occhi. Ah!

«Fa male?»

Lisbeth annuisce nel buco del lettino da massaggio. «Un po', ma continui pure.»

Si è detta che il fatto che Joachim si faccia vivo così di rado non la ferisce. Una parte di lei era delusa quanto Harald perché il figlio non voleva succedergli alla direzione della Materiali edili Høie, ma dentro di sé sapeva che Joachim aveva preso la decisione giusta per sé stesso. È premuroso, suo figlio, lo è sempre stato. Completamente diverso dalla sorella. Amanda non ha mai nascosto che i suoi bisogni e i suoi desideri vengono prima di tutto.

"Nelle e-mail si rivelano per quello che sono", pensa Lisbeth sotto la doccia mentre lascia che l'acqua le sciacqui via di dosso i residui di olio di cocco. Negli ultimi mesi Amanda ha accennato più volte che farebbe volentieri un salto alle Fiji. Se Lisbeth potesse trovarle un buon hotel... E siccome abita lì, magari riesce a ottenere una tariffa agevolata? Lei il suo compagno vorrebbero «uno di quei bungalow a bordo acqua, sai, di quelli con il tetto di paglia». Purché ci sia l'aria condizionata, naturalmente, e che l'hotel abbia una palestra come si deve. Amanda non si vede a far visita a Korototoka, «sarebbe troppo complicato, e possiamo prendere solo una settimana di ferie», ma Lisbeth potrebbe magari e trascorrere qualche giorno insieme a loro, per esempio a Denarau?

Le e-mail di Joachim sono state poche e abbastanza brevi. Senza sbotti o lamentele quando è partita, senza riferimenti a Harald. Le chiedeva soltanto se stesse bene, se avesse bisogno di qualcosa.

Le e-mail di Joachim riguardavano Lisbeth. Le e-mail di Amanda riguardavano Amanda.

Mentre si asciuga e si infila i vestiti, pensa alle bambine di Joachim. Lui non ne ha quasi parlato nelle sue e-mail. "Sono così lontane", pensa Lisbeth fermandosi davanti allo specchio con la spazzola in mano. Le sue nipoti. Di loro sa poco più che il nome e l'età. "Joachim crede che non mi interessino", si dice. "Harald l'ha respinto, e l'unica cosa che ho fatto io è stata voltare le spalle all'intera faccenda."

Infila la spazzola in borsa e si avvia a passi rapidi verso la reception. «Qualcuno può mostrarmi come usare un computer al business center?»

Da: lisbeth.hoie@hotmail.com
A: joachim.hoie@telia.com
Oggetto: Saluti dalle Fiji

Cari Joachim e famiglia!

Vi scrivo dal Royal Davui Plaza Hotel sull'isola di Denarau, rinomata meta turistica. A dirla così sembra molto bello, e vi posso garantire che lo è! Mi sono appena coccolata con un trattamento benessere dopo una deliziosa colazione a buffet, e più tardi andrò a rilassarmi in piscina. Ce ne sono ben tre, e una ha diversi scivoli e un meccanismo che produce le onde. Tutte le sere c'è intrattenimento: *meke* (i balli fijiani) e a volte il *lovo*, che consiste nel preparare da mangiare in una buca nella terra. Potrà sembrare strano, ma il cibo viene avvolto in foglie di palma in modo che resti pulito e sicuro. La carne è davvero gustosa e succulenta!

Davanti all'hotel c'è una spiaggia incantevole, e ogni giorno arrivano dei ragazzini con dei cavalli che si possono cavalcare. Sono soprattutto i bambini piccoli a montare in sella mentre i cavalli vengono condotti avanti e indietro sulla spiaggia, ma immagino che non ci sarebbero problemi se qualche cavallerizzo esperto volesse andarsene da solo.

Non so se ne avete voglia, ma mi farebbe molto piacere se veniste a trovarmi quaggiù. Credo che a Viva e a Sara piacerebbero la spiaggia, la piscina e i cavalli. Sarei molto contenta se poteste venire anche a casa mia. Ho una stanza abbastanza grande nella *vale* di Kat, e forse per qualche giorno non fa niente se si sta un po' stretti?

So che il biglietto aereo per le Fiji costa tanto, ma posso contribuire anch'io. Non so nemmeno se ne avete il tempo, ma magari l'anno prossimo: cosa ne dite? Sarebbe bello se poteste conoscere le mie amiche. Vorrei tanto mostrarvi com'è la mia vita adesso.

Lisbeth si ferma. Cancella l'ultima frase. La riscrive. Conclude con: «Un abbraccio, mamma».

Poi preme INVIO.

44.
ATECA

Ti prego, Signore, puoi badare a Maraia? La bambina di Sai ha qualcosa di speciale. È sempre disponibile quando le si chiede un aiuto ed è facile volerle bene. Non è strano che Sai preferisca averla a casa e non l'abbia ancora mandata a scuola.

Tu lo sai che è stata dura per lei, Signore. Suo marito non c'è, nessuno l'ha più visto dopo che è andato a Suva per cercare lavoro. Sai fa quello che può con le sue verdure e le sue galline, ma basta appena per i libri e l'uniforme scolastica di una bambina. La maggiore è la più intelligente, Sai dice che diventerà un medico. Maraia è riflessiva e saggia. Come se conoscesse il segreto delle tartarughe di mare o sapesse in che modo il fiore di *tagimoucia* è stato colorato da lacrime di sangue.

Ho un po' paura a portarla troppo spesso con me dalle signore. Piace a tutte quante, non è questo il problema: madam Lisbeth le ha persino regalato una collana d'oro! E quando madam Maya si smarrisce nella sua oscurità, Maraia la prende per mano e le mostra l'uscita.

Però vedi che sa essere anche un po' insolente, Signore? Come oggi, quando io e madam Sina dovevamo cucinare il *roro* e Maraia ci ha aiutato a pulire le foglie. Madam Kat è entrata in cucina e il suo volto si è rallegrato a vederla. Ma quando le ha chiesto se fosse stata sua madre a insegnarle a pulire il *roro*, Maraia ha scosso maleducata la testa. «Lo so e basta», ha ribattuto.

Madam Kat non se l'è presa, Signore. Le ha solo accarezzato la guancia e ha posato la mano sopra i ricci, senza toccare la testa umana, pura e sacra. «*Tulou*», ha detto. Scusa.

Benedici Maraia, Signore. Fa' che la Stella del mare risplenda per tutte le donne di *Vale nei Kat.*

Nel nome di Gesù. *Emeni.*

45.
KAT

È stata una buona idea lasciare che Lisbeth trascorresse qualche giorno a Denarau. Dopo che Sina ha rivelato a tutte la verità, i ruoli sono mutati, l'equilibrio in casa si è spostato. Sina è ancora pallida e arruffata; oscilla quando cammina, come una barca durante la tempesta. Ma si è anche meritata una forma di rispetto, la confessione ha drizzato la sua schiena curva. E Lisbeth, Dio mio, per lei è stato proprio un brutto colpo, aveva bisogno di allontanarsi per un po'.

Se sopravvivremo a questa vicenda, è così che dovranno essere le cose. Lisbeth dovrà convivere con questa nuova verità e Sina dovrà sopportare che noi tutti la guardiamo con occhi diversi.

Ognuna di noi ha preso questa storia di Armand a modo suo. Suo padre è Harald! Ho mille domande che non farò mai, e nella testa delle altre c'è altrettanto scompiglio. La reazione di Ingrid è stata proprio da lei: un misto di stupore e disgusto, come se scoprire quali sono le origini di Armand non abbia fatto altro che accrescere la cattiva impressione che già aveva di lui. È stata sempre lei a tirare in ballo la questione dell'eredità. Senza alcun preambolo l'ha scagliata sul tavolo un giorno mentre facevamo colazione: «Adesso saranno in tre a doversela spartire. L'eredità di Harald, intendo, quando verrà il momento».

Lisbeth si è irrigidita sulla sedia, la mano che reggeva la tazza ha sussultato tanto da far traboccare il caffè. Ha fissato Sina con uno sguardo vitreo. Io ho trattenuto il fiato inveendo contro Ingrid tra me e me: diavolo, era proprio necessario? Ma Sina non è rimasta spiazzata. Ha finito di masticare il pezzo di pane che aveva in bocca e l'ha deglutito prima di rispondere: «Armand non sa chi è suo padre. E non lo saprà mai».

Se devo essere sincera, la cosa non mi ha stupito. Sina ha custodito questo segreto per quasi cinquant'anni, difficile che abbia avuto l'intenzione nascosta di giocare Armand come carta vincente proprio all'ultima mano. Ma la risposta non ha soddisfatto Ingrid: «Non dirai sul serio! Avrà pur diritto ad avere quello che gli spetta».

Se fossi stata più vicina, le avrei dato un calcio sotto il tavolo. Ingrid non ha niente a che fare con tutto questo! Sina è povera, ma non avida. Armand è entrambe le cose, ma questa volta Sina non vuole dargli modo di farlo vedere.

Sembrava un pezzo di teatro da camera: Sina che si allungava per prendere un'altra fetta di pane, Lisbeth che lentamente deponeva la tazza. La confusione negli occhi tondi e grigi, il sollievo che attraversava il corpo magro. Le sue spalle che tremavano quando Sina si è tagliata una fetta di formaggio senza alzare lo sguardo: «Ce la siamo sempre cavata. Io ho provveduto per me e Armand. Adesso che veda di provvedere a sé stesso».

Ma Ingrid non mollava, il suo sguardo passava dall'una all'altra.

«Ma si parla di somme ingenti! La Materiali edili Høie è un'impresa che vale milioni. Lui ha diritto alla sua parte!»

Finalmente Lisbeth ha aperto la bocca. Le sue guance erano color rosso chiaro e la voce affannata: «La giustizia non è solo bianco o nero. Non si ha *diritto* a qualcosa di cui non si è mai fatto parte!».

Ingrid non ha aggiunto altro, ma è stato il volto di Sina che ho notato. Era grande e aperto per lo stupore. E anche per qualcos'altro. Approvazione.

È impossibile dire cosa pensi Maya di tutto il trambusto di queste ultime settimane. È legata a Sina come prima, ma non ha dato segno di aver capito tutta la vicenda di suo figlio. O forse ne discutono durante le loro passeggiate, chissà? Non sembra comunque che il loro rapporto si basi sul dialogo.

E Ateca? Non sono sicura che l'abbia capito nemmeno lei.

In ogni modo non ha posto domande quando Lisbeth ha fatto i bagagli per andare via qualche giorno. Ma Ateca pensa, tra sé e sé, lo fa sempre. Pensa e trae le sue conclusioni.

Passeggiare sul bagnasciuga ha un effetto calmante. La sabbia è calda e invitante, mi fermo un attimo a coglierne una manciata. La lascio filtrare tra le dita prima di proseguire lungo la spiaggia, quasi deserta a quest'ora del mattino. Jone però è già in piedi, sventolo la mano a salutare la figura possente diretta alla barca.

«*Bula*, madam Kat!»

«*Bula*, Jone. Stai già uscendo?»

La risata gli sgorga dalla bocca come zucchero di canna sciolto: «Devo, se voglio prendere qualcosa».

Mi fermo un po' mentre prepara l'attrezzatura. Poco dopo uno dei suoi figli arriva ad aiutarlo; lavorano senza parlare, il sole è già vibrante di calore sopra l'orizzonte. Jone fa un cenno di saluto, poi spingono la *Barca dell'onore* in acqua e vi saltano dentro.

Osservo l'imbarcazione rossa che si allontana sballottata dalle onde. L'istante mi circonda di silenzio, i riflessi nell'acqua, il vento che mormora appena tra gli alberi. È questo. Tutto quello che diciamo, tutto quello che facciamo gli uni agli altri in realtà non è niente. Quel che conta è avere i piedi piantati nella terra. Sentire il respiro che entra ed esce.

Un rumore accanto a me, un piccolo movimento. Abbasso lo sguardo e attraverso gli occhiali da sole vedo la bambina dai capelli di caramello. «Sei silenziosa, Nau», dice la Stella del mare. La sua faccia seria mi dà una scossa di felicità che mi attraversa il corpo.

Senza dire altro, Maraia continua a camminare e io la seguo. I suoi piedi sanno dove andare. Superiamo le altre imbarcazioni pronte a uscire in mare, fino al punto in cui la cintura di palme viene interrotta dalla macchia più scura di mangrovie. Proseguiamo verso la collinetta dove quella notte c'era una barca più grossa, tirata in secco, con la pancia raschiata. Uno scafo che proiettava un'ombra abbastanza ampia perché ci potesse sparire una persona, malgrado la grande luna del *balolo* splendesse limpida e la spiaggia fosse piena di persone.

Maraia sale sulla collina, si accovaccia in una posizione che le mie ginocchia riconoscono. È lì che non ero seduta. È lì che non ho visto Niklas piegarsi in avanti con la macchina fotografica. È lì che non ho gridato quando ha vacillato ed è caduto. È lì che non ho dato l'allarme quando il suo corpo è sprofondato nell'acqua e vi è rimasto.

Negli occhi di Maraia luccicano granelli di sabbia sazi di sole. Quando tentenno, lei batte per terra accanto a sé con la mano e io mi siedo. Non ci diciamo niente. Dietro i miei occhi aperti viene proiettato di nuovo il film, l'uomo con lo zaino contenente la macchina fotografica in spalla. La voce farfugliata di Ateca: «Avrebbe gridato se avesse avuto bisogno di aiuto, madam Kat. Ma nessuno ha sentito niente. Deve essere stato il cuore».

Di fianco a me Maraia disegna nella sabbia con un bastoncino. Un cuore, traccia un solco sempre più profondo. All'improvviso mi guarda in faccia. «Nessuno ha sentito niente», dice.

Tengo lo sguardo sul cuore nella sabbia e sento il sole bruciarmi la schiena.

Torniamo insieme verso casa, una mano sottile e forte nella mia. Ho la testa intorpidita, i pensieri vi girano in tondo senza forma o parole. Forse è questo che sente Maya? La sensazione intensa che qualcosa stia succedendo; tu sai, vuoi, ma non riesci ad afferrarlo. Quello che sento maggiormente è il bisogno di piangere. Come se tra me e Maraia si fosse instaurato e allo stesso tempo rovinato qualcosa. Come se sapessimo qualcosa l'una dell'altra di cui non parleremo mai.

Ci fermiamo un istante ai piedi della scala: «Vuoi entrare?». Lei annuisce, e saliamo mano nella mano i quattro gradini. Non voglio mollare la presa. Voglio che quelle piccole dita calde ricordino la pressione delle mie. Delle nostre. Mie e di Niklas.

La porto nell'angolino adibito a ufficio in soggiorno. Sta sull'angolo della scrivania: il fermacarte che teneva al loro posto i giorni di Niklas, una stella marina a cinque braccia in legno, dipinta di blu. Le braccia dalle punte morbide e arrotondate, scolorite dalle dita di lui. Guardiana paziente delle entrate e delle uscite, di quello che viene e di quello che va. Cinque dita in una mano, cinque donne in una casa.

Metto la stella in mano a Maraia. «È tua», dico. Le sue dita le si chiudono intorno. Prendono in consegna e capiscono.

«Sì», risponde. «Sono io la Stella del mare.»

Troviamo Maya in cucina. Ha una tazza davanti a sé e sta togliendo con calma e meticolosità tutto quello che c'è sul ripiano inferiore della credenza. Bustine di tè, zucchero, spezie. Miele, sale, fiocchi d'avena. Ateca spazza il pavimento con movimenti lenti; con un occhio controlla Maya, completamente rapita da quello che sta facendo. Adesso il ripiano della credenza è vuoto, tutto è appoggiato sul piano di lavoro.

Le chiedo se stia cercando qualcosa. «Cerchi il tè al limone? Dev'essere finito, credo.»

Maya mi guarda e scuote la testa. «No», è tutto ciò che dice. Si rigira verso il piano di lavoro e si sofferma a guardare quello che ha tirato fuori. Ateca ha smesso di scopare. Tutto si ferma mentre aspettiamo Maya. Mette la tazza vuota sulla mensola. Poi si volta verso Maraia e sorride. «Posso mostrarti una cosa», dice. «Sono un'insegnante. Posso mostrarti una cosa.»

Esce dalla cucina e Maraia la segue. La manina è stretta intorno alla stella blu. Guardo veloce Ateca, ma lei non incrocia il mio sguardo. Depone la scopa e comincia a risistemare il tè e le buste di spezie nella credenza.

Torno all'angolo ufficio. La pila di fogli, lettere e conti vari straborda sulla scrivania. La riordino, prendo un sasso bianco e liscio ai piedi della scala della veranda e ve lo poso sopra.

Ingrid ha stampato degli articoli che secondo lei dovrei leggere. Apro il primo foglio. «Riduce il rischio di trombi!» ha scritto sul margine nella sua calligrafia grande e chiara. Un pezzo sui flavonoidi del cacao e su come migliorino l'assorbimento di ossigeno da parte del cervello rendendo più svegli e attenti. Appallottolo il foglio e lo ficco nel cestino della carta straccia. Lisbeth si è già appuntata queste cose.

Prendo l'articolo successivo, ma lo rimetto giù senza leggerlo. Sento l'irrequietezza rasparmi in corpo. Dov'è che Maya ha portato Maraia?

La porta della camera di Maya è socchiusa. Sono dentro, sedute sul pavimento. Sulle gambe di Maya c'è un grande atlante, il suo indice vigoroso piegato a uncino segue il contorno di Viti Levu su una cartina del Pacifico.

«Il mare è grande», dice Maraia.

Maya annuisce solenne. «L'isola è poco più grande del mio dito.»

«È perché il mare è così grande?»

Maya riflette sulla domanda. «Sì», risponde infine. «Noi siamo così piccoli perché il mare è così grande.»

I passi trascinati dietro di me mi dicono che sta arrivando Sina. Mi ritiro rapidamente dall'uscio, come a proteggere il gioco serio tra le due dentro la stanza.

Ma Sina non difende la proprietà di Maya con la stessa gelosia di prima. La rivelazione, ammissione, confessione, o come voglia considerarla, l'ha resa meno arrabbiata. Non arrabbiata... meno dura, forse. Non è più così stizzosa e suscettibile come prima. Naturalmente lo si nota soprattutto nel rapporto con Lisbeth. L'equilibrio tra loro è mutato. Ma Sina non appare come una peccatrice pentita, per niente. Parrebbe piuttosto sollevata: forse è questo che succede quando si lasciano andare i vecchi segreti? Le mascelle sono meno contratte, i solchi sulla fronte meno profondi di prima.

Mi volto verso Sina e, per distoglierla dalle due sedute in camera, le chiedo se abbia voglia di andare a sederci un po' fuori. «A proposito, sai dov'è Lisbeth?»

Lei alza le spalle, e nella sua voce non c'è rancore: «Al computer, credo. Doveva scrivere a suo figlio».

Forse è il pensiero della stella blu di Niklas nella mano di Maraia. O forse è perché Sina si siede sulla poltrona più vicina alla porta, dove stava sempre lui. In ogni modo lui c'è, più presente di quanto non lo senta da tempo. Il naso pizzica, le lacrime si raccolgono dietro gli occhi e nella gola e capisco che sto per piangere, proprio lì, davanti a Sina. Lei si allunga spaventata in avanti: «Kat, che cosa c'è? Kat?».

Scuoto la testa, sforzo la gola per aprirla: «Non è niente, è solo... Mi manca Niklas», dico infine. Dà sicurezza, come una battuta di scena. Che mi manca Niklas posso dirlo.

Sina annuisce. «A me manca Armand», mormora.

Penso che non è la stessa cosa.

«Adesso non è più solo mio.»

In un istante capisco cosa intende. Adesso che tutto è venuto a galla, Armand è di tutte. Penso di dover dire qualcosa per consolarla, ma Sina prosegue: «Vorrei avere anche un altro figlio».

Allunga le mani in avanti e mi afferra le ginocchia: «E tu? Vorresti avere avuto dei figli, intendo?».

È troppo irreale, non riesco a essere scioccata. L'unica cosa che mi rimbomba in testa è la voce di Maraia. «Nessuno ha sentito niente.»

Sina continua, concitata, senza mostrare il minimo tatto o delicatezza. Il suo sguardo è febbrile e distante allo stesso tempo. «Per tanti anni ho pensato che Armand bastasse. Con tutto quello che sarebbe diventato.»

Tira a sé le mani e se le mette sulla pancia tondeggiante sotto l'ampia camicia. «Forse, se fosse stata una femmina.»

«Se avessi avuto figli, avrei preferito una femmina», dico. «Qualcuno in cui riconoscersi, in un certo senso. Un riflesso del mio volto nello specchio.»

Gli occhi di Sina puntati nei miei: «Era Niklas che non voleva?».

Me lo sta chiedendo davvero? Guardo le mani della nuova Sina, e le mie si mettono a riposo nello stesso modo, poggiate sopra quell'organo là dentro che non ha mai avuto la possibilità di mostrare la sua capacità di tendersi e allungarsi. Era Niklas che non voleva? C'è talmente tanto di sbagliato in quella domanda che è impossibile cercare una risposta.

Lui non l'ha mai detto, che non voleva figli. Solo che la questione non è mai arrivata in cima alla lista. Stava sempre tra le ultime voci all'ordine del giorno, non ben definita sotto «varie ed eventuali». Ho pensato spesso di dover incolpare la mia remissività. Il bisogno di essere quella che credevo che lui desiderasse: la perseverante, compassionevole, altruista Kat. Avevo paura di perdere la credibilità come partner alla pari nel progetto «Salviamo il mondo»? Avremmo potuto essere genitori, noi due insieme, se avessi avuto abbastanza coraggio da dirlo? «Niklas, vorrei dei figli. Vorrei avere un bambino con te.»

Cosa posso rispondere alla domanda di Sina? «Non lo so.» È questa la verità. Non l'ho mai chiesto, perché avevo paura della risposta.

Come posso parlarle della consapevolezza che è sorta, lenta e riluttante, riguardo all'uomo su cui avevo investito tutto? L'uomo per cui gli abitanti del villaggio in Malawi e la comunità femminile in Pakistan avevano tenuto un discorso e che avevano guardato partire con le lacrime agli occhi? Una risposta scaturita da piccole prove: le orecchie stranamente piccole, quasi senza lobi. Il riflesso nei capelli dorato come il caramello, il naso corto e largo. Sai che non si avvicinava mai a casa nostra. Quand'è stato che i pezzi si sono uniti a formare una certezza? Quand'è stato che mi sono trovata le parole in bocca, pronte a essere scagliate contro di lui – «Maraia è tua, non è vero?» – ? Oppure mi godevo semplicemente il fatto di essere quella che sapeva? Questo potevo spiegarlo a Sina. Il potere che dà essere chi sa e non dice. Questo l'avrebbe capito.

Comunque, non è stato così. Non cercavo la vendetta, non desideravo colpire. Né Niklas, né nessun altro. È stata la delusione. La sofferenza per il fatto che lui sapesse e avesse voltato le spalle. Il dolore nel vedere la miseria nel grande mister Niklas. Nel vedere che non era meglio di un qualsiasi Harald Høie.

Non si fidava di me, non abbastanza? Avremmo potuto farcela! Non avrebbe potuto concedermelo, concederlo *a entrambi*? La gioia per la Stella del mare: le avremmo trovato così tanto spazio e tempo. Perché non si è fidato di me?

«È meglio così per tutti», è stata la risposta che mi ha dato la sera in cui finalmente gliel'ho domandato. No, non l'ho domandato. Ho soltanto detto che lo sapevo. E che tutto quello che volevo era condividerla. Condividere Maraia come avevamo condiviso tutto il resto.

All'inizio era sembrato scioccato, quasi spaventato. Poi imbarazzato. Sulla difensiva. Sono rimasta indignata dalla mia stessa reazione: ho sentito di volergli accarezzare i capelli, incoraggiarlo, dire che sarebbe andato tutto bene. Con brutalità ho dovuto spingere da parte la Kat che era stata la sua spalla per una vita intera, ho sentito la mia voce, stridente e sconosciuta: «Come hai potuto non dire niente? Avrei potuto vivere con questa consapevolezza, Niklas, avrei potuto volgerla a nostro favore! Avremmo potuto essere... nonni, qualcosa! Invece che... vigliacchi!».

Avrebbe ancora potuto salvare la situazione. Avrebbe potuto alzarsi, dire che ci avrebbe provato, avrebbe parlato con Sai. Avremmo potuto discutere, continuare a essere il Team Kat & Niklas. Avremmo potuto trovare delle soluzioni di cui non vergognarci. Avremmo potuto capovolgere la situazione. Sarebbe potuto diventare qualcosa di buono.

Invece se n'è andato. Si è alzato dalla sedia e ha parlato senza darmi retta. «Sei isterica e sovraffaticata. Non possiamo parlare quando sei così. Vado a letto.»

«Hai privato Sai di suo marito!» volevo gridare. «Credi che sia un caso che se ne sia andato? Hai privato Maraia di un padre! Hai privato me di...»

Ma si era già chiuso la porta alle spalle. Lo zaino con l'apparecchiatura fotografica era pronto in un angolo. E quella notte è arrivata la luna piena con il *balolo*.

Poso di nuovo entrambe le mani sulla pancia. Un'immagine riflessa di Sina che, seduta davanti a me, ha smesso da un pezzo di aspettare una risposta.

46.
ATECA

Caro Signore,

questa notte non riesco a dormire. I frutti sull'albero di *vonu* dietro casa sono duri come gusci di tartaruga e fanno rumore quando colpiscono terra. Vilivo non è tornato a casa questa sera, e la paura rimpicciolisce e restringe il mio cuore quando sento l'urlo del gufo. Aiutami a badare a tutto. Dimmi cosa devo fare.

Le onde non fanno tutte parte dello stesso mare, Signore? Il villaggio delle madam si trova su un altro mare, molto più freddo. Ma nell'acqua tutti i racconti si mescolano e condividono i loro segreti. Quindi le onde del villaggio di madam Kat devono sapere cos'è successo su una spiaggia alle Fiji. Tutto è collegato, e il mare non mente.

Il *balolo* arriverà fra tre giorni, quando la luna sarà di nuovo piena. Madam Ingrid vuole esserci quando succederà, è l'unica a *Vale nei Kat* che se la sente. L'anno scorso è stato più semplice, le signore erano appena arrivate a Korototoka e non sapevano cosa fosse il *balolo.* Ma adesso madam Ingrid crede di sapere tutto. Io le ho detto che agli *iTaukei* non piace che i *kaivalagi* vadano con loro quando arriva il *balolo.* So che mi perdonerai questa bugia.

Ti ho chiesto tante volte, Signore, se sia stato solo un sogno quello che ho fatto quella notte. La notte del *balolo* di due anni fa, quando il mare sotto le barche aveva i colori dell'arcobaleno e le donne correvano per la spiaggia con secchi e recipienti. Dicevo sul serio quando ho raccontato a madam Kat che non avevo visto niente. Che nessuno aveva sentito mister Niklas gridare, che doveva essere caduto. Ma è nei sogni che ho le risposte più chiare, Signore. Su quel che è successo e su cosa devo fare. E non è certo che madam Kat abbia sentito con le orecchie o visto con gli occhi. Alle volte capita che quello che vediamo venga portato via dalle onde; che non abbia abbastanza terreno affinché le radici attecchiscano.

Era reale, Signore? Uno spirito? Un attimo soltanto, non ha fatto in tempo a fissarsi nell'occhio, che era già sparito. Una figura in camicia a scacchi e pantaloni chiari che è svanita nell'oscurità dietro una barca.

È stato un segnale, Signore? Devo dire a madam Kat quello che ho visto? Dimmi cosa devo fare.

Nel nome di Gesù. *Emeni.*

47.
INGRID

Ingrid è sempre stata brava a chiudere gli occhi e tapparsi le orecchie. Non ha mai preso parte ai pettegolezzi in ufficio, le sue cose le teneva per sé. Il fatto che l'equilibrio nella *vale* di Kat si sia spostato non la tocca; lei continua con la vita quotidiana che si è costruita con il lavoro nell'orto, il modellaggio del cioccolato nel dolce capanno e il pick-up, di cui è diventata l'autista ufficiale adesso che Vilivo è partito. Ateca era fuori di sé dall'ansia il mattino dopo che Ingrid l'aveva lasciato alla stazione delle corriere di Rakiraki: lei come poteva sapere che non aveva detto niente alla madre quando le aveva chiesto un passaggio? Il ragazzo le aveva raccontato dell'opportunità lavorativa di cui aveva sentito parlare, qualcosa che aveva a che fare con la costruzione di un ponte. Nemmeno per un istante le era passato per la testa che magari Ateca non ne sapeva niente.

Certo, si accorge che il rapporto di potere tra Sina e Lisbeth è mutato; una è più docile di prima, l'altra alza la testa in un modo nuovo, come se i giudizi e le conclusioni altrui non la riguardassero più. "Meglio far finta di niente", pensa Ingrid. "Lasciare stare le cose come sono."

Vildrid vuole altrimenti. Il dramma, le correnti subacquee di shock, tradimento e vergogna la animano, dando vita a un brulichio di pensieri nella sua testa. Tiene d'occhio Sina, lieta che la sua scontrosa acidità sia sparita. Sente un alito di gioia e ardore perché Lisbeth pare fregarsene. Vildrid si lega una sciarpa arancione intorno alla testa e si toglie il reggiseno prima di andare a sedersi in veranda la sera. Offre una bottiglia di vino che ha portato dalla città.

«Si festeggia qualcosa?» chiede Kat allungando il bicchiere.

Ingrid versa da bere e si stringe nelle spalle. «Che siamo arrivate fin qua, magari? Il Cioccolato di Kat. Abbiamo creato qualcosa. Vale la pena di festeggiare, no?»

Kat alza il bicchiere. «Certo», dice. «Assolutamente.»

«Alle signore del cioccolato!» si inserisce Lisbeth. «Prosit!»

Il suo tono è talmente allegro che Ingrid deve guardarla di nuovo.

Sina sembra sul punto di dire qualcosa, ma richiude la bocca.

«Comunque non farei cambio», prosegue Lisbeth.

Vildrid coglie una provocazione nella sua voce e prende la palla al balzo: «Con l'enorme casa sulla collina, intendi?».

Lisbeth la guarda sorpresa: «Be'... Sì, è quello che intendo. E con uno schifo d'uomo che pensa solo a sé stesso».

Sina alza di scatto la testa, Vildrid vede che al piglio guardingo che c'era nei suoi occhi è subentrata una specie di stupore. L'inquietudine stride lungo le pareti, le spalle si drizzano e Vildrid sente un brivido gioioso nella pancia. Getta la palla a Maya: «E tu, Maya? Faresti cambio? Preferiresti essere in Norvegia? Con Evy?».

Non sa perché abbia aggiunto quell'ultima domanda. Per insinuare che Maya ha bisogno della baby-sitter indipendentemente da dove si trovi? Vorrebbe cancellare quello che ha detto.

Maya tiene il bicchiere in grembo, ne afferra lo stelo con entrambe le mani.

«Ero brava a disegnare», dice. «E a dipingere. Branko dipinge. Il marito di Evy. È un pittore.»

Ingrid la guarda sgomenta. Maya ha sognato qualcosa di diverso dalla cattedra? Se li vede: Steinar e Maya. Risoluti, chiari e inamovibili su dove volevano arrivare. Costanza dall'inizio alla fine. È possibile che nemmeno Maya abbia avuto tutto quello che desiderava?

Vildrid lo sa, un piccolo trionfo dietro la fascia arancione che ha in fronte: «I colori, Maya, è vero? Sono quelli che ci mancano a casa? I colori?».

Si alza e scende veloce un paio di gradini per andare in

giardino. Scompare per un attimo e torna con un fiore giallo che trova posto dietro l'orecchio di Maya. «Non è troppo tardi, sai. Non è mai troppo tardi.»

Si china in avanti e abbraccia Maya. Ingrid sente che l'amica sussulta rovesciandosi addosso il vino, ma Vildrid stringe più forte. «Disegnerai, Maya.» Le parole escono da sole: «Maraia può disegnare con te».

Il suo sguardo va a Kat, senza che se ne renda conto o lo voglia. L'approvazione di Kat. La benedizione di Kat. Nessuna discussione è conclusa prima di sapere cosa ne pensi Kat.

Ma dalla poltrona di vimini accanto alla scala non viene nessuna reazione. La fronte sotto i capelli corti è aggrottata e concentrata, lo sguardo distante sull'acqua. Kat è altrove.

«E tu, Kat? C'è qualcosa che cambieresti? Qualcosa che faresti in modo diverso se potessi ricominciare il viaggio da capo?»

Ingrid sente la propria voce, ma è Vildrid che lo chiede. Kat e Ingrid si conoscono da sempre, Ingrid non avrebbe mai fatto quella domanda. Lei ha visto Kat insieme a Niklas, ha visto cosa sono riusciti a fare insieme. Li ha visti infervorati, entusiasti, stanchi, rassegnati. Li ha visti litigare tanto da far schizzare fiamme, li ha sentiti amarsi attraverso pareti sottili. Ingrid è sicura che Kat non cambierebbe una sola virgola della sua storia.

Ma Vildrid riceve un'altra risposta. Kat richiama lo sguardo, volta le spalle alla spiaggia. «Vedi solo un passo alla volta», dice. «Mai il viaggio intero, e d'un tratto finisce. Ma sono soddisfatta. È stato bello.» Sorride lievemente, come rivolta ai propri segreti.

«Ma non è finita!» protesta Vildrid. «Io ho ancora tanto da fare.»

Kat annuisce piano, come se fosse d'accordo, e Ingrid sente una fitta: "Kat è così sazia e compiaciuta di sé e della sua vita sgargiante che adesso può semplicemente mettersi in poltrona, a godere dei ricordi di tragedie infuocate e vittorie assordanti, mentre prova pena per noi che abbiamo trascorso una vita nell'ombra, ad applaudire dalla panchina?"

«Tu non ci hai mai viste, eh?» domanda Vildrid con un tono tagliente. «Non hai mai capito di essere il metro di misura per ogni cosa; che lottavamo per ottenere un pezzettino di Kat, un pizzico di quello che eri! Nemmeno adesso la vedi, la tua corte, radunata intorno a te?»

Ingrid è terrorizzata. Vorrebbe alzarsi e gettare le braccia intorno a Kat, confessare che non pensa una sola di quelle parole. Che Kat è sempre stata un'ispirazione per lei, che non c'è nessuno a cui voglia più bene. Vorrebbe dire che è stanca, ha bevuto troppo vino, non parlava sul serio!

Ma Vildrid la trattiene. Vildrid allarga le braccia e si gira verso le altre: «Lisbeth! Sina! Non dite che non capite di cosa sto parlando!».

Sina alza la testa, guarda prima l'una, poi l'altra. «Se era così, non lo sapevo», risponde. «Io ero riconoscente.»

Soffia una lunga nuvola di fumo e si volta verso Lisbeth. «Se dovessi rifare tutto da capo, sarei molto meno riconoscente.»

Lisbeth alza le spalle. «Io l'ho sempre saputo», dice. «Che non ero come te, Kat. Nessuno poteva essere come te. Ma non me ne davo pena. Avevo altre cose.»

Ingrid vorrebbe fermarle tutte, fermare sé stessa. Non era così! Ci sarà sempre un leader. Qualcuno che si ammira, che definisca lo spazio d'azione. Qualcuno i cui desideri si vorrebbero esaudire. Questo non significa che lei... domini su di loro!

"No?" le chiede Vildrid. "A Kat non faceva comodo che tu fossi sempre lì, pronta a lodarla e ammirarla? A seguirla con la macchina fotografica in mano, pronta a documentare le eccezionali imprese sue e di Niklas? Perché non potevi esserci tu al centro dell'inquadratura? Perché nessuno poteva vedere *te* risplendere?"

Ingrid scuote la testa. Nessuno risplende con dei piedi misura quarantadue. Se hai due mani larghe e noccolute e prendi distinto in tutte le materie, sei una persona affidabile e meriti di salire di grado. Ma la bravura e l'affidabilità non fanno brillare gli occhi. La serietà e la pazienza non fanno spumeggiare il sangue.

Si sente addosso gli occhi di Kat. Si gira verso di lei e incrocia il suo sguardo.

«Ho amato troppo poco», dice.

Il silenzio ronza nelle loro orecchie, tendendosi come una spirale intorno a Kat. Infine lei apre la bocca: «Non è troppo tardi. L'hai appena detto tu. Si può sempre trovare qualcosa. Non puoi mai sapere che forma prenderà».

Vildrid afferra la mano di Ingrid. «Quella deliziosa sensazione», sussurra. «Ancora, e ancora.»

Di notte Ingrid non chiude le tende della camera. Le piace il gioco di ombre dei rami sul muro scabro fuori, e la finestra è troppo in alto perché il guardiano possa sbirciare dentro.

Resta seduta sul bordo del letto, si leva la sciarpa arancione ormai allentata sulla fronte. Prova a sentire se Vildrid le stia ancora rimbombando in petto, ma non la trova. Intorno a lei la casa è silenziosa, persino il geco sulla parete sopra l'interruttore della luce è immobilizzato nel chiaro di luna. "Ho amato troppo poco." Si vede il volto di Kat, di Sina. Sina ha amato? E Lisbeth? «Non si può mai sapere che forma prenderà.» Maya e Steinar. Sina e suo figlio.

Ingrid cerca nel suo cuore. A tentoni tira fuori quello che c'è dentro: Simon e Petter. Kat. Due occhi giovani dietro una ghirlanda di rughe del sorriso. *Ti stavo aspettando. Lo sapevo che saresti venuta.*

Si sdraia sul letto, sente la schiena scricchiolare in un modo ormai familiare. Pensa che l'indomani porterà Sina con sé nell'orto. Ormai di fagiolini ne hanno in abbondanza, anche di okra. Sina può piantare qualche fiore, magari? Fiori di zenzero e allamanda gialla. Sterlizie. Incantevoli frangipani. Ingrid sa qual è il posto giusto. Nell'angolo a destra appena giù dai gradini, con abbastanza sole e non troppa ombra. Sina può crearvi qualcosa di bello.

Si gira verso la parete. L'indomani scriverà a Kjell per chiedergli di vendere il suo appartamento.

48.
ATECA

Questa notte ho sognato nubi nere, Signore. Scoppiavano in boati violenti e sulla terra scrosciava l'acqua. Il mare si alzava a incontrare la pioggia e le onde sbattevano sulla terraferma. I campi annegavano e i villaggi venivano lavati via. Dopo, il mare si acquietava scosso da un tremito, senza vita. Sull'acqua galleggiava solo qualche ramoscello, e una barca vuota, rossa. Quando mi sono svegliata, sapevo che sarebbe successo qualcosa di importante.

Non ho detto niente alle signore. I *kaivalagi* non capiscono i sogni come noi. Per loro il sogno è qualcosa a cui il cuore non osa pensare di giorno. Qualcosa di vecchio di cui non ci si libera. Per noi riguarda il futuro. Una speranza che possiamo usare per qualcosa.

Al segno successivo ho avuto paura. Sono passati tanti anni da quando ho sentito il tamburo della morte, ma ne ho riconosciuto subito il suono: è impossibile confonderne il battito pesante e lento. Quando il *lali* batte il ritmo della morte, non è impetuoso e intenso come nel *meke* o leggero e danzante come quando nasce un bambino. È profondo e cupo, e aspetta che l'eco di un colpo si smorzi del tutto prima che arrivi quello successivo.

Sapevo che era il tamburo della morte perché Akuila non l'ha sentito. Era accanto a me davanti a casa e parlava e rideva normalmente mentre quel ritmo pesante risuonava nella mia testa. Mi sono girata dall'altra parte per ascoltare il suono. Ma si è fatto sempre più debole, e alla fine si è zittito del tutto.

Hai detto che dobbiamo fidarci di te, Signore. Che ci conduci al sicuro attraverso la tempesta. Aiutami a essere forte e coraggiosa.

E Vilivo, Signore. Non so dove sia, ma so che tornerà. Prenditi cura di lui nel frattempo. Fa' che trovi lavoro, di modo che possa provvedere a sé stesso, diventare adulto e metter su famiglia.

Nel nome di Gesù. *Emeni.*

49.
MAYA

Non ricorda che cosa ha detto Evy. Evy è sua figlia. Ha detto qualcosa. “Avrei dovuto scriverlo”, pensa Maya. “Quello che ha detto Evy.”

La cucina le è familiare. Il coso dove si mette il pane, sul ripiano; quando le fette di pane escono sono marroni e un po’ bruciacchiate. Il cigolio della porta alle sue spalle che si apre le ricorda gli uccelli. La donna dai capelli crespi e scuri che le prepara sempre il tè le sorride e le porge una tazza. Maya le sorride a sua volta. Di nuovo: chi è?

«Evy ha detto che sei tu a decidere», spiega Kat. «Se vuoi continuare a vivere qui con noi, oppure se vuoi tornare. Ha detto che può prepararti una bella stanza accogliente nella loro casa a Trondheim.»

«Trondheim», ripete Maya. Evy abita a Trondheim.

Kat annuisce. Anche Maya annuisce. Le piace che annuiscano insieme. Sente un ticchettio sul suo petto. Abbassa lo sguardo. Ogni volta che fa cenno di sì con la testa, c’è quel rumore quando il coso per vedere che tiene appeso al collo con un cordino colpisce un bottone della camicetta. Continua a muovere la testa, *tic, tic, tic, tic.*

«Maya», dice Kat prendendole la mano. Lei ha smesso di annuire. Che cosa sta dicendo? La sua bocca è molto vicina alla faccia di Maya.

«Evy ti vuole molto bene. Anche noi te ne vogliamo. Sei tu a decidere dove vuoi vivere.»

Sei tu a decidere. Sei tu a decidere. È importante che senta cosa dice la bocca. Deve ricordarselo. Dovrebbe scriverlo.

Una donna molto vecchia la fissa sorpresa dallo specchio. La cosa strana è che quando lei sbatte le palpebre, contemporaneamente le sbatte anche la donna nello specchio. Maya prova a chiudere un occhio solo per essere sicura di aver visto bene, e la donna fa lo stesso. Anche lei ha un coso per vedere legato a un cordino al collo. Maya si gira dall'altra parte, la donna nello specchio ha un'aria imbronciata. Vuole ritrovare quella con i capelli crespi che fa sempre il tè. Ha già pranzato? Non se lo ricorda.

«È venuta a trovarti Maraia», annuncia Kat. Una bambinetta entra e si siede sul pavimento. «Possiamo guardare i libri», dice la piccola. «Posso prenderne uno.»

Guardano il grosso libro con le bandiere e il mare. «Noi siamo qui», spiega la bambina indicando un puntino su un grosso campo colorato di azzurro. «Sì», risponde Maya. Non capisce cosa voglia dire la bimba, ma comprende che è possibile essere un puntino. Essere come un puntino.

«Conoscevo una persona che dipingeva i quadri», dice a Maraia. «Puntini di colore sopra altri colori. Non ricordo chi fosse.»

La bambina la guarda a lungo. «Hai paura quando non ricordi?» le chiede.

Maya non lo sa. Ha paura? Di cos'era che doveva avere paura? Guarda la zanzariera appesa sopra il letto come una nuvola bianca arrotolata. Delle punture di zanzara deve avere paura.

Fissa l'abitino che indossa la bambina. Arancione, con fiori rossi e bianchi. Apre la bocca. «Bolla», dice guardando stupita la piccola. Non sa perché l'abbia detto. Ma la bimba sorride. «*Bula*», risponde lisciandosi il vestito. «Abito *bula.* Me l'ha cucito madam Kat.»

Maya scuote la testa. È stata lei a cucire il vestito. Lei ha cucito tutti i vestiti di Evy. Non hanno tanti soldi, lei e Steinar, è bello che possa confezionare quello che serve alla figlia. «Posso insegnarti a cucire», dice.

Ma la bambina scuote la testa. «Adesso non capisco cosa dici», risponde. Parla un'altra lingua, e Maya è contenta di comprenderla. Vorrebbe rispondere, ma le parole scivolano via, come i pattini sul lago ghiacciato sulla piana di Reitvik in inverno. Apre la bocca e la richiude. Passa la mano sui fiori del vestito della bambina. No, non è Evy.

«*Bula*», ripete la bambina e sorride.

Da: kat@connect.com.fj
A: evyforgad@gmail.com
Oggetto: Un saluto

Cara Evy,
è stato bello rivederti. Capisco che non sia stato facile andartene da qui domenica scorsa, e ritengo che tu abbia preso una decisione coraggiosa e piena di rispetto. Sono sicura che lasciare che Maya resti qui con noi le regalerà i giorni migliori. Quanti saranno, non lo sappiamo, ma faremo in modo che siano i più belli possibili.

Maya ha ancora piacere a stare con noi nel dolce capanno, e onestamente credo che uno o due pezzettini di cioccolato al giorno facciano bene a tutti, quali che siano le condizioni di salute! Le piace dipingere, spesso sta in veranda e usa gli acquerelli insieme a Maraia, che hai conosciuto. Sembra che per Maya sia diventato più difficile parlare inglese, ma lei e Maraia si capiscono lo stesso.

Teniamoci in contatto.
Cari saluti,
Kat

Cammina con la bambina su una spiaggia. Mano nella mano, si dirigono verso una barca rossa tirata in secco sotto alcune palme. Un uomo alto e ben piazzato stende la sua rete ad asciugare sopra lo scafo, una ragnatela con gocce scintillanti di mare.

«*Bula,* Jone», dice la bambina all'uomo.

«*Bula vinaka,* Maraia.»

Maya si toglie il coso per la testa che la fa sudare. Guarda la piccola, che con il capo le fa cenno di dire qualcosa. «*Bula vinaka*», ripete Maya.

L'uomo ride, ride anche la bimba. Immobile, Maya tasta la risata, un'onda calda e rotonda che rotola verso di lei. Non ricorda quale fosse la cosa divertente. Ma la risata è squillante e piacevole, un canto che attraversa la testa. Chiude gli occhi per poterla vedere. Una scarica rossa dietro le palpebre, un tremito. Sente il vento sollevarle i capelli dalla testa, si sente leggera e vuota. C'è qualcosa che dovrebbe ricordare. Ma la sabbia sotto le dita dei piedi è fresca lì all'ombra, in bocca ha un sapore dolce. Maya inspira a fondo dal naso, sente un grido sorpreso in lontananza. La sensazione di scivolare lentamente attraverso il tempo, braccia che la reggono salde mentre il grande canto esplode colmandola dalla testa ai piedi.

50.
SINA

Passa davanti alla stanza di Maya. Sbirciando dalla porta socchiusa vede un libro con delle grandi cartine sul pavimento, una pila di vestiti stirati sul letto. Il pomeriggio è vischioso e lento, e Sina non sa se fare un giretto nel dolce capanno. Ci sono stampi da lavare, scatole di cartone da piegare, fogli di alluminio e cellofan da tagliare. È fresco là dentro e adesso non ci sarà nessuno, Kat è in cucina e Ingrid nell'orto. Ancora qualche ora e, quando in Norvegia inizierà la giornata, Lisbeth si metterà al telefono per occuparsi del contatto con i clienti e prendere accordi. Maya è uscita a fare una passeggiata e Maraia è con lei. Sina decide di dare un'occhiata all'angolo sotto la veranda, dove le sue orchidee vanda e le acalifa si stanno espandendo rigogliose e veloci. Il compost che Ingrid produce con gli scarti del cibo sembra far bene soprattutto all'iris.

Fa giusto in tempo a scendere i quattro gradini che lo vede. Sulla spiaggia Jone si sta dirigendo verso di lei, tiene qualcosa tra le braccia, qualcosa di pesante e molle. Una persona più piccola cammina accanto a lui. Dal loro ritmo, i passi lenti senza fretta, Sina capisce subito che è successo qualcosa di irrimediabile.

La cosa peggiore sono gli occhi neri di Maraia. Se ne sta lì, senza piangere, senza parlare. Guardare lei è peggio che guardare il fagotto senza vita che è Maya, il cappello che Sina le leva con cautela, il guscio che è il suo corpo. Kat prova a parlare con Maraia, a farle delle domande, ma quella non reagisce, è Jone a parlare. Dice che Maya pareva normalissima quando è arrivata con Maraia sulla spiaggia, poi all'improvviso si è fermata e si è accasciata.

Quando giunge il medico, Sina coglie qualcosa su un «ictus» e sul fatto che «con ogni probabilità non si è accorta di niente». Ma i perché e i percome non le interessano. Basta, è finita, l'ha capito nel momento stesso in cui ha visto Jone, grosso e nero in controluce.

Sina vuole sistemare Maya e vuole farlo da sola. Rifiuta l'offerta di aiuto di Ateca e va in cucina a prendere l'acqua e delle pezze. Poggia il catino verde di plastica sullo sgabello che Maya usava come comodino. "Ieri ci ho sciacquato il riso", pensa. Si siede sul bordo del letto, sul lenzuolo che odora di corpo. Una mano di Maya ha il palmo rivolto all'insù, aperto come le fauci di un animale affamato. Le dita sono asciutte e fredde al tatto quando Sina gira la mano e la stende in pace lungo il corpo.

Controlla che l'acqua sia tiepida. Sfila il vestito sopra il corpo senza vita, ne carezza i capelli. Sembrano avvizziti, come erba vecchia. Slaccia la biancheria e la leva con cautela.

Non ha mai visto Maya nuda. Le pieghe bianche, le vene e le macchie marroni su una cartina silenziosa di sessantasette anni di vita. Il panno morbido accarezza piano pezzo dopo pezzo, deterge, conclude. È finita. La nostra ora sulla terra.

In un flebile ronzio di sottofondo sente Kat al telefono con Evy, Ingrid è in veranda ad accogliere le persone venute a porgere le condoglianze. La notizia che una delle signore di *Vale nei Kat* ha tratto l'ultimo respiro ha già fatto il giro di Korototoka. "Presto arriveranno le stuoie", pensa Sina.

Lisbeth socchiude la porta: «Posso aiutarti?».

Sina fa per rifiutare, e invece sente la propria voce rispondere: «Ce la faccio da sola. Però puoi venire a sederti un po' qui con me».

Evy vuole che la bara di Maya venga spedita in Norvegia, verrà sepolta a casa, a Reitvik. Sua figlia voleva prendere il primo volo per le Fiji, ma Kat l'ha convinta che non è necessario: «Possiamo organizzare il rientro della salma da Nadi».

Sina non capisce subito perché Ateca sembri sollevata, e lei allora le spiega: «Così abbiamo tempo di tenere il *reguregu*».

È una parola che Sina non ha mai sentito. «È una specie di cerimonia funebre?»

Ateca riflette. «Non solo», spiega infine. «È dire addio.»

Sina sente di avere molte domande. «In Norvegia è normale cremare i defunti», dice. «Qui no?»

Ateca annuisce con quel piccolo cenno all'indietro. «Non si fa spesso, ma succede. La cosa più importante è che madam Maya abbia un posto presso Dio, con gli angeli. Non importa se arriva in una bara o sotto forma di cenere.»

Non le va. Non ha voglia che l'estremo saluto a Maya, l'unico a cui può partecipare, sia qualcosa di strambo e insolito, una cerimonia incomprensibile che sente estranea. Il dolore di Sina è trattenuto, quasi guardingo, come se dovesse prendersi cura di Maya anche in quella circostanza.

È un rito estraneo per loro e un po' bizzarro, ma non sconveniente. Non sinistro. Siccome la famiglia di Maya non è lì, la *yaqona* e le *tevutevu*, le stuoie, vengono deposte davanti a Kat. Akuila ha portato un grande *tanoa* da casa sua per il *kava*: la piccola ciotola che c'è sul loro scaffale è più che altro decorativa. La veranda si riempie di gente, un corteo silenzioso affluisce in soggiorno e gira intorno al tavolo su cui è posata la bara. Si bevono molti *bilo*, per Maya ci sono buone parole e tante preghiere. Sina pensa a Evy, al resto della famiglia e agli amici di Maya a Reitvik: loro non possono assistere a tutto questo. Un addio sentito e partecipato da chi c'era quando il viaggio è terminato all'improvviso.

Padre Iosefa guiderà i canti in soggiorno e Sina esce in veranda. Il suo sguardo contempla le onde e si accorge di Ateca solo quando quest'ultima le prende la mano. Trasale, ma non ritrae la mano. Se non quando in casa il canto è all'ultima strofa e Ateca si unisce:

Quando i veli del tempo infin cadranno
E la meta della fede potrò vedere
Le campane dell'eterno l'anima chiameranno...

Qualcosa si spezza dentro Sina. Di colpo va in collera, con Ateca, con quel ridicolo testo d'un salmo, e libera la mano con uno strattone. «L'anima chiameranno!» grida arrabbiata. «Nessuno ha chiamato Maya. Ha avuto un ictus. E adesso è morta!»

Ateca smette di cantare, ma non risponde. Se ne sta seduta tranquilla con le mani giunte in grembo fino alla fine del canto.

«Il lutto incupisce i nostri pensieri, madam Sina», dice quando s'è fatto silenzio. «Non so come fate al vostro villaggio. Ma qui a Korototoka nessuno dimentica. Ricorderemo ancora madam Maya tra quattro giorni. E dieci giorni dopo ancora. E di nuovo cento giorni dopo. Anche se il suo corpo è da un'altra parte.»

Sina annuisce, la rabbia è svanita così com'è arrivata. Pensa a una cosa che ha sentito una volta. «Quando parli di qualcosa in fijiano, fa parte di te.» Forse è così anche con il dolore? Cioè che devi vivere il cordoglio nel modo che comprendi affinché il dolore possa trovare quiete?

«Quando Maya arriverà in Norvegia», dice, «sua figlia la accoglierà e organizzerà un *reguregu* secondo le nostre usanze, nel suo villaggio. È diverso dal vostro, ma è un momento commemorativo dove chi vuole può andare a dire addio.»

«Tutti possono parlare e dire quello che vogliono?»

Dire quello che vogliono? Che cosa intende?

«Sì... Chi vuole può tenere un discorso in ricordo del defunto.»

«Possono chiedere perdono ed essere perdonati a loro volta?»

Sina non capisce. «Perdono? Se sono stati in cattivi rapporti con il defunto, vuoi dire?»

Ateca sospira piano e Sina perde la pazienza. Di che cosa sta parlando?

«Non può esserci pace», spiega Ateca, ogni parola lenta e scandita. «Né per chi parte, né per chi resta, se non si risolvono le ingiustizie e le male parole. Se uno non chiede perdono e l'altro non perdona, colui che deve andarsene non può farlo. E colui che resta non può dire addio con il cuore.»

Un'ombra si muove accanto a loro, e Sina e Ateca si voltano verso il visino silenzioso della Stella del mare.

«Siamo piccoli», dice Maraia. «Siamo piccoli perché il mare è tanto grande.»

È la prima volta che Sina la sente parlare da quel giorno. Dentro casa viene intonato un nuovo salmo, ma Sina non ci fa caso. Tutto ciò che sente sono dei singhiozzi profondi e disperati. Kat è proprio dietro di lei, il suo corpo scosso dal pianto.

51.
ATECA

Volevo dire addio a madam Maya da sola prima che se ne andasse. Com'era bella la bara, Signore. Coperta da una *tevutevu* e con i *masi* accanto. Le conchiglie bianche le ha messe Maraia.

Volevo cantare un saluto a madam Maya. *Isa lei.* Oh, che dolore. Nessuno può lasciarci prima che abbiamo cantato il dolore della separazione.

Isa, isa, *ospite beneamato*
Sei stato con noi e ci hai donato gioia
Il tuo addio affligge i nostri cuori.

Il mio cuore si è messo a tremare quando madam Kat ha cominciato a cantare con me. Le nostre voci erano limpide come il vento mentre eravamo con madam Maya nell'ultimo grande canto bianco.

Isa lei*; oh, che dolore!*
Resto abbandonato mentre alzi le vele
Ricorda la nostra felicità
E a Korototoka non ti scorderemo mai.

Caro Signore, ti ringrazio perché accoglierai madam Maya quando arriverà. Viaggia da sola, ma tu sei lì ad aspettarla.

Nel nome di Gesù. *Emeni.*

52.
INGRID

Non hanno toccato la stanza di Maya. Ingrid passa davanti alla porta chiusa e pensa che forse dovrebbe entrare e aprire la finestra. Far uscire l'odore di perdita, lasciare entrare la gioia dei colori delle sterlizie. Ma non ce la fa, sa che dentro, sul tavolo, c'è ancora l'atlante, aperto sui sogni di Maya e Maraia.

In cucina trova della posta. C'era voluto un bel po' prima che capisse come avviene la consegna a Korototoka: se al villaggio arrivano delle lettere, vanno a finire da Salote oppure in quel baracchino che chiamano stazione di polizia. In un modo o nell'altro, da lì la posta trova la strada per il destinatario. Di solito a *Vale nei Kat* giunge tramite Ateca o Akuila.

Quella lettera, però, è *per* Ateca, ed è aperta. Curiosa, Ingrid la prende. La calligrafia sulla busta è grande, le parole scritte a matita. Nessun mittente. Infila dentro due dita, ma non appena sente i passi di Ateca fuori dalla cucina la rilancia fulminea dove l'ha trovata.

«Madam Ingrid», la saluta Ateca mentre posa la cesta piena.

Ingrid si sente avvampare le guance per essere quasi stata colta con le mani nel sacco e si affretta a impostare lei la conversazione. Prende la posta e dice in tono disinvolto, come per caso: «Stavo giusto per mettere la tua lettera sulla mensola, qui rischia di sporcarsi».

L'imbarazzo la tormenta ancora un po' di più quando Ateca, invece di assumere un'aria sospettosa, la guarda raggiante e prende la busta. La alza come fosse una medaglia d'oro:

«Madam Ingrid, è una lettera di Vilivo! Di mio figlio! Madam Ingrid, ha trovato lavoro!».

Il canino mancante è come una fossetta che ammicca nella sua bocca e Ingrid deve sorriderle a sua volta. La risata profonda e reboante sale alle labbra di Ateca, che è costretta ad appoggiarsi al ripiano della cucina prima di poter proseguire: «Lo pagano bene, madam Ingrid. Stanno costruendo un nuovo ponte sul fiume Waimakare. Senta che cosa dice».

La voce di Ateca è lenta e solenne mentre legge, come se quella che tiene in mano fosse la sua bibbia logora.

Cara Na,

sarai arrabbiata con me perché sono partito senza dirti niente. Ma sapevo che madam Ingrid ti avrebbe riferito quello che le ho detto in macchina, anche se non le ho spiegato dove andavo. Un amico di Salesi aveva sentito dire che stavano cercando gente al cantiere del ponte di Drokadroka, così ho deciso di partire. Sulla corriera che da Rakiraki risale la valle ho incontrato della gente che lavora al nuovo ponte sul Waimakare. Mi hanno portato dal bosso *del cantiere e ho iniziato a lavorare il giorno stesso. La paga è buona,* Na, *ti mando dei soldi con questa lettera. Ne arriveranno altri più avanti. Siamo in tanti a lavorare qui, da diversi villaggi, ma non c'è nessuno di Korototoka. Il* bosso *viene dalla Cina, come molti degli altri.*

Io faccio quello che mi chiedono, soprattutto scavare e spostare le pietre. Ho detto al bosso *che me ne intendo anche di macchine, e oggi ho manovrato uno degli schiacciasassi. È un buon lavoro,* Na, *sono contento di essere qui. Anche aiutare madam Kat con il cioccolato è stato bello, lei è sempre stata buona con me. Ma non era un lavoro duro da uomo e io avevo bisogno di guadagnare di più. Voglio costruire una casa, sposare una brava ragazza e avere la mia famiglia. E quando sarai troppo vecchia per lavorare per madam Kat, vivrai insieme a noi.*

Tornerò, Na, *anche se potrà volerci un po'. La mia casa sarà a Korototoka, è la mia* vanua.

Di' a madam Kat che ho trovato lavoro. E che il Signore si prenda cura di te per sempre nel nome di Gesù.

Tuo figlio
Vilivo Matanasigavulu

«Lo sei, Ateca?»

Ingrid non sa perché glielo chieda in maniera così maldestra.

«Sono cosa, madam Ingrid?»

«Sei arrabbiata con Vilivo, come dice nella lettera?»

Ateca si batte atterrita la mano sulla bocca.

«Oh no, madam Ingrid! Sono felice. Era quello che volevo.»

«Che Vilivo se ne andasse?»

«Volevo che trovasse lavoro. Così da poter provvedere a sé stesso, diventare adulto e metter su famiglia.»

Ingrid è titubante: «Mmh. Be', lavorava anche qui. Ma cos'è che scrive?... "Non era un lavoro duro da uomo"?».

Ateca annuisce. «Era contento del lavoro e di tutto quello che madam Kat cercava di fare per lui. Ma si vergognava del fatto che a nessuno servissero le sue mani capaci e la sua schiena forte.»

«Desiderava un lavoro fisico? Lavorare con il cioccolato non era virile?»

Ingrid sente che la voce di Vildrid si fa affilata e vorrebbe zittirla: Ateca non ce la può fare a sconquassare ruoli e regole sociali vecchi come gli dei che popolano i suoi sogni.

Ma la donna si limita a scuotere la testa. «Il mio cuore era pesante quando è partito. Però ha dovuto farlo. E al suo ritorno il mio cuore canterà.»

Ci vuole tempo a tappare i buchi. Con certi non va neanche fatto, pensa Ingrid osservando Sina in veranda. Sotto le ginocchia tiene un asciugamano piegato, come sempre quando sta carponi davanti all'aiuola. L'allamanda gialla ha attecchito alla rete che ha montato sul muro, i fiori a imbuto prosperano già in grappoli rigogliosi. Il volto di Sina è in ombra sotto il cappello piatto e ammaccato, Ingrid non ha sentito nessuna di loro fare commenti sul fatto che il copricapo logoro di Maya venga ancora utilizzato tutti i giorni. "È così che va, no?" pensa. "Ognuna di noi prende quello di cui ha bisogno per andare avanti."

Torna dentro, sente la smania che l'accompagna da tutto il mattino. Sono passati solo pochi giorni da quando lei e

Kat hanno scortato Maya alla partenza per il suo ultimo viaggio, una spedizione silenziosa all'aeroporto con un bagaglio pesante. Dopo aver sistemato tutto e aver consegnato la bara perché la caricassero a bordo, si sono sedute con calma a fare uno spuntino al bar fuori dall'area partenze. Ingrid rivive ancora una volta il momento: non se l'è immaginato che il volto di lui si è illuminato quando le ha viste? D'un tratto Johnny era lì, fra i tavoli, con una tazza di caffè in mano, e Ingrid ha sentito un suono scapparle di bocca: «Oh!» o «Ciao!», forse. L'uomo si è accomodato con loro, spiegando qualcosa su un pacco che aveva ritirato, contenente pezzi di motore di una barca. Ingrid non ricorda molto altro di quello che hanno detto, solo il suo sorriso e la mano sventolata in segno di saluto quando se n'è andato. Rozza e grinzosa, ma forte. E calda, aveva pensato.

Non controlla tutti i giorni la posta elettronica. Dopo una serie di messaggi esasperati quando lei gli aveva chiesto di mettere in vendita l'appartamento, Kjell non scrive più tanto spesso. Era stata Vildrid a mandargli una e-mail:

Ho deciso di rimanere a Korototoka. In realtà ho preso questa decisione molto tempo fa, già la prima sera in cui ho visto il mare incendiarsi di rosso e giallo. Non c'è nulla a casa di cui senta la mancanza, nulla che tu debba sistemare. Ho contattato la banca di Reitvik, mi conoscono bene e metteranno il denaro ricavato dalla vendita dell'appartamento in un fondo. A basso rischio, non temere! Qui alle Fiji ce la caviamo con poco; adesso giro a piedi nudi, così risparmio sulle scarpe.

Vildrid aveva riso quando aveva scritto quell'ultima frase, Ingrid era stata lì lì per cancellarla, ma aveva lasciato perdere.

Non ci sono e-mail di Kjell in arrivo, però. Né di Simon o di Petter; capita che le mandino qualche riga, sebbene non spesso. In cima alla casella di posta, nel grassetto dei messaggi non letti, c'è l'oggetto: «Saluti da Labasa».

Ciao Ingrid,
avevo detto che ti avrei scritto, ma come avrai capito non sono tanto bravo in queste cose. Avevo anche detto che sarei tornato, ma non

ho fatto nemmeno quello. Adesso che il Cioccolato di Kat ha preso il via, il mio compito è finito. Però non sono altrettanto sicuro che sia finita tra di noi, anche se in realtà non è mai nemmeno iniziata.

Sono stato felice di rivederti all'aeroporto e mi pare di aver notato che lo fossi anche tu. Non ci conosciamo bene, e per quel che ne so potrebbe anche darsi che questa mail ti ferisca o ti spaventi. Spero di no. Ma ho smesso di non osare, e non butto più via il tempo.

Penso che tu e io possiamo capirci. Non dobbiamo rispondere di altri che di noi stessi e sappiamo cosa significa affrontare il percorso da soli. Si acquista calma e la schiena si raddrizza. Ma più invecchio, meno tempo ho per aspettare. Voglio prendere il cioccolato con entrambe le mani, come abbiamo fatto quella notte a Korototoka.

Mi piacerebbe che ci conoscessimo meglio. Ti piace pescare? Passo più tempo in barca che a casa e prendo volentieri un marinaio in più. Se ti va di avventurarti su acque profonde, prometto di riportarti a terra, dopo.

Vildrid sente gli strattoni della canna da pesca tra le mani. Intorno a lei il mare danza con riflessi argentei, il sole sfavilla alto e infocato e la barca salta leggera e vivace dalla cresta di un'onda all'altra. La canna da altura si piega, lei porta il peso all'indietro e lotta con il mulinello, lascia andare un po' e tira. Dietro di lei Johnny l'aiuta, le sue braccia la cingono stretta. Il suo fiato è caldo contro la testa di lei, una goccia di sudore gli cade dal mento finendole sulla fronte. Vildrid divarica bene le gambe e si piega all'indietro mentre tira con tutte le sue forze, e quando l'enorme sgombro che si dimena recalcitrante viene tirato al di qua del parapetto grida di gioia. «Eccolo!» esclama Johnny ridendo. Si toglie il berretto con la visiera e si asciuga il sudore dal volto. «Dai tutto quello che hai, non trattenere niente!»

Mette le sue grandi mani ruvide intorno alle braccia di lei. Sono lisce e sottili.

Se ti sembro impertinente, basta che non rispondi e va bene così. Sono troppo vecchio per offendermi. Ma se ho visto giusto all'aeroporto, fammi sapere quando ti andrebbe di fare un salto a Labasa.

Tanti saluti da Johnny,

che non vede l'ora di incontrarti. Se ne hai voglia.

Ingrid si alza dalla sedia. Se ne ha voglia! Sta succedendo davvero? Non ha bisogno di leggerlo un'altra volta. Certo che sta succedendo. Si guarda i piedi, le dita che si piegano e le fanno cenno da laggiù. Ingrid Hagen ha ballato troppo poco, ma ha intenzione di rimediare. Vildrid alza le braccia in aria e ride con la pancia. Una grossa risata poderosa, che non sapeva di possedere.

53.
ATECA

Caro Signore,

sai che spesso per i *kaivalagi* è difficile comprendere le cose più semplici. È da tanto che mi dici che devo parlare con madam Kat. Ma prima dovevo parlare con Sai, così ieri sera sono andata a casa sua. «Maraia conosce il canto delle donne di Namuana», le ho detto. «Quando cantano alle principesse e le tartarughe spuntano dal mare.»

Sai non era sorpresa, Signore. Si è limitata ad annuire. «Le fanno salire in superficie», ha risposto. «Quello che non c'è più ha solo preso un'altra forma in un altro posto.»

Ho sentito che pensava a qualcos'altro, così ho atteso.

«Tutto diventa visibile, alla fine. Anche per chi non ha voglia di vedere.»

Ho capito subito, Signore. Pensava a madam Kat. Madam Kat che non aveva voglia di vedere.

Ero totalmente impreparata, lo giuro. Quando ha proseguito, il cielo ha scostato le nuvole e la luna si è fatta limpida come una menzogna svelata. «Mister Niklas lo sapeva», ha detto. Ho serrato gli occhi, non potevo guardarla mentre raccontava. Di suo marito, che aveva sempre detto che la figlia era troppo pallida. Di mister Niklas, che aveva avuto la verità negli occhi fin dal giorno in cui Maraia era nata. E di madam Kat, che sa con il cuore.

Sono stata troppo dura, Signore? Non conoscevo altro modo per parlare con madam Kat. «Era arrabbiata con mister Niklas quando è morto», le ho detto. «È per questo che stava accovacciata nell'ombra dietro la barca. È per questo che ha guardato senza fare niente.»

Non mi andava di sentire la sua risposta, Signore. Sai che non voglio che ci sia vergogna tra noi. Ma madam Kat doveva dire quello che aveva da dire.

«Non le ha nemmeno *guardate*! Era sua figlia, con sua madre, e lui non riusciva nemmeno a guardarle! Che genere di uomo è, Ateca?» mi ha chiesto. «Era questo che non potevo perdonargli. È stato per questo. Capisci?»

Capivo, avevo capito da tempo. Tu capisci, Signore. E adesso capisce anche madam Kat. Che deve fare *bulubulu*. Chiedere perdono.

«Non è lei che deve perdonare mister Niklas», le ho detto. «Deve chiedere a mister Niklas di perdonarla.»

Ho fatto la cosa giusta, Signore? Madam Kat è molto più che il mio *bosso*. È la mia amica che mi protegge e mi aiuta. Ma adesso sono io che devo aiutare lei.

Benedici Maraia e madam Kat, Signore. Fa' che le loro ombre siano sempre tranquille sotto la luna.

E ti ringrazio per Vilivo. Perché ha trovato lavoro. Adesso può provvedere a sé stesso, diventare adulto e metter su famiglia.

Nel nome di Gesù. *Emeni.*

54.
KAT

Chiedere perdono? È questo che devo fare?

Mi sono tolta le ciabatte, c'è schiuma nell'acqua che mi bagna i piedi. Il sole è quasi all'orizzonte, devo affrettarmi se voglio arrivare prima che faccia buio. Il dubbio è una mola nel mio stomaco, mi sento stupida e falsa. Non ho con me un *tabua,* il grosso e prezioso dente di balena, non ho preparato discorsi. Là, sotto l'albero dove c'era la barca, non c'è nessun uomo solenne seduto in posizione da cerimonia ad attendermi.

Ad Ateca è costato molto venire a parlarmi. Di solito non nasconde quello che pensa, tuttavia è raro che cerchi di spingermi direttamente a fare qualcosa. Le ho chiesto se fosse per Sai che voleva che lo facessi: «È per Sai? Affinché perdoni?».

Ma Ateca ha scosso la testa, e per una volta non c'era una risata nella sua bocca. «Sai non ha nulla da perdonare. Lei non ha perso niente. Lei ha Maraia. Ha avuto in abbondanza.»

Ha insistito perché lo facessi per me stessa: «Chi non chiede perdono non trova pace».

E perché lo facessi per Niklas: «Lui non può andarsene dal suo cuore inquieto, madam Kat».

Non capisco come farlo. Il sole adesso tocca l'orizzonte e il mare lo inghiotte in un'enorme boccata. Per qualche secondo un riflesso rosa danza intorno alle palme e la spiaggia si mette a riposo nell'oscurità.

Quando siamo arrivati qui Ateca era già vedova da un pezzo, non ho mai conosciuto suo marito. Ma spesso vuole dire la sua sui rapporti e la convivenza. «I motivi per cui marito e moglie litigano sono numerosi quanto le foglie sull'albero e i pesci nel mare. Ma per fortuna soffia il vento e le onde si muovono, e le foglie e i pesci vengono spazzati via.»

Il vento soffia e le onde si muovono. Mi fermo sul bagnasciuga. Resto lì a lungo, fino a quando sento che l'acqua mi copre buona parte della gamba. La marea è cambiata, l'acqua sale. Mi ritiro sulla spiaggia e continuo a camminare. La luna mi raggiunge, affretta i miei passi e lascia dei luccichii bianchi che cricchiano sulla sabbia.

Quella notte non sapevo di chi fosse la barca, né lo so ora. Però è lì, con i galleggianti che si allungano sui due lati come braccia. "Vieni", dicono. "Vieni a sederti." L'ombra mi aspetta, un triangolo di rifugio tra la barca e gli alberi. Scivolo al riparo dello scafo silenzioso, un odore salato di reti asciugate al sole.

Non ho doni sacrificali con me, e colui verso cui nutro pensieri amari è morto, non è presente per concedermi l'assoluzione che cerco. La domanda di perdono va rivolta alla famiglia della persona che ha subito il torto, ma i genitori di Niklas se ne sono andati da tempo, e io non soddisfo nemmeno le altre condizioni. Ciononostante sono qui per chiedere perdono. *Bulubulu* per spezzare circoli viziosi.

Devo parlare a voce alta? Sussurrare? Se parlo tra me e me non sarà diverso dalle conversazioni senza fine che tengo ogni notte con me stessa da quando è successo. Devo usare la voce.

Le parole sfarfallano incerte intorno a me nel buio. «Non vedevo chiaramente», inizio. «Era buio e sulla spiaggia c'era confusione, era pieno di gente e io credevo che tu fossi fuori in barca. Le ombre tra le mangrovie si muovevano in continuazione e io ero distratta da tutto quello che succedeva.»

Aspetto un attimo, ma Niklas non risponde.

«Capisci chi mi interessava? Capisci che avevo occhi solo per tua figlia? *Tua* figlia, Niklas. Maraia e sua madre. La Stella del mare splendeva nell'oscurità davanti a te, e tu le hai voltato le spalle. Non hai capito che hai voltato le spalle anche a me? Alla gioia che avremmo potuto avere? A un seguito che avremmo potuto condividere?»

Mi fermo, sento la mia voce. Le picconate che aprono buchi

di collera nel silenzio. Non è per quello che sono lì. Non per rivendicare e accusare. Sotterro entrambe le mani nella sabbia, lascio che la cenere umida del mare mi rinfreschi i palmi.

«Ateca dice che non puoi andare nel luogo dove sei diretto se non ti chiedo di perdonarmi. Per la delusione e l'odio. Perché ero qui accecata nel chiaro di luna. Perché non ti ho preso quando sei caduto.»

Il vento fa scricchiolare la struttura di legno della barca con un suono secco e lamentoso.

«Non è stato perché volevo che annegassi. È stato perché volevo prenderla a bordo con noi.»

Alzo la mano, sento i capelli di Maraia toccare la pelle sottile della testa. La testa di Maraia, così calda sotto le mie dita. «*Tulou*», le ho detto. Scusa. Per le mie grosse mani grezze sul tuo punto più sacro. Un alito di luce sulla mia linea della vita.

«Scusa», dico a Niklas. «Devo dirtelo, e voglio provare a farlo col cuore. Altrimenti, non uscirò mai dall'ombra.»

Rimetti a noi i nostri debiti, come noi li rimettiamo ai nostri debitori.

Ingrid è seduta da sola sulla scala quando rientro.

«Sei stata via tanto», osserva.

Annuisco. «Dovevo portare a termine una faccenda.»

«È stata qui la madre di Maraia.»

La madre di Maraia.

«Che cosa voleva?»

«Non lo so, esattamente. Ha detto che Maraia inizierà la scuola dopo Natale. Ha chiesto di te.»

Qualcosa dentro di me decide di colpo. «Faccio un salto da lei.»

Anche Ingrid si alza. «Vuoi che ti accompagni?»

«Se ti va.»

«Ormai è grande», dice Sai dopo che ci siamo sedute fuori da casa sua. Ai piedi ha un secchio con delle piccole conchiglie bivalve; le apre con un coltello mentre parla. «Compirà sette anni ad agosto, quando fiorisce l'albero dell'*ivi*. Deve iniziare la scuola, imparare le cose.»

Sento la tristezza prostrarsi grigia nel mio stomaco.

«Sì, è ora», concordo.

Nessun atlante aperto né conchiglie lucide, nessun piccolo passo sul pavimento: *Ti aiuto io*, Nau.

È Ingrid a chiederlo, prima che mi renda conto di avere anch'io la domanda sulla lingua: «E la retta, Sai? È... ce la fai?».

Due occhi castani incrociano i miei: «Credo che ce la faremo. Ci sono tante persone che vogliono bene a Maraia».

Comprendo all'istante. Ateca è stata lì. Ateca ha parlato con Sai dicendole che si sistemerà tutto. Le ha spiegato che madam Kat ha fatto *bulubulu* ed è pronta ad andare avanti.

«Vorrei aiutarti io», mi sento dire. Inspiro e faccio uscire le parole: «Mister Niklas l'avrebbe voluto».

Solo un ricordo, nello sguardo di Sai. Senza amarezza. Senza dolore, solo un passato.

«La Stella del mare», dice. «È stato lui a dirlo. Quella notte. Teneva in mano una stella marina blu e ha spiegato che portava il nome della beata Vergine. Così l'ho chiamata Maraia.»

Aspetto, c'è dell'altro.

«Non voleva fare del male», prosegue. «Era solo alla ricerca.»

«Di che cosa?» La mia voce è un sussurro. Davvero voglio saperlo? Ormai l'ho chiesto.

Sai si prende tempo per rispondere. Asciuga con cura la lama del coltello sul *sulu* senza guardarci.

«Di un posto dove ormeggiare la barca», dice. «Di una spiaggia.»

Un pappagallo splendente cremisi garrisce istericamente dietro la casa. Sai infila la mano nel secchio e prende un'altra conchiglia, che apre con il coltello. Una risata le chioccia in petto ed esplode in colpi spumeggianti.

Prendiamo la strada più lunga per tornare a casa. Passiamo davanti alla scuola, saliamo verso il *bure* del capovillaggio e scendiamo oltre il campo da rugby, dove la polvere si è depositata durante tutta la giornata. C'è solo un gruppetto di tre o quattro ragazzi seduti sotto un albero, la loro risata ondeggiante ci raggiunge. Ingrid mi guarda: «Sai che non l'ho ancora capito?».

«Che cosa?»

«Perché ridono.»

«Perché ridono?»

«Sì, di tutto quanto. Quando tu e io piangeremmo, o ci scuseremmo o quant'altro, loro ridono. Scoppiano a ridere e si battono le mani sulle cosce. Che cos'è?»

Umiltà, vorrei dire. Tutto ciò che non sappiamo come esprimere, che è più grande e potente delle parole che osiamo metterci in bocca. Quello che ci imbarazza perché va oltre quello che sappiamo o vediamo. È per questo, o di questo, che ridono. Non è una negazione, una degradazione dell'inesprimibile. Invece di discuterne o di analizzarlo, hanno concordato un'espressione che non ferisce né offende.

Parole, parole, parole. Non ho risposte da dare a Ingrid. Il mio blaterare è l'opposto della risata sguaiata di Ateca, della risata spumeggiante di Sai intenta a pulire le conchiglie.

«Ridono di quello che appartiene alla vita», rispondo invece. «Di quello che è troppo grande. Troppo bello. Quello per cui le parole sono troppo piccole.»

Ingrid capisce. «Sì», dice. «Quello che crediamo di poter conquistare parlandone. Ma non si tratta di vincere, vero?»

No. Non si tratta di vincere.

Sulla veranda di *Vale nei Kat* la poltrona di vimini più grande è stata spostata vicino all'amaca, dal cui bordo penzola il piede di Sina. Lisbeth, con indosso un *sulu* azzurro, sta scorrendo un mucchio di fogli sciolti; allungo il collo sopra la sua spalla. Pesci e conchiglie. Barche dalle pennellate accese. Onde che balzano ardite oltre il bordo del foglio.

Lisbeth alza lo sguardo: «Sono di Maya. Pensavo che potremmo incorniciarne qualcuno».

Me li porge.

«Sì, naturalmente.»

Li prendo, colta un po' alla sprovvista. «Non immaginavo che ne avesse dipinti così tanti.»

«Li curavo io.»

La voce viene dall'ombra tra la poltrona e l'amaca. Sussulto: «Maraia, non ti avevo vista!».

Granelli di sabbia dorati baluginano negli occhi castani.

Sfoglio i disegni, mi soffermo a guardarne uno dove il pennello ha sgocciolato un mosaico di puntini verdi e marroni. «Questo cos'è?»

Maraia allunga la mano a indicare. «L'ha dipinto per me. Facevamo il gioco del mare. Non vedi cos'è?»

Due forme scure ovali al centro del foglio, gusci duri, luccicanti. Due tartarughe che allungano il collo verso terra. Mare trasparente sopra il fondale guizzante. Mangrovie marrone scuro contro la sabbia calda. Le figure sulla sabbia sono minuscole, hanno lunghi capelli fluenti. Il canto fluttua da loro fin sul mare, giallo e rosa intrigante. Colpisce i due animali scuri in uno sfarzo di luce.

«Sono le principesse», dico.

Maraia annuisce. «Il grande canto le porta alla luce.»

Si alza, è proprio davanti a me.

«Inizio la scuola», annuncia. «Ma manca ancora tanto. Prima vado a casa. E poi torno.»

«Sì», rispondo. «Poi torni.»

Ci sono tante isole!
Tante isole quante stelle a notte
sui rami di quell'albero dal quale si scrollano meteore
come frutti che cadano attorno alla goletta *Flight.*
Ma le cose devono cadere, e così è sempre stato,
Venere da una parte, Marte dall'altra;
cadono, e sono una cosa sola, come questa terra è una
isola in arcipelaghi di stelle.

Derek Walcott

EPILOGO
TRA UNA LUNA E UN MARE

«Madam Kat!»

La voce di Ateca è alta e concitata. «È ora! Nunia deve andare! Vilivo può prendere il pick-up?»

Mi alzo talmente in fretta che sento uno scatto in fondo alla schiena. Quell'accidenti di un'anca!

«Ma certo! Andate! E buona fortuna!» grido ad Ateca, che corre verso il cancello. «Chiama non appena sai qualcosa!»

Risistemo con attenzione l'anca sulla poltrona di vimini in veranda. Finalmente è arrivato il momento. Il sogno di Ateca di diventare nonna sta per realizzarsi. La giovane con cui suo figlio è tornato dalla valle di Drokadroka sei anni fa è pacifica e sorridente. Ha lavorato al suo fianco nell'edificazione della loro casa sul pezzetto libero di terreno dietro il dolce capanno, da cui è stato ricavato anche un campo piccolo ma volenteroso di manioca e patate dolci. E sul lato più corto della casa, un paradiso di colori: il delicato ibisco rosa, i fiori focosi dell'anturio, orchidee color viola grazioso e la paffuta protea d'un rosso succulento. Inginocchiate davanti alle aiuole, Nunia e Sina non hanno avuto bisogno di molte parole per fare conoscenza tra le scabiose gialle e l'heliconia variopinta, vi hanno provveduto le loro mani nella terra umida. Sina ha consigliato, incoraggiato e ammirato, e standο ad Ateca i fiori del loro giardinetto sono ricercati fino a Rakiraki.

Di bambini, però, non ne sono arrivati. Vilivo e Nunia vivevano a Korototoka come sposi da meno di un anno quando Ateca ha affrontato il problema con Sina, che a sua volta ha consultato me: «Ateca vuole che accompagni sua nuora dal dottore delle donne. Gesù santo, solo perché ho subito quell'intervento...».

Non ha terminato la frase, ma le parole nascoste dietro le parole erano chiare. "Perché ho subito quell'intervento, credono che possa essere d'aiuto. Hanno bisogno di me. Posso anche andare con Nunia dal dottore, ma mi serve la tua approvazione." «Sarebbe bello se potessi accompagnarla», le ho detto. «Ateca sarebbe più tranquilla. E anche Nunia.»

Ma il dottore delle donne non ha trovato nulla che non andasse, e Nunia ha aspettato. Abbiamo aspettato tutti. Già una volta si era accesa la speranza e la pancia aveva iniziato a crescere, ma era andata male. Così, quando Nunia è rimasta di nuovo incinta l'autunno scorso, Ateca non ha detto niente. Svolgeva il suo lavoro come al solito, ma le sue preghiere affinché questa volta il bambino vivesse devono essere state ancora più intense. Va spesso a visitare la tomba della piccola che non è sopravvissuta all'ultimo mese nella pancia della mamma. Dopo il funerale sia lei sia Vilivo hanno fatto più volte la guardia al cimitero; nessuno ne parla, ma tutti sanno che si pratica la magia nera. Questa volta *deve* andare bene! Nunia e Vilivo saranno dei genitori splendidi, e Ateca desidera tanto questo nipote. Se lo merita. Ce lo meritiamo tutte. Un bambino, la ciliegina sulla torta.

Se succederà qualcosa in giornata in sala parto, chiameremo Lisbeth questa sera, quando a Göteborg è mattina. Tornerà solo tra un paio di mesi, un'esistenza divisa tra un'estate lunga in Scandinavia e il resto dell'anno alle Fiji è quello che fa per lei. Sembra tuttora avere dieci anni meno di noi, ma non è merito del trucco. Sono certa che sia l'incarico di ambasciatrice del cioccolato a donarle una pelle radiosa e il passo agile. Oltre al tempo passato con Joachim e la sua famiglia. Non ho mai visto una nonna più nervosa di quando dovevano venire a trovarla l'anno successivo alla morte di Maya. Né ho mai visto un comitato di benvenuto più bizzarro di quello che aspettava l'auto con le due gemelle dai capelli bianchi venute dall'altro capo del mondo: una Sina circospetta nell'angolino più in ombra della veranda, Ateca tesa e preoccupata alla finestra, Ingrid sulle scale con un gran sorriso. E Maraia. Sul gradino più basso, con una bacinella d'acqua tra le mani. Sul fondo, sopra la sabbia e le conchiglie e i sassi, scintillava una stella marina blu.

Anche Amanda è stata qui con il suo compagno. A *Vale nei Kat* si sono limitati a fare solo un salto un pomeriggio, prima di proseguire con l'auto a nolo per Denarau e l'Hilton. Anche quella volta Maraia faceva parte del comitato di benvenuto e si è fatta avanti per salutare quando Lisbeth le ha fatto cenno: «Maraia, questa è mia figlia. Si chiama Amanda, che significa "colei che deve essere amata"». Il sole che luccicava sulla catenina d'oro al collo di Maraia, lo sguardo stupito di Amanda alla madre: «Non è...?». La conferma pacata di Lisbeth: «Maraia è la Stella del mare. Risplende per tutte noi a *Vale nei Kat*». La bocca affilata di Amanda che si è ammorbidita in un sorriso, l'incontro di un istante tra due pianeti.

Lisbeth e sua figlia hanno trovato il rapporto migliore che ci possa essere tra loro: tanto personale da provare piacere quando si incontrano, professionale al punto da garantire rispetto. Amanda ci sa fare, va a lei l'onore perché il nostro cioccolato ora è in vendita non solo nei centri fitness della catena B FIT, ma anche nei negozi di alimenti salutistici in Norvegia e in Svezia. A volte ascolto sull'uscio quando madre e figlia si danno appuntamento su Skype: pratiche ed efficienti, ma con anche un po' di chiacchiere e, di quando in quando, risate di calibro fijiano. Chissà, forse la morte di Harald qualche anno fa ha sciolto qualcosa in Amanda? Un difficile sentimento di lealtà che non le crea più conflitti? Lisbeth è tornata a casa per il funerale. Da vedova, poiché non si sono mai separati. E bisogna riconoscerlo a Harald: i soldi sono andati a lei, e non a qualcuna delle giovani dame di compagnia che si sono succedute negli anni prima che il colesterolo e le arterie occluse lo reclamassero. E Armand non ha avuto nulla. Lisbeth ce l'ha detto un po' distrattamente quando è tornata, non era stato fatto testamento e tutto sarebbe stato ripartito secondo gli schemi consueti tra gli eredi conosciuti. Sina non ha reagito. Armand e Harald non hanno mai fatto parte l'uno della vita dell'altro. L'unica volta che qualcuno ha teso un filo tra loro, è stato qui, a *Vale nei Kat*, e non è mai uscito dalla porta.

Sina non è tornata in Norvegia. E Armand non è più stato qui. Ma si tengono in contatto, e l'ultima novità riferitaci da Sina riguarda un progetto di catering. Dalla cucina di casa di una donna con cui sta. Più volte Sina ha fatto il suo nome con voce speranzosa: pensa, se fosse una con un po' d'iniziativa? Una che può voler bene a quell'Armand che magari si cela dietro il sorriso di seta, e che allo stesso tempo sa prendersi cura di sé? Una in grado di tenere sott'occhio i soldi che gli sono spettati dopo la vendita dell'appartamento, incarico che Sina ha affidato a un agente immobiliare. Una volta amministrato l'anticipo dell'eredità, le rughe intorno alla bocca di Sina si sono leggermente appianate dopo che ha trasferito una somma anche sul mio conto. «Pagamento dell'affitto in ritardo», diceva la causale del versamento.

Adesso ha il titolo di supervisore e si occupa del coordinamento giornaliero nel dolce capanno, dove quattro donne del villaggio con il grembiule verde raffinano, concano e modellano. Due di loro fanno parte della famiglia estesa di Mosese. È bello quando, ogni tanto, lui arriva con passo zoppicante dalla collina e, seppure a fatica, fa un giro dove essicchiamo le fave, dà una sbirciata alle cioccolataie e infine viene a casa. Tuttora si ferma sulle scale e non vuole entrare, e tuttora Ateca mi chiama quando lo vede dalla finestra. Ma adesso di solito compare anche Vilivo a tenere compagnia al suo predecessore e risponde alle sue domande, in tutta calma. Il nuovo sovrintendente adesso ha un «ufficio»: Vilivo ha creato un piccolo annesso accanto al capanno degli attrezzi e vi ha sistemato un tavolo e una sedia, oltre a un sacco di tubi di vario genere e carrucole e timbri e oggetti che usa per apportare migliorie e riparare le nostre macchine. «Mio figlio è andato a scuola», dice Ateca ogni volta che se ne presenta l'occasione. «È per questo che ha un buon lavoro e può provvedere a sé stesso.» E poi ride, tanto che il sole esplode sul vetro della finestra e il buco lasciato dal canino ammicca felice al centro della grossa risata.

Se il bambino dovesse nascere in giornata, in un batter d'occhio avremmo di nuovo qui Ingrid. Madam Ingrid, che nemmeno agli occhi di Ateca ha bisogno di una fede nuziale per essere la signora Mattson, chiama grosso modo tutti i giorni quando è a Labasa. Johnny ha il telefono satellitare sulla barca e mi sembra di sentire il vento in faccia quando Ingrid fa rapporto direttamente dal ponte: «Tre tonni enormi! Più di trenta chili ciascuno! Non abbiamo abbastanza casse termiche a bordo, quindi stasera dobbiamo rientrare per non rovinare il pesce».

La risata, le frasi corte e affannate, mi vedo i suoi piedi larghi ben piantati negli stivali tra visceri e squame. Il *sulu* rimpiazzato da pantaloni alle ginocchia, i capelli grigi, ora più lunghi, raccolti in una coda di cavallo sotto un frusto cappello da sole. Quanto di più lontano dalla scrupolosa Ingrid della contabilità. È come se una sorella gemella dentro di lei fosse stata rilasciata, libera di uscire alla luce, e adesso ballasse il suo *meke* sul ponte di una barca a Labasa. È stato quasi commovente quando Simon e Petter sono venuti a trovarla l'estate scorsa. Ingrid e Johnny, i nonni liberi dalle pantofole e dai timori, li hanno portati subito in barca, e dopo abbiamo passato un'intera serata a guardare tutti insieme le foto di Petter. Tramonti, grosse pescate, le immagini ravvicinate di un serpente di mare che lui aveva scattato sporgendosi oltre la balaustra. La felicità negli occhi dei ragazzi venuti dal paese in cima al mondo quando parlavano di lenze e ami, onde e meteo. Il volto di Ingrid, radioso e orgoglioso perché ha trovato qualcosa e l'ha potuto trasmettere.

L'arte dell'equilibrio la padroneggia alla perfezione, sia sulla barca sia per il resto. Il sale sui capelli e le screpolature sulle punte delle dita si alternano regolarmente a una vagliatura scrupolosa dei libri del Cacao di Kat e del Cioccolato di Kat. Naturalmente facciamo tutto online, ma almeno una volta al mese Ingrid si installa nella stanza che ancora ha a *Vale nei Kat* e fa passare punto per punto le voci a debito e a credito. Vilivo siede di fronte a lei, un grosso passo avanti rispetto al suo predecessore che insisteva per stare sulle scale a testa china. Partecipo anch'io, ovviamente, ma è bello sapere che l'attività è in buone mani per quanto riguarda sia la supervisione sia la contabilità. Oggi come oggi tutto ruota per lo più intorno al cioccolato e al solido marchio che ci siamo creati, anche se consegniamo ancora un po' di fave a un paio dei miei più vecchi clienti. Il resto lo utilizziamo noi per la produzione di *Maya*, la firma del Cioccolato di Kat. Un piccolo frammento di felicità. L'aroma delle Fiji, avvolto in cellofan lucido con sopra due tartarughine scintillanti.

A volte sento che Ingrid è subentrata nella libertà che avevo io. Che avevo, e che ho dato per scontata fino a quel ridicolo e sfortunato incidente. Cadere dalle scale, io? Io, che ho percorso vertiginose strade di montagna in Pakistan seduta sul tetto di una corriera e ho superato rapide selvagge nella foresta pluviale della Malesia a bordo di barche microscopiche? Cadere dalle scale di casa! I quattro gradini che i miei piedi avrebbero riconosciuto anche nel sonno. Finché un mattino di tre anni fa sono inciampata, sono riuscita a calpestarmi un piede con l'altro e ho perso l'equilibrio. Frattura del femore, settimane di lenzuola appiccicose e mazzi di fiori mosci sul comodino. L'intervento a Suva, settimane e mesi di dolori, la pazienza e infine la rassegnazione perché ormai cigolerà sempre un po'. Lamentarmi non posso di certo: a settantasei anni sono in tanti a passarsela molto peggio. Ma mio migliore amico il bastone non lo diventerà mai, un corredo inevitabile ma tutt'altro che amato.

I primi mesi Ateca mi tallonava dappertutto, dentro e fuori, finché ho dovuto chiederle di smettere. Madam Kat adesso è un po' più accessoriata, ma per il resto sto come prima. Lei non mi crede fino in fondo. Quando vado a passeggiare sulla spiaggia insiste per accompagnarmi, a volte devo fare la voce dura e dirle che non voglio che venga. Certe volte ho bisogno di andare da sola. Avanzare sulla sabbia morbida è più difficile di prima, vado più piano, ma il tempo non mi manca. Il tempo e la gioia per ciò che non è cambiato: il sole che ammorbidisce e addolcisce. Le barche che legano insieme i giorni. Le onde che non vivono per sé, ma che fanno sempre parte del mare in eterno movimento. La luce che perdona, senza mai smettere.

Che cosa significa guardare indietro? È lo stesso che guardare avanti? Per me penso di sì. Perché lei è ciò che verrà, e al contempo è ciò che è stato. Adesso è sulla porta, una bella giovane donna di quindici anni. I capelli lunghi hanno onde più sognanti di quelle del mare, lo sguardo è saggio e paziente. Libera come il vento che l'ha portata qui, fedele come la terra che la lega a sé tutti i giorni. Maraia abita qui quando vuole, va quando le pare, viene quando i nostri cuori la chiamano. Le sue impronte sulla sabbia sono grandi come le mie, ormai. Tracce chiare, definite, con grosse dita che indicano avanti.

Non sarò con lei per tutto il tragitto, il suo tempo è diverso dal mio. Adesso ascolterò, sentirò le onde sotto la barca. Penserò alla speranza che è nata quella notte, tra una luna bianca da *balolo* e un mare che aspettava e sapeva.

Il telefono che squilla in casa. I passi leggeri sul pavimento. La luce nei suoi occhi quando torna.

«Era Ateca. È un maschietto. Hanno detto che si chiamerà Niklas.»

GLOSSARIO

Un breve glossario dei termini fijiani più frequenti nel romanzo. La spiegazione che do qui si riferisce al contesto nel quale vengono impiegati nel libro, sebbene molti di loro possano avere anche altri significati.

balolo: piccolo serpente marino che vive sul fondo del mare e che sale in superficie una notte all'anno; è considerato una prelibatezza.

bilo: coppa ricavata dal guscio della noce di cocco, usata per bere il *kava*.

bula: «ciao, salve»; si usa anche in combinazione con altre parole per descrivere qualcosa di tipicamente fijiano, colorato e fiorito: camicia *bula*, fantasia *bula* ecc.

bure: casa tradizionale delle Fiji.

emeni: «amen».

Isa!: espressione di compassione, rincrescimento o spavento

iTaukei: la popolazione originaria delle Fiji, vale a dire gli abitanti di origini melanesiane.

kaivalagi: «straniero».

kava: bevanda leggermente calmante preparata con la *yaqona* (la radice di una pianta della famiglia del pepe) essiccata e macinata, miscelata con acqua. Il *kava* è il genere voluttuario di più largo impiego alle Fiji, e si beve sia in privato sia in occasione di cerimonie ufficiali.

lolomas: saluto affettuoso.

lovo: forno realizzato in una cavità nel terreno, riscaldato da grosse pietre; per estensione anche le pietanze preparate con questo metodo di cottura.

meke: insieme dei balli tradizionali delle Fiji.

sulu: capo di vestiario simile a una gonna indossato sia dalle donne sia dagli uomini. Può anche essere un lungo pezzo di stoffa legato in vita.

tanoa: grossa ciotola di legno, spesso riccamente decorata, usata per miscelare e servire il *kava*.

tulou: «scusa».

vale: «casa».

Vale nei Kat: «la casa di Kat».

vanua: letteralmente «terra», ma con un significato più ampio che comprende l'attaccamento sia affettivo sia familiare/tradizionale a un luogo o una regione.

vinaka (vakalevu): «grazie (mille)».

vosa vaka-Viti: la lingua delle Fiji.

RINGRAZIAMENTI

Numerose richieste d'aiuto hanno solcato i mari nel corso della stesura del libro. Il ringraziamento più grande va a Salote Kaimacuata di Suva, che con pazienza e assennatezza mi ha portato a comprendere tutto, dal significato del *kava* nel mito alle tradizioni relative al perdono e ai funerali. Lingua e chiesa, leggende, fede e modo di rivolgersi alle persone: le possibilità di mettere un piede in fallo sono infinite. Se ho evitato i tranelli, è stato grazie a Salote; dove ho sbagliato, la colpa è esclusivamente mia.

Anne Moorhead e Richard Markham mi hanno permesso di partecipare per e-mail ai primi passi della loro piantagione di cacao a Savusavu sull'isola di Vanua Levu, e hanno generosamente condiviso le loro conoscenze sulle piante, sul raccolto e sui metodi di produzione. Senza di loro, Kat e le altre non avrebbero potuto coltivare il cacao.

Per quanto riguarda il cioccolato sono stata assistita da Mona Frostrud, mentre Ellen F. Fjeldstad ha risposto alle mie domande in ambito medico. Tor Torhaug e Shikha Raturi mi hanno aiutato a verificare le citazioni.

Un ringraziamento per il tifo e la guida sapiente alla mia editor Kjersti Herland Johnsen, che ha creduto nel manoscritto fin dal primo giorno.

E grazie a Knut, che crede in me tutti i giorni.

Nel romanzo, cinque amiche di lunga data si riuniscono per lavorare in un'azienda di cacao alle isole Fiji. Perché il cacao? E perché le Fiji? Due tematiche affascinantissime peraltro...

Ho vissuto alle Fiji per quattro anni, e da allora non ho mai smesso di amare la gente che abita quelle splendide isole: così amichevole, semplice, tranquilla e profondamente rispettosa della natura e dell'ambiente che la circonda.

Perché il cacao? Perché la coltivazione del cacao ha una lunghissima e fortunata tradizione proprio alle Fiji, e ho pensato che fosse un ottimo modo per creare un legame profondo tra i personaggi del libro e la sua ambientazione. Soprattutto volevo che i personaggi si impegnassero in qualcosa che stimolasse i loro sensi, un'esperienza che potesse al contempo coinvolgere direttamente il lettore. Che cosa c'è di meglio del cioccolato?

Se stessi per imbarcarti in un'avventura come quella di cui racconti nel romanzo, con un ristretto gruppo di amiche, a che qualità guarderesti per individuare le migliori compagne di viaggio?

Sceglierei delle amiche che non abbiano paura di sporcarsi le mani. Per esperienza so che parole come «esotico» ed «eccitante» spesso si accompagnano a «faticoso» e «impegnativo». Dovrebbero essere donne autonome, capaci di affrontare ogni tipo di imprevisto. Ma più di ogni altra cosa sceglierei persone che fossero in grado di apprezzare ogni sfumatura della bellezza, ogni «frammento di felicità». Condividere momenti di questo genere è ciò che conserva vera e intatta l'amicizia.

Le protagoniste femminili di Frammenti di felicità *devono tutte venire a patti con il fatto di essere non più giovani, ognuna a suo modo. Quali stimoli hai trovato nelle diverse stagioni della tua vita, anno dopo anno, decennio dopo decennio? C'è stato un momento che hai preferito agli altri?*

Penso che l'aspetto più liberatorio dell'invecchiare sia il fatto che rinunciamo al desiderio di piacere a tutti, di essere bravi in tutto. Sono brava a fare qualcosa, e già non è poco. Ed è proprio su questo che concentro le mie risorse.

Il momento della mia vita che ho preferito? Forse quando mi trovavo in Kazakistan alla fine degli anni Novanta: i miei figli erano piccoli, le sfide, giorno dopo giorno, erano quanto mai concrete, e avevo appena compiuto quarant'anni. Ero contenta di me, così com'ero.

Il personaggio di Maya ha la passione della letteratura e il comodino sempre ingombro di libri. E tu che libri hai sul comodino?

In questo momento sto leggendo *I pescatori*, il romanzo d'esordio dello scrittore nigeriano Chigozie Obioma. È un racconto ispirato alla vicenda di Caino e Abele nel quale quattro fratelli devono affrontare la speranza e la tragedia, una storia che riflette le contraddizioni stesse della Nigeria. Nel frattempo sto cercando di mantenere attivo anche il mio gruppo di lettura qui a Timor Est. Ho appena comprato *Sinfonia Leningrado*, della neozelandese Sarah Quigley, il prossimo libro nel nostro programma di letture: racconta di un direttore d'orchestra che deve preparare i propri musicisti a eseguire la *Sinfonia n. 7* di Dmitrij Šostakovič che dovrà essere filodiffusa tra i soldati russi impegnati in prima linea contro i nazisti. Un romanzo in cui ossessione e amore per l'arte si intrecciano in modo appassionante con la ferocia dei combattimenti sullo sfondo.

Hai vissuto in tutto il mondo: dal punto di vista di una scrittrice, qual è il principale vantaggio di aver chiamato «casa» così tanti posti, così tanti paesi?

Aver vissuto in tanti paesi diversi nel corso degli ultimi ventisette anni ha fornito il materiale per molte delle ambientazioni dei miei libri. Vivere in un paese, conoscerne gli abitanti, l'ambiente, la cultura e le tradizioni: ecco, mi sono resa conto che è questo uno dei requisiti fondamentali per convincere il lettore a seguirti. Se chi stringe tra le mani un romanzo ne percepisce la veridicità, sarà sempre più disposto a credere alla storia che gli viene raccontata, altrimenti puro frutto d'invenzione, a viverne l'avventura.

Sei anche una giornalista. In che modo questo influenza la tua attività di scrittrice?

La mia formazione giornalistica mi ha insegnato che scrivere non è solo una questione di «ispirazione» e di «flusso creativo». La vera dote dello scrittore è la perseveranza: arrancare con fatica su parti che non sono ancora perfette solo perché il prossimo paragrafo, la prossima pagina potrebbero essere un capolavoro. Per riscrivere quello che non è venuto alla perfezione c'è sempre tempo.

Se uno scrittore alle prime armi ti chiedesse un consiglio su come scrivere, e scrivere bene, che cosa gli risponderesti?

Il mio consiglio potrebbe sembrare noioso, ma è molto efficace e si riassume in una sola parola: quantità. Scrivere molto. Bisogna farsi largo tra mucchi di detriti per trovare una pepita d'oro. E non pensare che la prima stesura possa essere la versione finale di ciò che si è scritto. Una perfetta coesione fra scrittore e editor potrà fare da guida attraverso la miriade di riscritture che condurranno alla perfezione: l'agognata stesura finale.

Gail Honeyman

ELEANOR OLIPHANT STA BENISSIMO

L'UNICA COSA CHE CONTA È RIMANERE FEDELI A CIÒ CHE SI È VERAMENTE

Mi chiamo Eleanor Oliphant e sto bene, anzi: benissimo.
Non bado agli altri. So che spesso mi fissano, sussurrano,
girano la testa quando passo. Forse è perché io dico sempre
quello che penso. Ma io sorrido, perché sto bene così.
Ho quasi trent'anni e da nove lavoro nello stesso ufficio.
In pausa pranzo faccio le parole crociate, la mia passione.
Poi torno a casa e mi prendo cura di Polly, la mia piantina:
lei ha bisogno di me, e io non ho bisogno di nient'altro.
Perché da sola sto bene. È sicuramente così.
Solo il mercoledì mi inquieta, perché è il giorno in cui
arriva la telefonata dalla prigione. Da mia madre.
Dopo, quando chiudo la chiamata, mi accorgo di sfiorare la
cicatrice che ho sul volto e ogni cosa mi sembra diversa.
Ma non dura molto, perché io non lo permetto.
E se me lo chiedete, infatti, io sto bene.
Anzi, benissimo.
O così credevo, fino a oggi.
Perché oggi è successa una cosa nuova. Qualcuno mi ha
rivolto un gesto gentile. Il primo della mia vita.
E questo ha cambiato ogni cosa. Forse il «tutto» che credevo
di avere è precisamente tutto ciò che mi manca.
E forse è ora di imparare davvero a stare bene.
Anzi: *benissimo.*

Dal catalogo
Garzanti

Raphaëlle Giordano

LA FELICITÀ ARRIVA QUANDO DECIDI DI CAMBIARE VITA

Per il manager Maximilien Vogue la giornata è iniziata con il piede sbagliato. Sta di nuovo litigando con la bella Julie che ora, stanca delle continue discussioni, gli porge un volantino con la presentazione di un corso quanto mai insolito. Un corso tenuto da una donna altrettanto stravagante. Si chiama Romane e di professione combatte l'arroganza sempre più diffusa. È convinta che il mondo sarebbe un posto migliore se tutti praticassimo la gentilezza. Lei sa come insegnarla e offre un biglietto di sola andata per la felicità a chi sceglie di mettersi in gioco. Maximilien non crede a una sola parola. Ma poi, un po' per gioco un po' per curiosità, decide di iscriversi al corso. Dapprima i consigli di Romane gli sembrano semplici e banali. Eppure, a poco a poco, si accorge che dentro di lui qualcosa sta cambiando. Scopre che basta un piccolo gesto, ogni giorno, per ritrovare il piacere della condivisione e la bellezza della quotidianità. E si rende conto che non c'è niente di meglio che trascorrere del tempo con gli amici e riprendere la buona vecchia abitudine di stringere la mano per ritrovare rapporti autentici e duraturi. Perché è solo mostrando il nostro lato più sensibile e attento alle esigenze degli altri che possiamo cambiare la nostra vita e raggiungere la felicità. Quella vera che, una volta trovata, non si può più dimenticare.

Finito di stampare nel mese di maggio 2018
da Grafica Veneta s.p.a., Trebaseleghe (PD)